안혜숙 장편소설

산수유는
동토에 핀다

다트앤

유관순 누나로 하여 처음 나는
삼(三)월 하늘에 뜨거운 피무늬가 어려 있음을 알았다.
우리들의 대지에 뜨거운 살과 피가 젖어 있음을 알았다.
우리들의 조국은 우리들의 조국
우리들의 겨레는 우리들의 겨레
우리들의 자유는 우리들의 자유이어야 함을 알았다.

아, 만세, 만세, 만세, 만세! 유관순 누나로 하여 처음 나는
우리들의 가슴 깊이 피 터져 솟아나는
비로소 끓어오르는 민족의 외침의 용솟음을 알았다.
우리들의 억눌림, 우리들의 비겁을
피로써 뚫고 일어서는
절규하는 깃발의 뜨거운 몸짓을 알았다.

- 박두진 詩 〈3월 1일의 하늘〉 中에서

목차

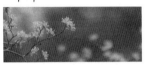

프롤로그

✽ 천년학(千年鶴)

멍울진 하늘이 질긴 울음을 터트릴 듯, 검붉은 구름이 용무늬로 수를 놓으며 보름달을 절반이나 삼키고 있을 때였다. 느닷없는 여인들의 뒤엉긴 곡성이 대궐 편전(便殿)에서 솟구쳐 올라 밤하늘에 아스라이 메아리쳤다.

"만인지상(萬人之上)~ 만인~지~ 상~."

조선의 임금이 붕어(崩御)한 것이다. 인정(人定)마저 오롯이 끊긴 자정을 앞둔 자시(子時)였다. 바람까지 수런거렸다.

"워~ 이! 우~ 워이! 비나이다. 비옵나이다. 혼령이시어 돌아오소서! 돌아오시옵소서!"

까마득한 대궐 편전 용마루 치미(雉尾)위에 오뚝 올라선 궁궐 내관(內官)이 하얀 천을 밤하늘에 휘날리며 슬픈 목소리로 외치고 있다. 목소리를 잠시 멈추더니, 너울처럼

휘날리는 금상의 하얀 자리옷 자락을 움켜잡았다 다시금
펼치며 울먹인다.

"우~ 워이! 돌아오소서. 떠나지 마시옵소서! 혼령이시
어!"

내관의 초혼(招魂)의식은 망인을 불러 다시 살리려는
처절한 애원이 아니던가. 자고로 사람이 죽으면 육체 안
에서 영혼이 빠져나와 저승으로 간다는 속설 때문일 것이
다. 하지만 숨을 거두었다고 해서, 금방 영혼이 떠나는 것
은 아니지 않는가.

살아생전에 함께 지냈던 집과 가족과 정인들, 그 많은
세월을 같이 했던 인연을 어찌 한 순간에 떨쳐버릴 수 있
겠는가. 망자의 정한이 올올히 맺힌 아쉬움이기에 미련은
무한할 터, 그래서 뒤돌아보고 또 돌아보느라, 머뭇거릴
수밖에….

임금의 영혼인들 어찌 그 길을 비껴 갈 수 있겠는가?
그 영혼 또한 영욕(榮辱)을 더불어 엉겨 있던 육신이었던
것을….

"우~ 워이! 돌아오소서. 떠나지 마시옵소서! 혼령이시
어!"

주상 전하의 자리옷을 들고, 까마득한 대궐 용마루에 올
라 옷자락을 휘날리며 거듭거듭 울부짖는 내관의 애절함

은 금상의 혼령을 다시금 불러 모시기 위한 간곡한 몸부림일 것이다.

하늘도 슬퍼함인가? 때를 마주하여 천둥소리가 밤하늘을 덮고 한동안 울어대더니 검붉은 구름이 걷히면서 여느 때와 다름없는 대궐의 아침이 열렸다.

편전 대상보좌에는 태조 이성계가 편좌했고, 계하에는 품계에 따라 대신들이 줄서있다. 그 중에 회색 장삼을 입은 큰스님이 한 발 앞으로 나가더니 부복한 채 금상에게 상주를 한다.

"우리 조선 왕조가 개국했으니, 당연히 왕도(王都)를 이 개경에서 새 터전으로 옮겨야한다는 탄원이 만백성의 소망입니다."

"그래서 짐이 왕도의 후보지를 물색해 보라 명하지 않았소? 많은 사람들이 천거한 여러 후보지가 나왔으나 무학대사(無學大師) 그대가 천거한 이 한양으로 새 도읍지를 정하고, 북악산 밑에 대궐을 지은 거 아니오? 거기다가 숭례문(南大門) 근처에 별궁을 지으면 국태민안(國泰民安)하리라 주장하신 이도 선승 대사가 아니시오?"

"예, 숭례문 근처(정동)는 명당 중 명당입니다. 백학이 알을 품은 형세로 그곳에 별궁을 지어 거처로 삼으시면 제 왕자들은 무병장수하고 천년사직을 보전하여 나라가

편안할 것입니다."

과연 천년을 산다는 백학이 숭례문 근처 소나무 숲 속에 알을 품은 채 보금자리에 앉아 있었다. 그 보금자리에는 곧 대궐 별궁이 들어섰다. 그러나 광란 풍에 왜인들이 왕조를 집어 삼킨 다음에는, 덕수궁이라 이름을 바꾼 경운궁이었다.

"혼령이시여! 떠나지 마옵소서. 돌아오시옵소서!"
애절한 초혼의 외침소리가 끊이지 않았다.

대궐 복도 끝 은밀한 곳에서 헐렁한 일본 옷 유카타를 입고 장검을 찬 왜국 낭인(浪人) 한 명이 궁녀 한 명을 몰아세우고 위협한다. 그는 품속에서 작은 봉지를 꺼내 궁녀의 손을 펼쳐 쥐어주고, 순간 궁녀의 입술이 울먹이듯 달싹 한다. 독살? 뒤이어 그녀의 다리가 휘청했다.

"전하! 전하! 어이하여, 이러시옵니까?"
저녁 수라를 들기 위해 탕국을 떠서들던 고종황제는 경련을 일으키더니 수저를 떨어뜨리고 옆으로 쓰러졌다. 시중을 들고 있던 제조상궁과 궁녀들이 혼겁하여 비명을 지르고 이어서 어의(御醫)들이 뛰어 들어왔다. 하지만 금상은 눈을 뜨지 못했다.

독살! 독살이라니? 군왕의 독살이라니! 궁궐 안에서 술

렁이던 소문은 순식간에 무수한 밤하늘의 신성처럼 퍼져
나갔다.

"주상 전하! 떠나지 마시옵소서! 전하!"
천지는 다시 먹구름으로 어두워졌다. 절반 남은 보름달
이 자취를 감추고 나자 천둥이 울며 벼락을 치고 번개가
번쩍였다. 순간 멍든 밤하늘이 울어대기 시작했다. 굵은
빗방울이 떨어지며 금세 사나운 빗줄기로 쏟아 내린다.
당장 비에 흠뻑 젖은 내관은 더 한층 애절하게 울부짖고,
떠나려는 금상의 영혼을 붙잡기 위해 몸부림을 치고 있었
다.
"주상 전하! 전하가 떠나시면 천년 학이 떠나고 천년 학
이 떠나면 나라가 망하옵니다. 전하! 가지마시옵소서. 가
지마시옵소서!"

관순(寬順)도 내관처럼 두 팔을 뻗고, 떠나려는 임금의
영혼을 붙잡으려고 허우적거리며 가지마시라고 외치고 있
었다.
"아아! 아!"
그 순간 내관이 흔들어 펄럭이던 순백의 하얀 너울 같
은 임금의 자리옷이 귀기어린 백학으로 변하여 내관의 손
에서 빠져나갔다. 성깔 사납게 쏟아지는 빗줄기 사이로,

멀리 날아오른 학은 훨훨 어디론가 사라져버렸다.

"안돼요. 천년 학이 떠나면 나라가, 나라가 망한대요. 어서 붙잡아야 해요!"

관순은 몸부림치며, 그 학을 잡으려다 퍼뜩 잠에서 깼다. 마룻바닥 위에 깔고 덮었던 모포가 후줄근하게 땀에 젖어 있었다. 꿈이었던 것이다.

그 때 간담을 서늘케 하는 기상나팔이 울렸다. 곧이어 지축을 울리는 발자국 소리가 들리고 간수의 새벽 점호가 우렁찼다. 관순은 몸을 뒤척이며 간밤의 꿈에 젖는다. 그 때 감방 철문 쪽에 있던 식구통(食口桶)이 열리고 아침 배식이 들어왔다.

관순은 여전히 꿈속 인양 멍 하니 식판을 굽어본다.

제 1 장
수탈의 시대

✱ 소녀, 유관순

경술년 국치를 1년 남짓 앞둔 1909년 봄. 부끄러움을 모르는 봄꽃들은 주인 있는 마당, 주인 없는 들판을 가리지 않고 만개했다. 마을에서 달려오는 소녀들의 웃음소리가 앞개울까지 울려 퍼졌다. 빨래를 개울물에 헹구던 관순은 고개를 돌려 소녀들이 달려오는 곳을 바라본다.

"관순아, 아직도 멀었어?"

동순이 제일 먼저 숨을 헐떡이며 개울가로 달려와 관순이 옆으로 다가와 선다. 그러나 관순은 아랑곳없이 빨래를 돌 위에 놓고 방망이질을 한다.

"그렇게 세게 두들기면 옷이 다 망가지잖아? 그만 해, 그만 좀 두들기라고."

동순이 자기 말을 들은 채도 않는 관순의 손에서 방망

일 빼앗자, 그때서야 관순이 발딱 일어서고, 동순을 뒤따라 온 아이들은 관순이 옆으로 둘러선다.

"니들은 동순이 졸개야? 여긴 왜 왔어?"

"너랑 놀려구, 같이 놀자고 왔지."

"또 그 풀각시놀이 하자구?"

"관순아, 우린 네가 싫어하는 거 안 하기로 했어. 그러니까 빨래 그만 하고 우리랑 놀자. 사내애들이 지금 비석치기를 하거든. 우리도 끼어달라고 하자, 웅? 관순아!"

소녀들이 관순의 손을 잡아 끌 듯 당기고, 관순은 못 이기는 척 세숫대야에 빨래를 담아 옆구리에 끼고 앞장을 선다. 마을로 들어서자 골목 안은 장터처럼 소란스러운 사내아이들 소리로 가득하다.

"어? 관순이도 왔네?"

비석치기를 하던 사내아이들 중에 창수가 관순을 보고 입가에 함박웃음을 짓는다. 하지만 다른 아이들은 애써 관순을 피하는 눈치다.

"우리도 끼워주라."

관순이 아이들 앞으로 바싹 다가서며 허리에 손을 얹는다.

"유관순, 넌 계집애가 감히 남자애들하고 놀아보겠다는 거야? 계집애들은 공기돌이나 던지며 놀면 되잖아? 다른 곳으로 가라, 가!"

"노는데 남자 여자가 어디 있어?"

관순이 따지듯 내뱉은 말에 모두들 난처한 표정으로 서로들 얼굴을 본다.

"쟤 좀 봐. 주먹 쥐고 흔들어대는 폼이 한 판 날릴 것 같아. 아이, 무섭다 무서워. 야 야, 그냥 끼워주자."

"어떡하지?"

"뭘 어떻게 해? 안 끼워주면 다 망쳐놓을 텐데."

꺽다리 김창수가 관순을 흘금 보고는 아이들을 모아 소곤거리더니 관순 앞으로 다가온다.

"골치 아프지만 다 같이 놀기로 했다. 됐냐?"

"좋아!"

관순은 뒤쫓아 온 여자 아이들을 불러 모으고, 옆에 있던 창수는 여자 아이들을 두 편으로 가른다.

"관순이 너는 우리 편이다. 이쪽으로 와. 동순이도 이쪽으로 오고, 너네 들은 저 반대편으로 가라."

창수가 관순과 동순을 자기편으로 끌어들이고 다른 두 아이는 반대편으로 밀어낸다.

"관순이가 우리 편으로 와야 되는데. 쟨 두 몫은 하잖아?"

"야! 계집애가 하면 뭘 얼마나 잘한다고. 숫자도 딱 맞잖아. 네 명이니까 둘씩 딱 맞구만. 야, 빨리들 가서 입석 돌들을 세워야지."

관순은 흩어진 돌들을 세워 놓고 비석치기를 하는데 사내아이들 보다 더 잘 맞춰 쓰러트린다. 그때마다 두 손을 번쩍 들고 껑충껑충 뛰며 환호성을 터트린다.

"쟤 좀 봐! 하는 짓이 영락없이 남자야. 관순인 사내가 되려다 계집아이가 됐나봐."

그 말에 모두 깔깔대고 웃는데, 때마침 동순이 할아버지가 지나가시다가 그 모습을 보고는 아연 실색하며 호통을 치신다.

"동순아! 계집아이들이 지금 사내들하고 어울려 입을 쩍 벌리고 큰소리로 웃어대다니, 그것도 발을 동동거리면서. 대체 뭐하는 짓이냐?"

할아버지는 동순이 손을 잡아끌어다 옆에 세우더니 관순이도 잡아끌고 집으로 가자고 하신다.

"관순이 네가 이런 짓거리 하자고 했지? 가자, 너희 둘다 혼 좀 나야겠다. 어서 가자!"

엄격한 유학자였던 동순의 할아버지는 여자는 모름지기 얌전하고 다소곳해야 하는 법이라며 관순과 동순을 집으로 데리고 가서는 일장연설을 하신다.

"비석치기라니…. 사내자식들이나 하는 놀이야. 아까 보니 관순이 너는 망둥이 뛰듯 다리를 번쩍번쩍 쳐들던데 그래서야 원, 어디 시집이나 가겠냐? 그래도 잘못했다는 소리가 안 나와?"

"잘못했어요. 할아버지."

관순과 동순은 두 손으로 싹싹 빈다.

"사내아이들 앞에서 조신머리 없이, 하얀 이를 보이면서 웃어도 아니 되는 게야. 알았나?"

"예, 잘 알겠습니다."

그러나 관순은 동순의 집에서 나오기가 무섭게 사내아이들이 하고 있던 놀이에 다시금 뛰어들어 사내아이들을 기필코 이겨먹는다. 그 모습을 지켜보던 어른들은 혀를 차고 지나간다.

"그저 고삐 풀린 망아지같지 않소?"

"그래도 씩씩한 모습이 여장부 같아서 전 좋기만 한 걸요."

"하긴, 여자로 태어난 게 아깝긴 하지. 남자였다면 대장부 감인데."

"여자라도 아마 큰일을 해낼 거요. 예사로운 아이가 아닌 것 같아요."

그런데도 그들은 막상 관순 아버지를 만나면 으레 걱정을 늘어놓는다.

"관순인 남자로 태어났어야 했는데. 그 끼를 어쩔 거요? 그래서야 시집이나 보내겠나?"

관순 아버지는 그럴 때마다 관순을 감싸고돌았다.

"염려해주셔서 감사합니다. 하지만 저는 걱정 없습니다. 우리 관순이는 머리가 영특해서 틀림없이 큰 인물이 될 겁니다."

동네 사람들은 그 말에는 동의를 했다.

"하긴, 모르긴 해도 큰 인물이 될 거라는 생각은 우리도 하고 있네."

하지만 그들의 말을 들을 때마다 아버지 입장에서도 내심 불안한 구석이 없는 것은 아니었다.

어느 날인가는 이웃마을에 다녀오는 산길에서 짐승들이나 뛰노는 풀밭에 엎드려 단잠에 빠져있는 딸을 본 아버지는 그 자리에 털썩 주저앉았다.

"이 아이를 어쩐담. 영락없는 사내야. 차라리 사내로 태어날 것이지. 저도 힘들고 이 애비도 힘들게⋯. 애! 관순아!"

아버지는 관순이를 흔들어 깨웠다.

"으응⋯ 어? 아버지!"

"도대체 이 산중에서 단잠이라니, 정신이 있는 거니? 이 애비가 얼마나 놀랬는지 알기나 해?"

"아버지!"

관순은 아버지 품으로 기어들어가면서, 어리광을 부렸다.

"동무들과 숨바꼭질하다가 잠이 들었나 봐요."

"얼마나 뛰고 놀았으면, 이런데서 잠이 들었겠어? 이 녀석, 집에 가서 야단 좀 맞아야겠다. 어서 집에 가자. 아직 잠이 덜 깬 것 같은데 걸을 수 있겠니?"

관순이 고개를 끄덕인다.

"안되겠다. 오랜만에 어디 한번 업어보자. 내 고명딸, 제법 무거워졌네. 허~ 허허."

관순은 아버지 등에 얼굴을 묻는다.

"아버지 등에서 땀 냄새 난다. 흠흠, 에이 많이 나! 흠
흠… 어휴 냄새."

혼자서 중얼거리던 관순은 아버지 등에서 그대로 선잠
이 들어버린다.

✢ 초대 총독 데라우치와 이완용

허름한 작업복 차림의 김좌진과 박상진이 산모퉁이를
돌아 몇 발자국 떼다가 걸음을 멈춘다. 바로 뒤따라온 이
재명도 숨을 헐떡거리며 두 사람 옆에 멈춰 선다.

"완전 낭떠러지나 마찬가진데, 이제 어떡하지요?"

박상진이 내려다보는 급경사진 비탈길을 두 사람도 고
개를 숙여 본다. 순간, 이재명이 까치처럼 훌쩍 비탈길로
뛰어내리자, 박상진도 뛰기 시작하고 그 뒤를 장년 김좌
진이 뒤따른다. 산비탈을 타고 내리는 그들과 함께 흙무
더기와 나뭇잎, 부러진 나뭇가지까지 한 덩어리가 되어
굴러 떨어진다.

이들은 독립운동을 하는 동지들로, 그동안 조선 총리대

신 이완용과 데라우치 일본 총독을 암살하기 위해 은밀하게 움직여 왔다. 그런데 미처 시작도 해 보지 못하고 일본헌병 경찰에게 쫓기는 신세가 된 것이다.

"이완용과 데라우치가 천안역으로 나타난다는 정보는 대체 어디서 들은 겁니까?"

김좌진의 말에 박상진이 다소 미안한 듯 벌겋게 달아오른 얼굴로 목소리를 낮추어 대답을 한다.

"누군가 일부러 거짓 정보를 흘린 것 같습니다."

박상진은 김좌진이 앉아 있는 옆으로 나뭇잎들이 수북이 쌓인 바닥에 털썩 주저앉았고 청년 이재명도 그 옆으로 앉으며 불끈 쥔 주먹을 치켜들면서 성난 목소리를 내지른다.

"이 주먹으로 매국노 이완용과 데라우치를 처단했어야 했는데, 너무도 억울합니다. 분통이 터져서 온 몸의 살이 다 떨립니다."

이재명은 화가 난 듯 벌떡 일어나 칼을 꺼내더니 옆에 있는 나뭇가지를 힘껏 내리친다. 김좌진이 깜짝 놀라 얼굴을 찡그리며 한 소리 내지른다.

"경솔하오. 이 동지, 그게 대체 무슨 짓이오? 아예 나 여기 있소 하고 소리를 지르지, 그 잘린 나뭇가지가 저 놈들의 표적이 된다는 걸 왜 모르시오?"

"아, 제가 경망했습니다."

이재명이 재빠르게 잘린 나무 가지를 주워서 잘게 분질러 나뭇잎 속으로 흩어 넣는 걸 보면서 박상진은 김좌진 옆으로 바짝 붙어 앉는다. 김좌진의 윤택 어린 콧수염이 바르르 떤다.

"오늘은 일단 여기서 헤어지는 게 좋을 듯합니다. 나는 내친김에 만주로 갈까합니다."

"저 역시 새로운 각오가 필요할 것 같습니다. 저는 경성으로 가서 독립군 자금을 마련해야겠어요. 그런 다음 뒤따라 만주로 갈 테니 거기서 만납시다."

이재명은 이십대의 혈기가 쉽게 가라앉지 않는 듯 입을 꾹 다물고 있다가 목청을 돋아 굳은 결의를 보인다.

"저는 포기하지 않겠습니다. 반드시 간신배 이완용을 저 승길로 보내야 만주로 갈 수 있을 것 같습니다."

갑자기 주위가 웅성거리더니 발자국소리가 설렁인다.

"일본 헌병들인 것 같소. 늑대들처럼 우릴 추격하는 것 같으니 여길 빨리 뜹시다."

청년 이재명이 두 사람에게 길을 제시한다.

"여긴 제가 남을 테니, 빨리들 저 반대쪽 산모퉁이로 서둘러, 서둘러 떠나십시오."

장대한 김좌진이 박상진의 등을 두드려 밀며 나중에 만나자는 말을 하고는 청년 이재명의 손을 잡는다.

"동지, 만주에서 만납시다. 큰일 앞에 더욱 진중하시오."

두 선배들을 먼저 보내고, 날렵한 이재명은 반대쪽으로 달리기 시작한다. 그의 인기척을 느낀 일본 경찰과 헌병이 방향을 바꾸자 이재명은 큰 돌멩이들을 주워 반대편 방향으로 던지고 풀숲에 바짝 엎드려 있다. 일본 헌병들이 반대방향으로 달려가는 걸 확인한 이재명은 곧바로 뒤돌아 몸을 움츠려 뛰기 시작한다.

1909년 12월, 이완용은 데라우치로부터 전화 연락을 받는다.

"지난달 17일에 사망한 벨기에 황제 레오폴 2세의 추모 미사가 명동성당에 있을 예정이니, 나를 대신해서 총리께서 참석해 주었으면 좋겠소. 할 수 있겠지요?"

"예, 알겠습니다. 그렇게 하겠습니다."

전화를 끊은 이완용은 손톱을 자근자근 씹다가 인력거를 불러 명동성당 쪽으로 향한다. 대부분 흰옷을 입은 사람들로 붐비는 성당 정문 앞에서, 군밤장수로 변장하고 있던 이재명이 지팡이를 내두르며 인력거에서 내린 이완용을 발견하고 큰소리로 외친다.

"군밤이요, 군밤! 따끈따끈한 군밤이 있습니다."

검은 색 슈트를 차려 입은 이완용에게 접근한 이재명은 순식간에 그의 옆구리와 어깨, 가슴 등을 세 차례에 걸쳐 비수로 깊게 찌른다.

"매국노 이완용, 이놈! 너는 오늘 내 손에 죽는다!"

뒤에 서 있던 인력거꾼이 깜짝 놀라 이재명에게 달려들어 난투극이 벌어지고 결국 이재명의 칼에 찔린 인력거꾼이 쓰러진다. 그 사이 이재명은 일제의 헌병들에게 포위되어 있었다. 더 이상 저항 할 수 없는 상황을 의식한 이재명은 두 손을 높이 쳐들고 큰소리로 외친다.

"대한독립 만세! 대한독립 만세!"

일본 헌병대장 가와하라는 재빨리 일본도를 뽑아 이재명의 허벅지를 찔러 쓰러뜨리고 부하들에게 이완용 총리를 모시라고 외친다.

"빨리 빨리, 이완용 총리를 제국 병원으로 모셔라. 반드시 살려내야 한다."

이재명의 칼은 이완용의 왼쪽 폐를 관통했다. 사이렌을 울리며 병원으로 호송된 이완용은 총동원 된 일본인 외과의사들의 치료를 통해 구사일생으로 살아났다.

조선 총독부의 초대 총독 '데라우치 마사타케'(1852. 2. 24.~1919. 11. 3.)는 오른팔이 불구였다. 그는 사이고 다카모리(西鄕隆盛, 영화 Last Samurai의 주인공)가 이끄는 마지막 사무라이들과 싸워 오른팔을 크게 다쳤었다. 그러나 메이지 유신과 러일 전쟁에서 큰 승리를 이끌었다는 공로로 제1대 조선 총독으로 임명이 되었으며, 조선 주둔 일본군 총사

령관으로는 '하세가와 요시미치'(長谷川 好道. 1850. 10. 1. ~ 1924. 1. 27.)가 임명이 되었다.

데라우치 총독은 황제인 고종을 대신하여 대한제국의 실질적인 모든 권한을 손아귀에 쥐고 좌지우지 하였다. 총독 취임사에서 그는 대한제국의 정치 관료들을 향하여 으름장을 놓았다.

"조선인은 대일본제국의 통치에 무조건 복종하든지 아니면 죽든지 하나만을 택해야 할 것이다."

그는 강압적 무단통치 정책을 선포한 것이다. 이에 맞장구라도 치듯 조선제국 총리 이완용이 제일 먼저 데라우치 총독을 축하하기 위해 총독부로 직접 찾아갔다.

"데라우치 총독각하, 조선의 제1대 총독으로 등극하심을 진심으로 경하 드리는 바입니다."

"아니 이게 누구요? 이완용 총리가 아니시오? 벌써 회복이 다 되셨소?"

"아닙니다. 완전히 회복되진 않았지만 제가 어찌 이 경사스러운 날에 병원에서 누워만 있겠습니까?"

"정말 고맙소. 이 총리는 나와 함께 잘 해봅시다."

1년 전부터 데라우치 총독은 한일병합을 성사시키기 위하여 이완용과 송병준을 충성 경쟁으로 부추기는 기만전술을 부렸다. 총독은 먼저 자신의 관저로 조선제국의 이완용 총리를 불러들여 은근슬쩍 으름장을 놓았다.

"이 총리, 대일본제국에 대하여, 요즘 무슨 불만이 있습니까?"

"아닙니다. 각하 그럴 리가 있겠습니까."

"그런데 조선의 내각은 말입니다. 우리 경외하는 천황폐하께서 원하시는 방향으로 따라가지 않는 것 같아서 말입니다."

총독 데라우치는 비아냥거리며 대한제국을 인정하지 않고 언제나 조선이라는 표현을 썼다. 그의 짙은 콧수염이 부들거렸다.

"어찌 그리 서운한 말씀을 하십니까. 저는 각하 데라우치 총독께서 러일전쟁을 승리로 이끄신 이후, 언제나 총독의 지시에 따랐습니다. 을사보호조약을 체결할 때도 제가 앞장서서 고종을 설득시켰지 않습니까? 그때 독도도 아예 일본 영유지로 포함시키지 않았습니까. 어디 그 뿐입니까? 헤이그 밀사사건을 빌미로 고종황제를 퇴위시킬 수 있었던 것도 적극적인 저의 협조가 있어서 가능했던 것 아니었습니까?"

"아하! 그런 정도는 나도 아네. 하지만 요즘은 너무나 능장을 부리는 것 같단 말이야."

"무슨 말씀입니까? 지난번에는 대한제국의 실질적인 행정권과 사법권까지 총독에게 드렸습니다. 이번 한일병합도 제가 반드시 해결해 드릴 테니 걱정은 마십시오. 다 잘 될 겁니다. 바둑 세 판 정도 두실 시간이면 될 겁니다."

"그럼 이 총리만 믿고, 잠시 기다려보겠소. 이 총리가 열심히 해준다면 경외하는 대일본제국 천황폐하께서도 이 총리에게 큰 상을 내리실 겁니다."

총독은 호탕하게 웃으며, 이완용의 어깨를 툭툭 내리친다.

"예, 황공합니다."

이완용은 굽신 절을 하고 뒤돌아 나오면서, 새끼손가락을 깨문다. 그의 습관이었다. 그는 바짝 긴장했던 어깨를 쭉 펴려다 뒤를 흘금 돌아보고는 가슴을 편다. 결코 데라우치는 만만한 상대가 아니었기 때문이다.

이완용을 내보낸 총독 데라우치 역시 주먹으로 책상을 툭툭 내리치고 있다.

"절대 믿을 놈이 못 돼. 저 놈은 언제든지 변절할 수 있어. 제 나라도 손바닥 뒤집듯 배신한 놈인데 뭘 배신하지 않겠어?"

그는 고개를 좌우로 흔들다가 멈칫, 멈추고 잠시 생각에 잠긴다.

'이완용? 저 놈은 원래 주미(駐美)공사였지. 또한 친러파였어. 거기에 러시아 공사로도 봉직했고, 일러 전쟁에서 우리 제국이 승리하자 재빨리 변신한 인물이야. 저놈은 제국 일본어는 몇 마디 밖에 못하지만 영어는 제법 지껄인다고 들었어. 훤칠하고 늠름한 인물… 아무래도 요주의 인물이야….'

그는 다시 고개를 좌우로 흔든다. 그리고 잠시 머뭇거리다 책상을 한 번 세차게 내려친 후 총독부 경무국장 마루야마(丸山)를 급히 불러들인다. 마루야마는 제국 사관학교 출신 신예였다. 마루야마 경무국장은, 멸사봉공(滅私奉公), 진충보국(盡忠報國)의 대 일본제국이 자랑하는 사무라이 정신으로 무장한 장교였다.

"아무래도 간교한 이완용을 믿을 수가 없다. 이완용의 내각을 와해시키고 송병준 내각을 출범시킨다고 소문을 퍼트리게."

"하이, 잘 알겠습니다."

"송병준도 믿을 놈은 못 되지. 박쥐같은 놈들이야. 그래서 두 놈을 붙여놓자는 거야. 이건 작전상 비밀 일세."

원래 송병준은 도산 안창호(安昌浩, 1878. 11. 9.~1938. 3. 10. 안중근 의사와 친척관계)의 밀명을 받고 일본으로 건너갔었다. 친일파 김옥균을 암살하기 위해서였다. 하지만 김옥균을 만난 송병준은 그의 친화력에 흡입되면서 그의 언변에서 우국충정을 느꼈다. 더구나 그의 사생활의 검소함에 감동을 받고 자신을 대하는 그의 예의 바름에 감화되어 결국 김옥균의 수하가 되었다. 송병준의 어리석음은 스스로 노다 헤이지로(野田 平次郎)라는 이름으로 창씨개명까지 한다. 그리고 창씨개명 1호의 명예 아닌 명예를 안고 급기야 친일파의 수장이 되었다. 그는 자신의 변신을 멸사봉공(滅私奉公)이라는 말로 미화시킨 인물이다.

"아무래도 이완용을 부추기려면 송병준을 이용하는 방법밖에 없어. 송병준 내각이 들어서 한일병합을 원한다는 여론을 만들어 이완용 총리내각을 압박하는 거야. 송병준의 멸사봉공을 우리가 써먹어 보자는 거야."

"하이, 잘 알겠습니다."

결국 데라우치의 전술에 넘어간 이완용이 다급하게 전화를 걸어 적극적인 태도를 보였다.

"총독각하! 현 내각이 물러난다 해도 우리보다 더 친일적인 내각은 나올 수 없을 것입니다. 내일 총독 관저에 가서 직접 조약을 체결 하겠습니다."

"그래요? 내일이라… 그럼 바둑판에서 기다리겠소."

만족스런 미소를 짓고 데라우치는 전화를 끊었지만 다시금 생각에 잠겼다가 벌떡 자리에서 일어난다.

"아니야, 아직은 안심할 단계가 아니야. 무슨 일이 벌어질지 모른다. 다들 모이라고 해!"

그는 죽순처럼 늘어선 부하 직원들을 앞에 놓고 약간 긴장한 어조로 명령을 한다.

"오늘 밤 모든 병력을 조용히 경성으로 집결시켜라. 그리고 내일은 용산에 있는 제2사단이 경비를 맡는다. 알겠나?"

"하이! 잘 알겠습니다."

경무국장 마루야마가 즉시 행동으로 옮긴 것을 보고도 데라우치 총독은 여전히 불안한 기색을 감추지 못한다. 그는 다시 경무국에 명령을 하달한다. 만약의 사태를 대비하기 위해서다.

"잘 들어라. 오늘 밤을 틈타 청진, 함흥, 대구 등에 주둔한 일본군 병력까지 경성으로 신속하게 이동시켜라!"

1910년 8월 22일. 데라우치 총독의 지시에 따라 조약 체결 장소에는 용산에 주둔하던 제2사단이 삼엄하게 경비를 섰다. 조선 총리대신 이완용과 테라우치 마사다케 총독, 일본 대사 하야시 곤스케를 중심으로 농상공부대신 조중응, 법무대신 이재곤, 내부대신 박제순 등이 참석했다. 그런데 막상 조약을 체결하려할 때 학부대신 이용직은 벌떡 일어서며 반대를 선언한다.

"이완용 총리, 이건 완전한 불평등 조약이지 않소. 반만년의 우리 한민족 역사를 이렇게 쉽게 제국일본에 내준단 말이요? 총리, 나는 절대로 반대하오. 총리대신, 이러면 안 되오!"

이용직이 강력한 반대의사를 내놓자 갑자기 찬물을 끼얹은 듯 장내는 조용해졌다. 그때 일본 대사 하야시 곤스케가 경무국장 마루야마에게 조용히 지시를 내린다.

"소란을 피우는 저기, 저 자를 즉시 끌어내라."

이용직은 통감 관저(현 경성 중구 예장동 2번지)에서 강제로 쫓겨나고 통감 관저에서는 아무 일 없었던 듯, 대신들은 서둘러 서명날인하고 조약 체결을 맺는다.

"좋아요. 좋아… 하하 하하… 이리도 쉬운 일을, 이 총리는 어렵다고 생각하였소이까?"

"아닙니다. 그럴 리 있겠습니까?"

이완용은 긴장이 되었는지 새끼손가락을 물어뜯으며 고개를 갸우뚱거리고, 총독 데라우치는 윤택한 수염을 추슬러 거만을 떨며 이완용의 굳은 얼굴이 재미있다는 듯 웃어댄다.

"하하하! 아무튼 수고 많이 했습니다. 하하 하하하!"

데라우치 총독은 통쾌한 웃음을 멈추지 않는다. 조선 총리대신 이완용은 대한제국을 팔아먹는 일을 고작 1시간 만에 끝낸 것이다. 그들이 체결한 한일 병합 조약의 내용은 이렇다.

[한일병합조약(병탄늑약) 전문]

대한 황제 폐하와 일본국 황탄제 폐하는 두 나라 사이의 특별히 친밀한 관계를 고려하여 상호 행복을 증진시키며 동양의 평화를 영구히 확보하자고 하며 이 목적을 달성하고자 하면 대한을 일본국에 병합하는 것이 낫다는 것을 확신하고 이에 두 나라 사이에 합병 조약을 체결하기로 결정하였다.

이를 위하여 대한 황제 폐하는 내각총리대신(內閣總理大臣) 이완용(李完用)을, 일본 황제 폐하는 통감(統監)인 자작(子爵) 사내정의(寺內正毅, 데라우치 마사타케)를 각각 그 전권위원(全權委員)으로 임명하는 동시에 위의 전권 위원들이 공동으로 협의하여 아래에 적은 모든 조항들을 협정하게 한다.

대한 황제 폐하는 대한 전체에 관한 일체 통치권을 완전히 또 영구히 일본 황제 폐하에게 양여함. 일본국 황제 폐하는 앞 조항에 기재된 양여를 수락하고, 완전히 대한을 일본 제국에 병합하는 것을 승락함.

일본국 황제 폐하는 대한 황제 폐하, 태황제 폐하, 황태자 전하와 그들의 황후, 황비 및 후손들로 하여금 각기 지위를 응하여 적당한 존칭, 위신과 명예를 누리게 하는 동시에 이것을 유지하는데 충분한 세비를 공급함을 약속함.

일본국 황제 폐하는 앞 조항 이외에 대한 황족 및 후손에 대해 상당한 명예와 대우를 누리게 하고, 또 이를 유지하기에 필요한 자금을 공여함을 약속함.

일본국 황제 폐하는 공로가 있는 대한인으로서 특별히 표창하는 것이 적당하다고 인정되는 경우에 대하여 영예 작위를 주는 동시에 은금(恩金)을 줌.

일본국 정부는 앞에 기록된 병합의 결과로 완전히 대한의 시정을 위임하여 해당 지역에 시행할 법규를 준수하는 대한인의 신체 및 재산에 대하여 전적인 보호를 제공하고 또 그 복리의 증진을 도모함. 일본국 정부는 성의 충실히 새 제도를 존중하는 대한인으로 적당한 자격이 있는 자를 사정이 허락하는 범위에서 대한에 있는 제국 관리에 등용함.

본 조약은 대한 황제 폐하와 일본 황제 폐하의 재가를 받은 것이므로 공포일로부터 이를 시행함.

위 증거로 삼아 양 전권위원은 본 조약에 기명 조인함.

융희 4년 8월 22일 내각총리대신 이완용
메이지 43년 8월 22일 통감자작 데라우치 마사타케

———————————

이완용은 조약체결 후 바로 관직을 사퇴하는 조건으로 일본 정부로부터 백작의 작위와 퇴직금 1458원, 총독부의 은사 공채금 15만 원을 지급받았다. 그리고 그는 조선 총독부 중추원(현재의 국회) 부의장에 올라 정기적으로 일본 천황에게 조선귀족 대표로 직접 문안 인사를 갔으며, 신사 참배는 물론 조선 귀족들 앞에서 두 손 번쩍 쳐들며, '천황폐하 만세'를 불렀다.

1905년 을사보호조약 이후 대한제국은 이 조약의 부당성을 국제사회에 고발하기 위해 헤이그 밀사사건을 일으키지만 데라우치는 그 책임을 물어 고종을 폐위시켰다. 또한 그는 한일협약과 군대해산으로 이어지는 일련의 침략 식민지 정책을 시행하였으며 또다시 그 여세를 몰아 드디어 한일병합까지 일사천리 전광석화(電光石火)로 강행했던 것이다.

데라우치는 대한의 군중의 반발을 억누르기 위하여 강력한 무단통치로 탄압정책을 시행하였다. 조선통감부에 있는 모든 간부들이 모인 자리에서 그는 큰 소리로 다그쳤다.

"이제부터 우리 대일본제국의 헌병과 군대는 경찰의 임무를 동시에 수행한다. 만일 대일본제국의 정책에 반대하거나 조선의 독립운동에 조금이라도 가담하는 놈들이 있다면, 즉시 모두 잡아들인다. 알겠나!"

"하이, 잘 알겠습니다!"

"텐노 헤이카 반자이(천황폐하 만세)!"

데라우치가 만세를 선창하자 그곳에 있는 모든 장관들이 두 손을 번쩍번쩍 들어 올리며 제창을 한다.

"텐노 헤이카 반자이! 반자이!"

일제는 1912년 '신태형령'을 공포하고 이에 따라 헌병이나 순사들이 재판 없이 조선인 구금과 구타를 할 수 있도록 자유롭게 허용했다. 이에 반발한 대한의 군중은 한일병합 직후 20만 명 이상이 한일병합 반대 시위에 참여하였으며 대한제국 독립운동에 적극 가담하였다.

✦ 성서 연구회

일본 도쿄에서는 매국노 이완용의 주도로 국권을 빼앗겼다는 소식이 대한의 유학생들 사이로 급속하게 퍼져나갔다. 그들은 두세 명만 모여도 참을 수 없는 통분을 터트렸다.

"매국노 이완용이 데라우치에게 고작 한 시간 만에 우리나라를 팔아먹었다는군."

"쳐 죽일 놈들! 어떻게 한 시간에 나라를 팔아넘길 수 있단 말인가."

"매국노 이완용! 내 눈에 보이기만 하면, 그 놈의 산면을 따버릴 테다. 두고 보자, 간신배 이완용!"

"정말 분하고 억울해. 나라를 잃어버린 우린 앞으로 어떻게 될 건지 무섭고 두려워. 어떻게 이런 일이 일어날 수 있는지 한탄스러울 뿐이니, 이 노릇을 어떻게 한단 말인가?"

그들은 마침내 지하조직을 만들어 대한제국의 국권을 회복하고 나라를 되찾기 위한 활동을 전개한다.

대한의 유학생들 중에는 성서연구회에 가입하는 학생들이 많았다. 성서를 배우는 목적도 있었지만, 대부분의 유학생들은 나라를 되찾고자 하는 일념으로 비밀리에 독립운동을 하기 위해 소리 소문 없이 몰려들고 있었다.

성서연구회를 처음 조직한 사람은 일본인들도 존경하는 '우치무라 간죠'(內村鑑三, 1861. 3. 26.~1930. 3. 28.)였다. "Boys, be ambitious!(젊은이여, 야망을 품어라!)"라는 말로 유명한 홋카이도 농학대학의 학장이자 선교사인 클라크 박사의 영향을 받아 미국에서 신학을 공부하게 된 그는 '무교회주의'를 주장하였으며 성직자와 평신도의 구분이 없는 민주적인 공동체 모임인 성서연구회를 만들었다. 오직 성서만이, 인생을 구원으로 인도하시는 하나님의 길이라는 가르침을 내세워 일본 천황의 절대 권력의 상징인 〈교육칙어(敎育勅語)〉 봉독식 때도 예를 갖추지 않았다. 그 때문에 '불경죄'로 몰려 일본 천황을 숭배하는 존황파(尊皇派)로부터 보복 테러를 받았다. 그 일로 자식과 아내를 잃어버리고 1918년 세계 1차 대전이 끝날 무렵부터 '재림운동'을 설파했다.

"말세지경입니다. 이렇게 어지럽고 힘든 이 세상을 누가 구하겠습니까? 오직 성서의 구세주만이 할 수 있는 일이며, 구세주가 오셔야 진정한 평화와 행복한 세계가 창건될 것입니다."

그러나 성서연구회의 대부분 유학생들은 성서에 대한 관심보다는, 어떻게 하면 빼앗긴 나라를 되찾을 수 있을지에 대한 방법론을 더 깊이 고민하고 있었다. 그들의 젊은 가슴은 통분과 열망으로 들끓었기 때문이다.

그 당시 소련의 지도자 블라디미르 레닌은 아시아 식민지 문제에 관심을 가지고 있었으며 지원도 하였다. 이에 홍명희(임꺽정의 저자), 탁월한 웅변가 여운형, 안재홍 등 많은 유학생들은 공산주의의 사상을 통해 빼앗긴 나라를 찾을 수 있다고 생각하였다. 그들은 일본에서 배운 공산주의 사상을 대한조선으로 가지고 들어와 젊은 청년학생들에게 새로운 이념을 가르쳤다.

그런 가운데 성서연구회의 신앙을 바탕으로 한 대한의 유학생들은 그리스도의 가르침으로 나라를 구할 수 있을 것이라고 생각하였다. 이에 김교신, 함석헌, 유영모, 송두용, 최태용 등은 무교회주의 운동을 통해 내셔널리즘(국가주의)을 넘어 세계 평화주의적 관점에서 대한의 독립을 쟁취하기를 염원했던 것이다.

더구나 우치무라 선생은 보기 드문 친한파였다.

"나의 가르침을 가장 잘 이해해준 사람들은 조선한국인 학생들입니다. 나에게 배운 것에 대한 감사를 표하며 귀국하는 한국인 학생을 배웅할 때면 어렵고 힘들어도 성서연구회를 꾸준히 이끌어온 보람이 있습니다. 나는 여러분이 자랑스럽습니다."

그의 말에 유학생들은 여러 질문들을 쏟아냈다.

"우치무라 선생님, 선생님께선 대한 제국의 독립에 대하여 어떻게 생각하십니까?"

"제국일본의 독립과 자유가 귀한 만큼, 대한의 독립과 자유도 귀하다고 생각합니다."

그는 솔직한 심정으로 대답을 했고 대한의 유학생들은 그러한 우치무라 선생을 진심으로 존경했던 것이다.

"저희들은 선생님의 가르침에 따라 십자가를 바라보는 신앙이 아니라, 십자가 쪽에 서서 온 몸으로 자신을 희생시키는 길을 가겠습니다."

학생들의 결연한 의지에 감동한 우치무라 간조 선생은 칭찬을 아끼지 않았다.

"진심으로 일본인들은 한국인에게 배울 점이 많습니다."

그는 학생들에게 위로의 축도를 했다.

"복이 있을 한국, 복의 통로가 될 한국, 한국은 하루 속히 일본을 이기고 기독교 국가가 성립되게 하옵소서!"

그의 축도는 학생들에게 큰 힘으로 작용할 수 있는 격려가 되었다. 그러나 복음주의자 김린서 목사는 그러한 학생들의 움직임을 염려하며 마땅치 않게 생각했다.

"나라도 일본의 식민지가 된 판에, 어찌 영적으로도 일본의 식민지가 될 것을 자처하느냐?"

그러나 우치무라의 영향을 받은 이광수의 생각은 달랐다.

"우치무라 선생은 훌륭하신 분입니다. 존황파의 보복으로 아내와 자식을 잃었지만, 그 분은 두려움 없이 자신의 소신을 굽히지 않았습니다. 우리는 그 분의 가르침을 굳건한 단결과 행동으로 실천해 나가야 합니다."

그는 대한의 유학생들에게 진정한 이성적 용기만이 절망을 이겨낼 수 있는 힘이라고도 외쳤다. 옥양목 검정 학생복이 잘 어울릴 만큼 그의 큰 키와 늠름함은 학생들에게 신뢰감을 주었다.

"일본인도 오직 성서신앙으로 천황을 반대하다가, 테러를 당해 아내와 자식을 잃었습니다. 나라를 빼앗긴 우리들도 결연히 일어나야 합니다. 그냥 이대로 참고 지켜만 볼 수는 없습니다."

유학생들은 이광수를 중심으로 '재일 조선청년 독립단'을 결성하여 '2·8 독립학생운동'을 도쿄 한 복판에서 주도하는 불씨가 되었다. 그들 눈빛이 형형하다고, 우치무라 선생은 격려했다.

⁑ 지령리 교회

관순은 어려서부터 개신교 신자인 할아버지 유윤기(柳閏基)를 따라서 교회를 다녔다. 가끔 선교사님들을 모시고 이웃 교회를 심방할 때는 관순도 아버지를 따라간 적이 많았다. 그 교회들 중 지령리의 교회가 전소(全燒)되는 사건이 일어났다. 지령리는 철도가 부설되기 전 경성과 충청남도 공주를 연결하는 교통도로여서 선교사들이 집중적으로 개신교를 전파하던 곳이었다. 교회가 하나 둘 생겨나면서, 순박한 마을은 다른 지역보다 개화의 물결이 빠르게 일고 있었다. 그러던 중 1907년 8월 일어난 국채보상운동에 지령리 교회가 동참했다는 이유로 제국일본 경찰은 교회를 전격적으로 불태운 것이다.

"저 악귀 같은 일본 놈들을 보세요. 하늘이 무섭지도 않나 봐요. 예수님이 계신 성전을 불태우다니, 저들은 마침내 천벌을 받을 것이에요."

"이게 다 나라 잃은 설움이지 뭡니까?"

"이럴수록 우리는 더 힘을 합쳐 이겨내야 합니다. 하늘은 우리를 도울 겁니다. 지금 당장의 눈앞의 일만 생각할 것이 아니라 우리의 후손들을 생각해서라도, 우리나라는 우리의 힘으로 지켜야합니다."

잿더미로 불타버린 교회를 둘러보면서, 할아버지와 마을 어른들끼리 주고받는 이야기를 듣게 된 관순은 아버지에게 울먹이며 무슨 까닭이냐고 물었다. 어린 딸의 눈에는 눈물이 어른거렸다.

"우리 대한민국은, 저 왜놈들에게 나라를 빼앗겼단다."

아버지는 열변을 토했지만 관순은 그때만 해도 아직 어린 나이여서 무슨 뜻인지를 잘 몰랐다. 하지만 일본 놈은 나쁜 놈, 우리의 원수, 어른들이 부르짖던 말들만은 가슴에 새겼다.

'나라를 찾아야 한다.'는 아버지의 절규에 관순은 가슴에 전율을 느꼈다. 그리고 나라를 지켜야 된다는 할아버지 말씀은 너무나 진지하고 간절해서 마음속에 못 박히듯 깊숙이 새겨졌다. 그녀의 첫 이성(理性)이 눈을 뜰 때, 심상에 깊이 새겨진 소리는 '나라를 찾아야 한다!'였다.

화마가 휩쓸고 간 교회는 새카만 잿더미만 남았다. 마을 사람들은 그 잿더미에 앉아서 통곡을 하고 있었다. 자식들은 부모를, 부모들은 어린 자식을 찾으며 울부짖고 있었다. 그 통한 맺힌 원성은 어린 관순의 마음을 갈기갈기 찢어놓고 있었다.

"내가 반드시 찾아서 혼을 낼 거야. 악마 같은, 마귀 같은 일본 놈들, 정말 나빠! 나라를 뺏고, 백성을 죽이다니!"

어른들 말을 흉내라도 내는 듯 부르짖는 어린 조카딸 관순을 보자 작은 아버지가 질색을 하며 잡아끌었다.

"안되겠다. 어서 집으로 가자. 어린 것한테 못 볼 것을 보여줬어."

관순의 작은 아버지 유빈기(柳斌基)는 빨리 집으로 가자고 쫓기듯 모두를 선동했다. 그러나 그의 가슴은 관순보다 더 큰 분노로 가득했다. 그의 마음속에는 이미 고향에 개신교를 다시 중흥시키겠다는 새로운 각오와 신념이 생겼다. 그래서 케이블(E. M. Cable, 한국명 奇怡富) 선교사, 조인원(趙仁元) 등과 함께 1908년 불타버린 지령리 교회를 다시 세웠고, 1910년 12월에는 다시 세워진 지령리 교회에 유빈기(柳斌基), 조인원(趙仁元) 등 향촌 유지들이 모여 민중 계몽운동에 합세하여 노력을 하게 된다. 이후 숙부 유중무가 선교사로 교회를 이끌면서 관순도 자연스럽게 개신교에 입문을 하게 되었다. 소녀의 염원이던 열정에 개신교는 기름불이 되었고 그 불은 꽃봉오리처럼 피어 오르기 시작했다.

❦ 신민회 탄압

남산 왜성대의 일본 공사관을 조선총독부로 사용하고 있을 때 총독부에 있던 데라우치 총독은 경무국장 마루야마로부터 놀랄만한 소식을 듣는다.

"총독 각하, 안중근의 남동생 안명근을 잡았습니다."

"뭐라고? 안중근의 남동생을? 1년 전 대제국의 이토 히로부미 총리를 죽인, 그 안중근을 말하는 것이냐?"

"하이! 그렇습니다. 안중근은 올해 3월 중국 뤼순 형무소에서 사형이 집행됐습니다. 그런데 그 동생이 독립운동 자금을 모집하다가 평양역에서 우리 비밀경찰에게 체포되어 지금 경무 총감부로 압송 중입니다."

"안명근이라…"

총독 데라우치는 잠시 생각에 빠진 채 간교한 계책을 꾸민다.

"그래, 그러면 되겠어. 그 놈들에게 쥐덫을 놓아야겠어. 그거 재미있겠군. 진충보국(盡忠報國)이라, 기회를 포착한 거야."

데라우치는 혼자 중얼거리다가 탁자를 탁 친 다음 마루 야마를 급하게 부른다. 그리고 간사하게 입술을 움직인다.

"조선의 독립투사라는 놈들은 제국의 이토 히로부미 각하에게 한 것처럼 나에게도 총을 겨누고 있을 거야. 틀림없어. 그것을 역이용하여 우리가 먼저 그놈들을 쳐야 한다."

마루야마가 급하게 달려와 데라우치 앞에 선다.

"마루야마, 조선 놈들이 나를, 이 총독을 암살하려 하겠지?"

"네? 무슨 말인지…?"

"무슨 말은, 나를 죽이려다 실패하는 암살극을 하나 만들자는 거지. 자네 생각은 어때?"

"하이, 잘 알겠습니다."

"마루야마, 12월에 압록강 철교준공 축하식이 있지?"

"하이, 그렇습니다."

"그때 준공식에 참석한 후 경성역으로 돌아오는 날에 나를 노리는 독립군들이 암살을 실패한 것으로 암살 미수극 사건을 만들게."

"그것은 어려운 일이 아닙니다만, 무슨 의도가 있습니까?"

총독 데라우치는, 마루야마에게 느닷없이 호통을 친다.

"이래가지고 자네가 경무국장인가? 마루야마, 머리를 좀 쓰게나! 자네는 머리를 장식으로 달고 다니나?"

"하, 하이."

"신민회라는 놈들을 일망타진할 수 있는 절호의 기회를 만들자는 거야. 내 말이 이해가 가는가? 마루야마 국장?"

그제야 경무국장 마루야마는 납득을 하고 데라우치 총독의 계책에 감탄한다.

"총독 각하! 정말 훌륭하신 계책입니다."

"이 기회에 신민회를 중심으로 조직된 전국의 애국지사라는 놈들을 모조리 검거하는 거야. 어때, 내 계획이 멋지지 않은가? 하하하!"

"아주 훌륭하신 생각입니다. 총독 각하의 현명하심에 진심으로 감동했습니다."

"그래, 하하 하하! 내가 생각해도 멋진 계획이야. 하하하! 즉각 실행하게."

"하이! 잘 알겠습니다."

음흉한 계략을 만든 데라우치와 총독부는 헌병경찰들을 총동원하여 전국에 있는 신민회 간부를 비롯한 애국지사와 지식인 600여 명을 일망타진 검거 투옥시킨다.

강력한 헌병경찰제를 시행한 조선총독부의 경무국은 경찰 사무를 관장하는 행정 조직이었다. 경무국장(총감)은 헌병대 사령관이 겸직하였고, 황궁과 한성의 경찰 사무를 담당하였다. 경무 부장은 각 도의 헌병대장으로 임명되어 지방 행정 기관을 통괄 집행하였고, 그들이 각 지방의 모든 권한을 가지고 있었다.

용산역에서 동료인 김구, 양기탁, 윤치호, 이동휘 등이 줄줄이 체포당하는 것을 보게 된 이승훈은 너무 놀라 가슴이 벌컥벌컥 뛰었다. 자신도 모르게 볼 위로 흘러내리는 눈물을 감추기 위해 들고 있던 신문으로 얼굴을 가렸지만 누군가 자신을 쏘아보는 눈길을 놓치지 않았다. 그의 염려는 적중했다.

　이승훈의 눈에서 흐르는 눈물을 본 가와하라 헌병대장의 눈빛이 반짝였던 것이다. 그는 의심의 시선을 거두지 않았다.

　"저자는 누군가? 왜 눈물을 흘리지?"

　헌병대장은 친일파 밀정을 불러 확인한다.

　"대장! 저자는 신민회 간부이자 오산학교 교장으로 유명한 이승훈입니다."

　"저자가? 독립 운동가들을 배출하는 오산학교 교장 이승훈이란 말인가? 확실한가?"

　"하이! 확실합니다."

　"당장 체포해. 그리고 오산 학교와의 관련자들은 모두 체포하고 학교는 즉각 불태워 없애버려!"

　"하이. 지금 곧바로 시행하겠습니다."

　정체가 탄로 난 이승훈은 그 자리에서 체포된다. 한편 체포되어 호송 열차로 압송되던 신석규는 '대한독립 만세'를 외치며 달리는 기차에서 투신하여 자결한다.

그때 이승만은 미국 선교사의 도움으로 간신히 빠져나가 인천 제물포에서 배를 타고 미국으로 출국하여 체포를 모면 한다.

　일제의 무자비한 탄압에 많은 애국지사들이 옥중에서 옥사하거나 출소한 뒤에도 고문후유증으로 사망하는 사람들도 많았다. 또한 회유를 당하여 독립운동에 소극적으로 변신한 사람들도 있었다. 조선의 금수강산에 참담한 피바람이 휘몰아쳤던 것이다.

　일제의 탄압은 점점 거세어지고 날이면 날마다 재판장은 아수라장이나 마찬가지였다. 재판관은 날조 문서인 판결문을 작성하여 재판을 강행하고 일사천리로 판결을 구형했다.

　"데라우치 제국총독의 암살음모 사건에 연류 된 안창호, 김구, 윤치호, 안태국 등 신민회 105명은 유죄를 판결한다."

　일제는 많은 독립투사들에게 죄를 뒤집어씌우고 신민회 간부는 물론 교육사업을 펼친 애국지사와 지식인 105명을 구속했다. 그러나 그들은 굽히지 않았다.

　"그 사건은 처음부터 날조된 것이니, 증거가 있을 수 없을 것이다. 그러므로 우리는 무죄다."

　무죄를 주장한 안태국은 완강한 공판 투쟁을 하면서 일제의 악랄한 날조 조작을 낱낱이 밝히면서, 당당하게 재판장과 군중들에게 외쳤다.

"재판장은 안중근의 사촌 남동생 안명근의 단순한 모금 활동을 독립군자금 모금활동으로 확대 해석하였고, 그 일과 전혀 무관한 우리들에게 화살을 겨누고 재판을 진행하고 있소. 이 모든 것은 조작된 것이오."

안태국의 논리적인 반박에 여론이 점차적으로 조선총독부와 재판장에게 불리해지자, 일본 재판장은 105명 중에서 99명은 무죄로 석방하면서도 자신들의 실수를 인정하지 않기 위해 6명은 유죄를 그대로 유지한다. 이러한 재판장의 협약된 판결은 데라우치 총독을 비롯한 일제의 완전한 날조임을 스스로 증명하는 꼴이 되어 버렸다.

도산 안창호를 중심으로 1907년 고종황제 폐위를 계기로 조직되어 활동하던 신민회는 1911년 일제의 조작된 암살 음모극이었던 105인 사건을 계기로 해체되고 만다. 신민회를 해체하는 과정에서 창피를 당한 일제는 105인 사건을 시작으로 사사건건 애국지사들에 대한 감시와 탄압을 멈추지 않았다.

한편 신민회가 해체되었어도, 전국 각지에서는 한일병합을 반대하는 독립 운동가들의 반발이 계속해서 일어난다. 조선 각지에서 불평등 조약이라며 반발이 거세지자 제국 일본의 법률학자들은 변명을 했다.

"국제법상 조약은 아무런 문제가 없고 한일 병합 조약

은 합법적입니다."

이에 대하여 대한제국의 지식인들은 반박을 하고 나섰지만, 당시 세계정세와 국제법에 무지했던 대한제국의 관료들은 아무런 대책을 세울 수가 없었다. 하지만 한일합방조약은 분명 불법이었다. 순종황제의 최종 승인과 의전 절차를 무시한 편법이다. 강제로 받아낸 위임장에 찍혀진 옥새 옆에 순종의 서명이 빠져 있는 데도 그들은 무조건 밀어붙인 것이었다.

결국 많은 애국지사들은 강자의 힘에, 강제로 국권을 빼앗길 수밖에 없었던 미약한 국력에 통탄 할 수밖에 없었다. 마음에 상처를 입고 자결을 결심하는 사람들이 날로 늘어나고 있었다.

❉ 식민지 정책

105인 사건이 일제의 음모극으로 밝혀지고 결국 99명이 석방되는 것으로 사건이 종결되자 조선의 데라우치 총독은 사사건건 분통을 터트렸다.

"다 잡아 넣은 놈들을… 어떻게 그토록 쉽게 풀어준단 말이야!"

경무국장 마루야마는 총독에게 절절 머리를 조아린다.

"하이, 황송합니다. 그놈들을 더욱 철저히 감시하겠습니다. 그래서 반드시 그놈들을 다시 잡아들이겠습니다."

"아니야, 다른 방법을 강구해야 되겠어!"

데라우치는 대한제국을 완전히 일본의 속국으로 만들기 위하여 더욱 야비한 묘책을 생각해 내기 시작한다.

"이제부터 동양척식주식회사를 설립한다. 그리고 조선 놈들이 가지고 있는 토지를, 기한 내에 신고하지 않았거나 증명문서가 없는 토지는 무조건 몰수하여 회사에서 관리한다. 알았나?

"하이. 알겠습니다. 그런데 회사에서 그 모든 토지를 직접 관리하려면 인력이 많이 필요할 것 같습니다만…."

"그러면 우리 일본사람들을 지주로 세우고 그들에게 땅을 나누어 주어 관리를 맡기면 되지 않겠나!"

"하이. 총독각하는 정말로 현명하십니다. 조선에 살고 있는 일본사람들이 그런 소식을 들으면 정말 좋아할 것입니다. 총독각하는 경영의 천재이십니다. 감사합니다."

마루야마는 총독의 계책에 감동을 한다.

"아참, 하나 더 지시사항이 있다. 일본인 지주들에게는 고리대금업을 활성화시켜, 그 지역에 있는 광산이나 학교 등 소유지를 경영하는 지역 유지들에게 돈을 빌려줘서 만일 그 빚을 조금이라도 못 갚을 경우에는 그 재산을 모두

몰수해도 좋다. 그래야 이 나라를 하루라도 빨리 우리 손
아귀에 완전히 넣을 수 있지 않겠는가. 안 그런가? 하하
하하! 구체적으로 치밀하게 머리를 굴리잔 말일세. 이것
참 재미있는 생각 아닌가.”

“하이, 잘 알겠습니다!”

마루야마는 끊임없이 감탄사를 연발한다. 집무실을 나가
는 총독의 발걸음에 총독부 전 직원의 박수갈채는 환호로
이어진다. 총독의 막무가내 정책은 기립박수로 이어진다.

“정말로 기발하고 놀라운 정책이십니다. 총독각하.”

잠시 후 조선총독부에서 일을 하는 모든 일본인들은 데
라우치 총독의 정책에 대하여 만세를 외쳤다.

“데라우치 총독각하, 반자이! 반자이! 반자이…!”

데라우치는 악랄하고 잔혹한 수법으로 일본에서 이주해
온 일본인들과 본국 일본을 위한 식민지 정책을 적극 추
진하여 일본제국에 막대한 이득을 안겨주었던 것이다. 데
라우치 총독은 철도를 건설하여 농업에서는 쌀을, 상업에
서는 각종 특산물과 호랑이 가죽, 토기 등 거의 모든 분
야에서 식민지 경제로 개편하여 최대한 착취하여 본국 일
본으로 운반하였다. 임업 분야에서는 산림령을 만들어 막
대한 공유림 및 소유자가 확실치 않은 토지 등을 빼앗아
일본인에게 넘겨주었다. 그로 인해 대한의 전 산림은

50% 이상을 일본인들이 차지하였으며 각종 나무와 좋은 목재 등을 일본으로 실어 날랐던 것이다. 어업분야에 있어서도 어민책을 추진하여 총독부의 보호로 모든 어업을 지배하였다. 그리고 광업 분야에서도 전국의 금, 은, 철, 아연, 중석, 석탄 등의 자원과 광구들을 샅샅이 조사하여 일본인들에게 넘겨 채굴케 하였고 그것을 일본으로 날랐던 것이다.

산업수탈의 물질적인 측면에 그치지 않고 일제는 문화 교육의 말살 정책을 펴 정신적인 부분까지 침략을 계속했다. 한일병합 이후 경무총감부 안에 고등경찰과를 두고 집회결사, 종교단체, 신문잡지, 출판물 및 저작물에 관하여 국내 뿐 아니라 외국에 이르기까지 감시하고 방해하는 데 그치지 않고 침략의 과정에서 살인까지 주저하지 않았다. 교육정책은 우민화 교육에 치중하여 겨우 글자나 몇자 가르쳐 주고 마음대로 부려먹고자 하였으며, 사학(私學)과 교과서를 철저하게 통제하였다. 그리고 일본의 닌텐도 회사가 만든 민화투를 보급하여 도박과 투기 등을 장려하였으며 민중의 관심을 일제의 통치정책에서 멀어지게 하는 일이라면 수단과 방법을 가리지 않았다.

식민지 정책들을 성공리에 추진한 조선국 총독 데라우치는 본국 일본의 내각과 관료들에 의하여 그의 공적을 높이 평가받아 백작으로 승진하게 된다.

"축하드립니다. 데라우치 총독각하! 이제부터 백작으로 임명한다는 천황폐하의 윤허가 있었습니다. 천황폐하께서도 참으로 기뻐하십니다."

가쓰라 다로(桂太郎) 일본제국의 내각 총리로부터 직접 축하 전화가 걸려왔다.

"하이. 감사합니다. 가쓰라 다로 총리각하! 진충보국으로 성심성의를 다하겠습니다."

수화기를 통해 가쓰라 다로 총리의 웃음소리가 흘러나온다. 그 소리를 듣는 데라우치도 기뻐 어쩔 줄 모른다. 일본제국에서 본다면 데라우치는 식민지 정책 임무를 성공적으로 수행하였으며 일본 본국에 막대한 이득을 안겨 주었던 것이다. 일본제국의 분신처럼 오직 진충보국(盡忠保國), 사무라이 정신의 진정한 발로(發露)였다.

제 2 장
저항의 불씨

⁂ 이화학당

이화학당에도 찬란한 봄이 찾아왔다. 꽃들은 여기저기서 저마다 자기 자랑에 겨운 향기로 어지러운 세파를 잠재우려는 듯 꽃봉오리를 피우고 있었다.

"저게 누구야? 관순이 맞지? 유관순! 당장 못 내려와?"

계단 난간에 걸터앉아있던 관순이 선생님의 호통 소리에 멈칫 하다가는, 그대로 미끄럼을 타듯 난간을 타고 내려와 담임선생 앞에 차렷 자세로 선다. 선생님의 호통소리에 고개를 기웃거리던 학생들의 키득거리는 웃음소리에 담임선생은 어이가 없어 그대로 웃고 만다.

"당장 교실로 들어가!"

관순은 힘찬 목소리로 '네!' 하고 외치더니 순식간에 교실로 사라진다. 관순이 자리에 앉자 바로 담임선생이 출석부를 들고 들어와 교단에 선다. 그리고 출석부를 열어 1번부터 학생들 이름을 한 명 한 명 부르며 얼굴을 확인한다.

"유관순!"

관순은 다른 생각을 하고 있었는지 갑자기 자기 이름이 불리자 엉뚱하게도 놀란 토끼마냥 자리에서 벌떡 일어난다.

"네!"

갑자기 큰소리로 대답을 하는 바람에 모두들 웃음을 터트리고 만다. 여학생들의 웃음소리가 음울했던 교정을 화창하게 만드는 듯 했다.

"자 자, 조용히! 관순이 넌 하루도 그냥 넘어가는 날 없구나."

"선생님 오늘 입으신 양복이 참으로 멋있어요."

담임선생도 관순의 엉뚱한 소리에 웃음을 참으며 그만 자리에 앉으라 한다. 관순은 수줍게 '네~'하고 소리를 길게 빼면서 볼에 손가락을 살짝 돌리고 자리에 앉는다. 그 모습에 학생들 입에서 또 한바탕 웃음이 터져 나오고 담임선생도 웃음을 감추며 나머지 학생들을 호명한 다음 출석부를 덮고 관순을 쳐다보더니 일어나라고 한다. 관순이 놀라 발딱 일어선다.

"오늘 기도는 네 차례다."

관순은 거리낌 없이 기도를 시작한다.

"하나님 아버지, 오늘도 감사를 드립니다. 늘 새롭게 변화하시는 우리 담임 선생님의 모습을 볼 수 있게 해 주셔서 감사드립니다. 아버지~."

관순의 기도에 아이들이 또 한 차례 키득거리고 다시 조용해지는데 누군가의 배에서 꼬르륵, 배고프다는 신호가 울린다. 그 순간 관순의 목소리가 커진다.

"아버지 저의 기도를 들어주시옵기를 바라며… 맛있는 찹쌀떡의 이름으로 기도드립니다."

아멘을 준비하고 있던 아이들의 입에서 폭소가 터져버린다.

"뚝! 뚝!"

선생님의 매서운 한 마디에 학생들은 입을 꾹 다문다.

"너희 모두에게 품행점수 0점을 줄 것이야."

그때 관순이 일어난다.

"선생님! 잘못했습니다! 저도 모르게 그만….."

"자리에 앉지 못해. 이게 다 유관순, 너의 장난 때문이라는 걸 명심해. 너희들은 나를 원망하지 말고 유관순을 원망하도록! 이상! 반장 뭐해?"

반장이 일어나 선생님께 경례를 하자, 아이들이 모두 고개를 숙여 절을 한다. 선생님이 채 교실 밖으로 사라지기도 전에 아이들은 관순의 책상 둘레로 벌떼처럼 모여든다.

"정말 미안해. 얘들아."

"야, 미안하긴 뭐가 미안해. 우리 모두가 똑같이 0점 받는 건 불이익이 아니잖아. 그치 얘들아?"

"순애 말이 맞아. 우리가 모두 똑같이 0점 받는 것도 처음이다. 신기록이다. 그치?"

관순의 장난기로 단체기합을 받는다던가 하는 일은 이미 이골이 나 있는 아이들은 오히려 관순이 뭔가 더 재미있는 일을 만들어주길 바라는 눈치다.

"근데 갑자기 찹쌀떡은 왜 튀어나온 거야?"

"배고프다는 배꼽시계가 울렸잖아? 그거 누구야?"

아이들도 두리번거리며 범인이라도 찾는 듯 서로의 눈치를 보다가 또 한 번 폭소를 터트린다. 길가에 소똥만 굴러가도 웃음이 나온다는 나이들이었다. 누군들 그 웃음소리를 막을 수 있겠는가. 관순은 인정이 많아서 어려운 친구를 돕는 일에도 앞장섰고 그런 소녀들의 순수한 장난은 규율이 엄한 학교생활에 활력소가 되었다.

그날도 같은 반 고향 친구인 동순이가 점심시간에 보이질 않자 관순은 친구를 찾아 다녔다. 학교 뒤뜰 우물가에 홀로 쪼그리고 앉아 있는 동순을 발견하고 가만히 다가가 옆으로 바짝 붙어 앉는다.

"여기서 뭐해? 무슨 일 있어?"

동순이 아무 일도 아니라며 검정 치마를 털고 일어나자 관순도 따라 일어나 동순이 쳐다보는 곳으로 눈길을 따라둔다. 노란 하늘에 먹구름이 퍼져나가고 있었다. 관순은 자신도 모르게 흘러나온 한숨을 얼른 삼키고 동순의 손을 잡는다.

"아니긴 뭐가 아니야, 어제도 넌 점심 안 먹었잖아. 바로 그거구나. 혹시 식비 때문이니? 맞구나 그렇지? 그래서 점심시간이면 안 보였던 거야."

동순은 속상한 듯 다시 그 자리에 쪼그려 앉고, 관순도 다시 따라 앉는다.

"일은 그만 뒀어?"

"그만 두긴, 더 열심히 해도 그 돈으론 학비내기도 빠듯해."

"그랬었구나. 내가 좀 꿔줄까?"

"너도 여유 있는 건 아니잖아."

"아니야, 나 요즘 일해. 주말에 울 사촌 예도 언니 따라다니며 옷감 집에서 일하거든. 그동안 좀 모아둔 돈이 있어. 우선 그 돈으로 식비부터 내자. 동순아! 우린 동무잖아. 서로 어려울 때 돕는 게 친구잖아."

"그렇지만…."

"뭐가 그렇지만 이야. 망설임은 금물, 잔말 말고 일어나."

관순은 마지못해 일어나는 동순의 손을 꼬옥 잡는다.

"너도 써야 될 텐데."

"난 괜찮으니까 이제 들어가자. 점심시간 놓치기 전에 빨리 가서 밥 먹자."

눈물을 글썽이는 동무의 손을 잡아 흔드는 관순의 활기찬 걸음에 동순도 따라잡느라 걸음을 빨리한다.

"옷감 집의 일은 괜찮아?"

"재미있어. 예도 언니 따라갔다가 거기서 애란이라는 언니를 만났거든. 그 언니 오빠가 이광수 선생님이야. 그 언니와 이야기하고 있으면 뭔가 새로운 일을 해야겠다는 용기도 나고, 무엇보다 선생님을 꼭 만나고 싶어. 그리고 고향의 부모님께 죄송한 마음도 들거든."

이광수라는 말을 들은 동순이 관순의 말을 끊는다.

"이광수 선생님? 일본에 계시잖아. 그분이 언제 오시는데?"

"아직은 모르지만 아마 곧 오실거래."

관순은 혼자 웃는다. 뭔가 은밀한 계획이라도 있는 듯 어깨를 들썩해 보이고는 혼잣말처럼 중얼거린다.

"빨리 주말이 왔으면 좋겠어."

종로의 옷감 집을 향하는 관순과 예도의 걸음이 활기차다. 그들은 잡담을 나누고 웃음까지 흘리며 오늘 나들이에 부풀어 있다. 그런데 갑자기 예도의 손이 관순의 손을 꽉 잡아챈다. 놀란 그녀가 예도를 쳐다보자 예도는 눈짓으로 멀리서 걸어오고 있는 검은 제복의 일본순사 두 명을 가리킨다.

"언니도 참, 깜짝 놀랐잖아."

"얌전히 걸어. 말하지 말고."

"언니는… 참, 죄지은 것도 없는데 뭐가 무서워서 그래?"

예도가 관순의 손을 세게 움켜잡는다. 관순도 입을 다물고 걸음을 천천히 걷는다. 순사 두 명이 스쳐지나가면서 관순과 예도를 쳐다본다. 그들의 눈길은 검정치마 단 밑에 보이는 종아리다. 예도가 잡고 있는 관순의 손이 땀에 젖는다. 관순이 예도의 손을 놓고는 사라져가는 순사들을 돌아보다 예도를 부른다.

"언니, 저 순사들이 그렇게 무서워?"

"며칠 전 순사들이 불시에 우리 반에 와서 이영실을 붙잡아갔단 말이야."

"아니 왜? 뭣 때문에?"

관순이 깜짝 놀라면서 예도에게 채근을 한다.

"영실이 아버지가 독립군에게 자금을 대줬다나봐. 그 심부름을 영실이가 했대. 영실이 오빠가 가야했는데 상황이 급박해서 더 지체할 수가 없었나봐. 암튼 영실인 그냥 아버지 심부름이니까 전해주고 왔는데 일이 잘못되어 영실 아버지도 잡혀가시고, 영실이도 학교까지 와서 잡아갔어. 난 그날 얼마나 떨었는지 몰라. 저 순사들 옷만 봐도 가슴이 덜컹한다니까. 빨리 가자."

"그래도 그렇지, 언니도 참, 미리 겁을 먹고 그래?"

"넌 몰라서 그래. 저들은 툭하면 시비를 걸어. 일단 걸리면 무슨 죄가 되던 뒤집어씌운다고 들었어. 우리 학교에도 몇 명 붙잡혀 간 걸 하란사 선생님이 가서 빼왔다나봐."

관순은 고개를 끄덕이다가 뭔가 생각이 난 듯 갑자기 걸음을 빨리한다. 저 만큼 옷감집의 간판이 보인 것이다.

"관순아. 왜 갑자기 빨리 가는데?"

뒤에서 부르는 예도는 아랑곳하지 않고 관순은 냉큼 상점으로 뛰어 들어간다. 상점 안에 있던 애란이 관순을 반긴다.

"관순아! 무슨 일이야? 얼굴이 상기되어 있네."

"그렇게 보여?"

"응. 관순이가 오늘은 또 무슨 장난기가 발동해서 이렇게 달려왔을까?"

"애란 언니한테 보여줄게 있어요."

관순이 한쪽 구석으로 들어가면서 뒤돌아 본다. 이제 막 상점으로 들어서는 예도에게 빨리 와보라는 손짓을 하고는 애란을 향해 외투 자락을 활짝 펼친다. 펼쳐진 외투 안으로 곱게 태극문양이 수 놓아져있다.

"와! 태극문양이네. 이걸 언제 다 수를 놓은 거야?"

애란이 감탄하며 관순을 바라보자 관순은 자랑스럽게 어깨를 뒤로 재끼며 고개를 끄덕인다. 하지만 예도는 걱정스러운 듯 고개를 흔들더니 나무란다.

"어쩌려구 이런 짓을 해? 이런 위험한 짓 하지 마!"

"그래, 관순아. 예도 말 들어. 나도 사실은 크게 감동은 받았지만 한편으론 가슴이 철렁 내려앉았어. 우리 오빠 때문에도 내 애간장이 녹는데 너까지 이러면 안 돼! 알았지?"

관순은 애란의 귀 가까이 다가가 속삭인다.

"선생님을 돕고 싶어서."

"뭘 돕겠다는 거야?"

"독립운동이요. 저도 할 거에요."

"넌 안 돼. 그건 너무 위험한 짓이야. 부모님까지 위험해 지는 일이야."

외투 안에 수놓은 태극기를 자랑하며 의기양양하던 관순은 두 언니의 걱정 섞인 타박에 시무룩해진다.

"…이것도 나라 잃은 설움이려나."

"갑자기 무슨 소리야?"

"우리 아버지 말씀이야. 나라 없는 백성은 슬픔 속에 살 수밖에 없다고 하셨어."

"넌 아무래도 위험하다. 너 어쩌려고 그래?"

"어쩌긴, 나도 이광수 선생님처럼 독립운동 하고 싶은

걸. 선생님은 언제오세요?"

이광수의 이야기를 꺼내며 그들은 다시금 활기를 찾는다.

"나도 몰라, 아무 때나 불쑥 나타났다가 사라지는 걸."

"오빠라며 뭐 그래?"

예도는 관순을 불러 무지갯빛 난장의 옷감 정리를 시킨다. 나란히 가지런히, 연신 손질이 간다. 애란을 괴롭히지 말라는 예도의 당부가 있었지만, 오늘도 관순은 일이 끝나자마자 주저앉아 애란을 붙들고 늘어진다.

"관순인 한 번 물고 늘어지면 끝을 본다니까. 애란 언니 그만 괴롭히고 우리 그만가자. 너 정 내 말 안 들으면 여긴 다시는 못 나오게 할 거다."

"언니가 주인이야? 애란 언니도 내가 오는 게 싫어요?"

애란이 아니라며 손사래를 친다.

"그런데 왜 내가 묻는 말에 하나도 대답을 안 해 줘요?"

"좀 피곤해서 그래. 다음 주에 오면 꼭 말해줄게."

"다음 주는 쉬는 날이잖아요?"

"그러네. 그럼 우리 다음 주에는 함께 남대문 시장에 가서 맛있는 것도 사먹고, 신나게 돌아다니자. 그날 관순이 궁금증도 풀어줄게. 그럼 됐지?"

관순이 새끼손가락을 내민다. 애란도 새끼손가락을 내밀어 약속을 한다.

"관순인 정말 못 말리는 애라니까, 애란 언니 미안해."

"아니야, 난 그런 관순이가 좋아. 자기주장이 강하고 무엇이든 자신만만하잖아. 난 그러질 못해서 사실 관순이가 부러워."

애란은 예도와 관순을 배웅하며 몹시 쓸쓸한 미소를 보였다.

"넌 쓸데없이 이광수 선생님은 왜 자꾸 만나려고 그래?"

"사실 난 궁금한 게 많아. 선생님께 듣고 배울게 많아. 나도 나라를 위해서 뭔가 해보고 싶거든."

"듣기 싫어, 그리고 당장 가서 그 태극 문양부터 떼. 아까 순사들 만났을 때 걸렸어봐. 난 그 생각만 하면 아직도 가슴이 섬뜩하다. 여기 만져봐."

예도가 관순이 손을 잡아 자기 가슴에 댄다.

"아직도 뜨겁지? 뜨거운 감자가 들어있는 것 같지?"

놀란 얼굴로 예도를 물끄러미 쳐다보는 관순의 표정에 예도가 소리를 내며 웃는다.

"넌 참 못 말리는 아이라니까. 장난이야, 장난!"

"아니야, 언니. 진짜 뜨거웠어. 언니를 너무 놀라게 했나봐. 언니 미안해."

"다시는 옷감 같은 건 가져오지도 말아. 알았지?"

관순은 고개를 끄덕거렸다.

하지만 기숙사에 돌아온 관순은 옷감 집에서 가져온 자투리 옷감들을 펼쳐놓고 또 하나의 태극 문양을 만들기 위해 본을 뜨고 수를 놓기 시작한다.

　주말의 남대문시장은 사람들로 북적거렸다. 예도 뒤를 따르는 관순과 애란은 서로 손을 잡고 흔들면서 장터를 구경한다. 와글와글, 왁자지껄, 자자 싸구려, 막 퍼줘요…. 식당 골목으로 들어가자 김이 모락모락 피어나는 포장마차들이 즐비하게 늘어져 있다. 관순은 여기저기 구경하느라 정신이 없다.

"예도 언니, 우리 여기 자주 와요. 어머, 저기가 맛있겠다."

　포장마차를 바라보며 눈이 휘둥그레진 관순은 군침을 삼킨다.

"언니, 언니 이것 좀 봐요. 와~ 빈대떡도 푸짐하게 생겼네."

　애란이 웃으며 먼저 포장마차 앞에 놓인 긴 의자 앞에 앉는다. 예도와 관순도 따라 앉고 새댁 아주머니가 내놓는 빈대떡을 먹는다. 그들의 수다와 웃음소리에 지나가는 사람들이 흘금거리며 쳐다보지만 그녀들은 개의치 않는다.

"이 빈대떡은 우리 아버지가 참 좋아하셨는데…."

　애란이 빈대떡을 먹다말고 불쑥 아버지가 생각났는지 얼굴을 푹 숙인다. 하지만 곧 그 생각을 지워버리듯 머리를 털더니 다시 천천히 얼굴을 든다.

"애란 언니, 부모님이 보고 싶구나. 그치?"

"응… 보고 싶지만 우리 부모님은 일찍 돌아가셨어."

어두운 표정으로 손에 들고 있던 빈대떡을 접시에 내려놓는 애란의 손을 관순이 가만히 잡아준다.

"미안해요. 언니, 그런 줄도 모르고…."

"아니야, 괜찮아. 관순이 부모님은 모두 살아계시지?"

"그럼요. 부모님 모두 건강하세요."

"같이 사는 거야?"

"아니에요. 천안에 계세요."

"예도와 같은 동네야?"

"우리 집은 병천이에요. 오빠와 남동생 둘도 함께 있어요."

"형제가 많네. 그런데도 한성 이화학당에 유학을 보내시는 걸 보면 부자구나."

"아니에요. 엘리스 샤프(Elice Shape)라는 미국인 선교사 부인의 추천을 받았어요. 예도 언니가 일 년 먼저 올라왔고, 나는 작년에 보통과 2학년에 편입했고요."

"그래, 잘 계시다니 다행이구나. 우리 부모님은 내가 일곱 살 때… 전염병으로 함께 돌아가셨어. 마을에 돌림병이 생겼거든."

"어머 언니!"

관순이 애란의 한쪽 어깨를 감싼다.

"괜찮아, 관순인 천방지축 말괄량이 같다가도 지금 나한 테 하는 걸 보면 딱 애늙은이야."

예도가 애란의 말을 거든다.

"맞아요. 지금은 관순이가 철이 들어서 애늙은이 같을 때도 있지만, 어려서는 말도 못할 사고뭉치였어요."

"그랬구나. 알 것 같다."

애란은 관순이 사고뭉치였단 말에 미소를 보인다.

"난 말썽부릴 여유도 없이 살았던 것 같아. 오빠와 난 늘 마을사람들의 조롱거리였거든. 생각해 보면 우리 보다 우리 어머니가 더 고생하셨는데… 좀 잘해드릴 걸. 그땐 몰랐거든."

애란은 잠시 말을 끊었지만 그녀와 예도는 숨소리도 내지 않고 애란을 지켜본다. 눈가에 번지는 물기를 손등으로 슥 문질러 버린 애란은 오히려 그런 관순과 예도를 보고 웃는다.

"내가 무슨 소리를 하는지 모르겠네."

"언니, 일부러 애쓰지 마. 이야기하고 싶으면 하고, 하기 싫으면 하지 마. 응? 알았지?"

"그래, 난 관순이 만도 못하구나. 우리 부모님 이야길 하려니까 가슴이 아파."

애란은 결국 눈물을 보이고 만다. 관순은 애란의 손을 두 손으로 움켜잡았고 애란은 금방 눈물을 거두고 씩 웃는다.

"우리 어머니가 세 번째 부인이었대. 그래서 오빠와 나는 남의 눈치를 보며 살았어. 세 번째 부인이 뭐 어쨌다고, 위로 두 분 다 돌아가셨으면 당연히 세 번째 부인이 되는 거 아니야? 그게 뭐 흉이라고…. 그때는 내가 큰 죄인이라도 되는 줄 알았거든. 어떤 사람들은 나한테까지 손가락질을 하며 멸시했거든. 아이들까지도 놀리기도 했고…. 그래서 난 고향에 가고 싶지도 않아. 갈 곳도 없지만 말이야."

애란의 목소리는 어느새 단호하게 변했다. 그러나 입가에 번지는 쓸쓸한 웃음은 애잔했고, 그녀의 목소리는 늦은 가을밤 비에 젖어 힘없이 떨어지는 가랑잎소리 같았다.

부모를 잃은 남매는 어쩔 수 없이 외갓집을 찾아갔고, 그곳에서 다시 할아버지 집으로 옮겼지만 남매가 머물 수 있는 형편이 아니었다. 이광수는 동생 애란을 데리고 경성으로 왔다. 하지만 낯선 땅에서 그들 남매를 환영해 줄 곳은 없었다. 이들 남매에게 경성은 험난하기만 했다. 갖은 풍상을 다 겪고 겨우 숨만 쉴 처지에 이광수의 친분이 있는 사람의 소개로 애란은 옷감 집에서 일을 할 수 있게 되었다. 이광수는 공부를 계속해야 했고 애란은 오빠의 학비라도 보태기 위해 안간 힘을 쓰며 살아왔다.

다행히 춘원 이광수는 소설 〈무정〉으로 일약 유명작가

반열에 올라 사회적으로도 유명인사가 되어 있었다.

〈무정〉은 한국 최초의 근대 장편소설로 1917년 1월 1일부터 6월 14일까지 조선총독부 기관지인 매일신보에 총 126회에 걸쳐 연재를 했다. 연재소설은 당대의 풍속화나 다름없이 당시의 사회를 사실적으로 형상화 시켰기 때문에 많은 독자층을 확보했고 특히 개화기 신여성들 사이에서의 인기는 가히 폭발적이었다.

✱ 이광수, 무정

이광수는 소설 〈무정〉으로 일약 유명인사가 되었지만 그를 향한 유림의 채찍은 그를 부도덕한 사람으로 치부했다. 더구나 그를 헌신적으로 보필한 허영숙과의 사랑을 매도하는 세간의 입방아들까지 더해져 그를 가만 두질 않았다. 그는 자신을 헌신적으로 돌봐준 허영숙과의 사랑을 매도한 사람들에게 강한 반발로 신세대 자유연애를 옹호했다. 하지만 그의 자유연애론을 향한 비판과 논란은 거세졌고 신문 연재까지 중단시켜야 된다는 진정서까지 신문사에 빗발쳤다. 그럼에도 불구하고 이광수는 한 발자국도 물러나지 않고 강연이나 작품 활동을 통해 기존의 유교적 윤리관을 강력하게 비판하며 진화론적인 사고에 토대를 둔 새로운 가치관과 세계관을 역설했다.

그 때문에 그의 강연장은 불꽃 튀는 토론장으로 변하기도 했다.

"선생님은 이 시대의 사상적 흐름을 막을 수 없다는 지론을 강조하셨습니다. 그러나 독일의 나치와 일본 제국주의 세력은 다윈의 진화론을 '적자생존설'로 왜곡하고 있습니다."

"그러나 약육강식과 적자생존을 내세워 제국 일본은 벌써 사회진화론을 앞세우고 있습니다."

"약소국 지배를 정당화하기 위한 수단입니다."

"그 뜻을 읽고 있다면, 우리도 그 물살을 타야만 생존 경쟁에서 살아남을 수 있습니다. 그래야 일제가 대한제국 침략을 합리화시키는 일에 맞설 수 있습니다. 우리는 민족적인 위기를 눈앞에 두고도 직접 투쟁하기보다는 일제가 허용한 범위 내에서만 움직이고 있습니다. 일본은 급물살을 타고 근대화의 논리를 앞세워 우리의 저항을 무마시키려고 갖은 간교를 다 부리면서 근대화의 논리를 앞세우는 것입니다."

그는 자신이 직접 강연회를 열어 시대 의식을 계몽하기도 하고 초청받은 강연회에서도 자신의 신념을 굽히지 않았다.

"인간은 누구나 소중한 존재입니다. 그러나 우리 조선 사회는 비인간적으로 여성을 괴롭혀왔고 억압하고, 학대해 왔습니다. 여성에게도 개인의 자유와 권리가 있으며, 여성의 해방은 가사 노동에서 해방되는 것이며 또한 자유 연애를 통하여 완전히 해방되는 것입니다. 그리고 어린 아이들도 존중해야 됩니다. 이제까지 조선사회는 효를 강조한 경로사상을 통해 아이들에게 무조건적 복종만을 강요해 왔습니다. 어른들은 아이들의 생각과 행동을 더욱 존중해야 합니다."

그는 강연장에서 뿐 아니라 실제 생활에서 어린아이들이나 청소년들에게도 반드시 존칭어를 사용했는데 그러한 그의 태도에 조선 성리학자들과 선비들의 비난은 더욱 거세게 빗발쳤다.

"여러분! 저 글쟁이 이광수는, 보고 배운 게 없는 쌍놈이요. 부모 없이 자란 놈이라 지 멋대로 지껄입니다. 우리가 그런 놈 말을 듣고 있을 필요가 있겠소? 일어나 다 갑시다."

"맞습니다. 나라 근간인 유교사상을 흔드는 호로 자식입니다."

유림들의 거부반응에도 아랑곳없이 이광수의 발언은 계속 됐고 큰 목소리로 인간의 평등과 인간의 존엄성을 강조했다. 유림의 반대에도 그의 강연장은 만원이었고, 초청

강연 햇수는 날이 갈수록 늘어났기 때문에 건강을 돌볼 겨를도 없이 강연장을 찾아다녀야 했다. 전국을 다니는 강행군 탓에 그의 폐병은 악화되었다.

1918년 봄, 이광수는 경성에서 결국 폐병이 재발하여 쓰러진다. 그러나 허영숙(許英肅, 대한의 초기 서양식 산부인과 여의사)의 헌신적인 간호로 서서히 회복이 되었다. 허영숙과 이광수의 인연은 허영숙의 일본 유학시절로 거슬러 올라간다. 당시 일본에서 투병 중이던 이광수에게 약을 전해주던 관계였던 것이다. 병간호를 극진하게 해주던 영숙에게 감복한 이광수가 청혼을 했고 둘은 결혼까지 약속하게 된 것이다.

당시 허영숙은 사이토 마코토 총독의 부인 사치코의 난치병을 치료하고 있었다. 사이토 부인은 자신을 치료하는 허영숙에게 깊은 고마움을 느꼈고 답례로 자신의 집에 자주 초대했다. 그것을 계기로 둘 사이는 가까워진다. 그렇게 사이토의 집에 드나들던 허영숙은 몰래 사이토 마코토 총독의 집무실에 들어가 '조선인 제거 대상자 명단'이라는 1급 기밀문서를 빼돌려 작가 이광수에게 전달한다.

그 서류는 임시정부 요인과 각 지역 유지들의 이름과 활동, 재산 현황뿐만 아니라 측근의 관계까지도 포함되어 있었다. 이광수는 그 자세한 기록에 놀란다. 또한 그 문서에는 이광수가 평소 존경하고 사랑하는 사람들의 이름과 함께 3만 8천명의 명단이 기록되어 있었다. 이광수 자신의 이름도 실려 있었고 그것은 그에게 적지 않은 충격이었다. 일본인들은 치밀하고도 조직적으로 움직이는 사람들이다. 조선총독부의 통치 방향성이 나온 상태에서 언제든지 총독의 명령만 떨어지면 실행에 옮길 준비가 되어 있는 것이었다. 그들에겐 오직 멸사봉공의 정신뿐이었다.

한편 상하이 임시정부에서는 요인으로 활동하던 이광수가 일제의 조선총독부의 밀정으로 의심 받던 허영숙을 만난 뒤 변절할 가능성이 있다고 판단했다.

"그녀는 이중스파이일 가능성이 높습니다. 그녀는 요시오카 도쿄 여자 의학교에서 교육과 수련을 받았고, 한국으로 돌아와 조선 총독부가 주관하는 의사고시에서 한국 여성 최초로 합격자가 된 인물입니다. 그리고 그녀는 조선총독부로부터 철저하게 사상검증을 받은 여자입니다. 총독부 고위급 간부들과 그 부인들을 치료하는 주치의입니다. 그런 그녀가 이광수를 만난다는 것은 총독부에서도 모를 리가 없을 것입니다. 그녀는 이광수를 꼬드겨 우리의 비밀정보를 총독부에 알릴 것입니다. 안창호 선생님은, 어떻게 생각하십니까?"

"우리도 이광수를 최대한 이용할 수밖에 없습니다. 그러나 만에 하나 잘못될 수도 있으니, 예의 주시를 늦추지 마시기 바랍니다."

도산 안창호는 이광수가 허영숙의 도움 없이는 생명을 유지할 수 없다는 것을 잘 알고 있었다. 그의 폭넓은 활동도 허영숙의 아낌없는 지원이 있었기에 가능한 일이었다.

✱ 뜻밖의 인연

애란의 얼굴이 침울해 지는 것을 본 관순이 노점으로 달려가 마른 오징어 한 마리를 사가지고 왔다. 관순은 오징어를 가면으로 만들어 얼굴에 대고 히죽 웃는다. 그런 관순을 본 예도가 애란을 끌며 도망치자고 한다.

"관순일 혼자 두고 가도 돼?"

"쟤가 웃는 걸 보니, 아무래도 또 무슨 장난질을 할 것 같아서요. 골치 아프기 전에 도망치는 게 상책이죠."

아니나 다를까 관순은 시장이 떠나가라 언니를 부르며 그들의 뒤를 쫓아온다. 어쩔 수 없이 그 자리에 멈춘 예도와 애란은 관순이 올 때까지 기다려준다.

시장을 한 바퀴 더 돌아보고 거리로 나온 그들의 수다는 끝이 없고, 어느새 가로등 불빛은 거리를 비추고 있었다.

"벌써 밤이네, 이제 그만 돌아가자."

애란의 말에 관순은 애란의 허리를 두 손으로 감싸 안는다.

"언니. 오늘 너무 재미있었어요. 그리고 어려운 이야기도 들려줘서 고마워요. 우리 나중에 또 와요. 예도언니도 재미있었지?"

관순이 예도와 애란에게 애교를 부리며 새끼손가락을 내민다. 새끼손가락을 걸어 다음 약속을 하고 또 한바탕 깔깔거리며 웃고 있는데, 갑자기 일본 야쿠자들이 팔짱을 끼고 어깨를 추켜세우며 점점 다가온다. 야쿠자들이 입은 검정 세비로 망토가 깃발처럼 펄럭거렸다.

"야, 뭐가 그렇게 재미있어?"

우렁찬 야쿠자들의 목소리에 너무 놀란 애란 일행은 숨까지 죽이며 눈길을 내려 깔았다.

"어이 다들 예쁜데? 아주 잘 뽑았어. 너희들 어디 사냐?"

"왜들 이래요?"

애란이 한 발 앞으로 나서며 당돌하게 따진다.

"어쭈, 요것 봐라. 아주 당돌하네. 더구나 얼굴까지 아주 곱상하게 생겨서 구미가 당기는데?"

옆에 있던 다른 한 명이 바짝 다가서더니 애란의 얼굴

을 한 손으로 들어올린다. 그 순간 관순이 발끈해서 한 발 나서려는데 예도 손이 먼저 가로 막는다.

"우리와 같이 한번 놀아보자. 어때, 좋지?"

얼굴이 들려진 애란은 야쿠자의 손을 뿌리쳤지만 야쿠자는 더욱 세게 애란의 손목을 움켜잡는다.

"아주 당돌한 게 맘에 쏙 들어."

야쿠자는 애란의 손목을 잡고 놓아주지 않았다. 애란의 얼굴이 빨갛게 달아오르자, 예도는 더 이상 참을 수 없다는 듯 야쿠자의 옆구리에 발차기를 한다. 덩치 큰 야쿠자가 그대로 넘어졌다.

"하, 이것들이?"

갑자기 넘어진 야쿠자를 본 일행 중 한 명이 손을 털며 예도에게 다가선다.

"아주 제법이야, 예쁜 계집이 발차기라. 아주 재미있게 놀 수 있을 것 같은데. 으하하하!"

다른 야쿠자들도 함께 소리를 내며 웃어댄다. 예도는 애란과 관순을 등 뒤로 세운다. 넘어졌던 야쿠자가 일어나면서 두 손을 털며 예도 앞으로 나선다.

"요걸, 탁 밟아버려? 아니지, 곱게 데리고 가서 한 번 놀아보는 것도 나쁘지 않아. 야아 다들 데리고 가자."

야쿠자들이 예도를 에워쌌다.

"가긴, 어디로 모셔간다고 그러시오?"

갑자기 나타난 구원자는 바로 송계백(宋繼白, 1896~1920)
이었다. 그는 정중하게 야쿠자들을 설득한다.

"괜히 망신당하지 말고 조용히 가던 길이나 가시지요."

"이건 또 뭐야? 어디서 굴러먹던 양아치가 여기가 어디
라고, 저놈 제정신이 아닌가 봐. 우리가 누군지 맛을 봐야
알겠군. 당장 작살을 내버려!"

야쿠자들이 칼을 빼들며 한꺼번에 공격하자 계백은 몸
을 피하고 빠른 발차기와 주먹으로 그들의 급소를 강타한
다. 한순간에 두 사람이 쓰러지고, 나머지 둘이 달려든다.
그러나 네 명을 혼자 상대하기란 쉬운 일이 아니었다.

그 순간 최팔용(崔八鎔, 1891.7.13.~1922.9.14.)과 백관수(白寬
洙, 1889.1.28.~1951.10.25.)가 나타나 힘을 합쳐 야쿠자들을 순
식간에 쓰러트린다. 야쿠자들은 하나둘씩 꽁무니를 빼고
줄행랑을 친다.

관순과 애란은 송계백의 멋진 모습에 넋을 놓고 있다
가 야쿠자들이 달아나버리자 계백의 발차기를 흉내 내
는 예도의 으랏차! 소리에 배꼽을 잡고 웃어댄다. 먼저
정신을 차린 건 애란이다. 송계백을 향하여 정중히 고개
를 숙인다.

"감사합니다. 저희들을 구해주셔서…."

"천만 다행입니다. 밤늦게 다니는 건 위험해요. 서둘러
집으로 돌아가세요."

"우릴 도와주셨는데, 이름만이라도 알고 가야될 것 같습니다."

"아, 난 송계백이라고 합니다."

"이 쪽은 백관수, 최팔용, 우국청년들이죠.

"저는 이애란이고요, 이쪽은 유예도, 유관순입니다."

"예도 씨는 발차기 솜씨가 상당한 수준급이던데요."

"부끄럽습니다. 그냥 어릴 때 정도술을 좀 배운 실력이 저도 모르게 튀어 나왔나 봐요."

예도가 수줍어하며 홍조를 띠자 계백도 미소를 짓는데, 망을 보고 있던 최팔용이 급하게 송계백을 잡아챈다.

"빨리 이곳을 빠져나가야 해. 여기는 위험하니 각자 헤어지세."

송계백 일행이 미리 약속이나 한 듯 각자 빠른 걸음으로 사라지자, 애란도 관순과 예도를 앞세워 걸음을 재촉했다. 요란한 호각소리에 뒤를 돌아 본 그들의 눈에 일본 경찰들이 소란이 벌어진 장소로 몰려가고 있는 모습이 들어왔다.

어둠이 깔린 건물 사이로 애란 일행은 태연히 걸었다. 경찰들이 지나가고 그들 뒤를 따라 온 일제의 헌병대장 가와하라(川原)의 의심스런 눈총이 그녀들을 훑어 스친다.

애란은 아침 일찍 나타난 오빠 이광수를 반겼다. 오빠

옆에 서 있는 송계백을 보고 애란은 깜짝 놀라 눈을 의심했다.

"잘 있었지? 밤늦게 다니지 마라. 저 친구 아니었으면 큰일 당할 뻔 했잖니?"

이광수는 지난 밤 벌어졌던 일을 꺼내며 송계백을 소개한다.

"예, 오라버니. 그런데 저 분은… 어제 우리를 구해주신 분인데… 아시는 사이셨군요."

"이야기는 들었다. 어제 일본 야쿠자들이 혼쭐이 나서 도망갔다며? 하하하!"

"오라버니, 조심해서 말하세요. 누가 들으면 어떡하려고…"

"괜찮다. 대한의 땅에서 대한 사람이 떳떳하게 말도 못하면 되겠냐? 하하하! 아, 계백 군 인사가 늦었소. 우리 애란이를 구해줘서 진심으로 감사드리오. 고맙소."

"아닙니다. 선생님. 별말씀을요."

계백이 별일 아니라는 듯 쑥스러워 한다. 이렇게 빨리 계백을 다시 만나리라고는 꿈에도 생각을 못했던 애란은 계백에게 감사의 말을 전한다.

"어젯밤엔 정말 고마웠습니다. 인사도 제대로 못 드렸습니다."

"그러지 않아도 됩니다. 당연한 일이었으니까요. 여기서 일 하시는 줄은 몰랐습니다."

"저도 이렇게, 여기서 뵐 줄은 몰랐습니다."

송계백은 부리부리한 눈으로 가게를 돌아본다.

"규모가 꽤 큰 옷감집입니다."

계백은 한 번 더 가게 안을 둘러보고, 애란은 그런 계백의 거동을 하나도 놓치지 않겠다는 듯 눈을 떼지 않는다. 그때 옷감 집 앞을 지나가던 서너 명의 여자들이 옷감 집 유리창 안에 비친 화려한 옷감들에 눈이 팔린 듯 가게 안을 들여다보다 한 명이 깜짝 놀라며 이광수를 가리킨다.

"어머, 저기 봐. 이광수 선생 맞지?"

"이광수가 누군데?"

"무정을 쓴 소설가 이광수, 넌 그 소설도 안 봤어? 그 선생님이 분명해."

"정말 그러네. 신문에서 본 사진하고 똑같다."

"나도 그 소설을 보면서 자유연애를 해보고 싶었거든."

밖에 서 있던 여자들은 문을 열고 안으로 들어오더니 이광수 앞으로 다가와 인사를 한다.

"저는 이광수 선생님의 팬이에요. 사인 좀 부탁드려도 될까요?"

이광수는 미소로 그녀들을 맞이하면서 한 사람씩 차례차례로 사인을 해 준다.

"저는 여기에."

세 번째 여성이 치마를 걷어 올리고 속치마를 펼치며

그곳에 사인을 해달라고 한다.

"오우, 장난이 짓궂군요. 하하하!"

이광수가 잠시 여성 팬들과 담소를 나누는 동안 송계백은 애란에게 쪽지를 한 장 내민다.

"애란 씨… 부탁이 하나 있습니다."

애란은 가슴이 부르르 떨리는 걸 진정시키며 계백이 내민 쪽지를 받는다.

"이게 뭐죠?"

애란의 목소리가 가늘게 떨린다. 그 목소리 때문에 계백은 잠시 머뭇거린다.

"혹시…?"

잠시 침묵이 흐르는 동안 애란의 가슴에 잔잔한 물결이 출렁거린다. 처음으로 느껴보는 가슴 짜릿함과 두근거리는 심장 박동소리에 그녀는 계백의 말을 제대로 듣지 못했다. 그러나 그 감미로운 흥분은 오래가지 않았다. 계백의 흔들리는 눈빛을 보며 애란은 한순간에 온 몸이 얼어붙는 기분이었고 계백의 입에서 나온 예도라는 이름 석 자에 그렇게 불타오르던 심장이 금방 얼음처럼 차가워지는 걸 느꼈다.

"그 쪽지를 예도씨에게 전해 주셨으면 합니다. 꼭 부탁드리겠습니다."

애란은 고개를 끄덕이며 일부러 미소를 짓는다. 쪽지를

잡은 손에 일어난 미세한 경련을 행여 계백에게 들킬까봐 그녀는 고개를 숙여 인사를 하고 돌아서 간다. 후들거리는 다리 때문에 걸음을 흐트리지 않으려고 허리를 꼿꼿이 세운 애란은 볼 위로 흐르는 눈물을 다른 한 손으로 훔치면서, 다른 한 손에 들린 쪽지를 무심히 본다. 가슴에 일어난 이상한 기류에 그녀는 등골이 오싹한다. 하마터면 쪽지를 갈기갈기 찢어버릴 뻔도 했다. 입술을 앙다문 애란은 화장실 문을 열고 들어가 그대로 주저앉고 만다.

이광수와 계백이 가게를 떠난 뒤 잠시 후 예도가 들어왔다. 애란은 쪽지를 손 안에 꼭 쥔다.
"조금 전에 우리 오빠랑 송계백씨가 여기에 왔었어."
"어제 밤에 우리를 구해준 송계백이라는 사람 말이에요?"
애란이 고개를 끄덕인다.
"어떻게 여길 알았대요?"
"우리 오빠하고 잘 아는 사이래. 이거 받아."
애란은 손끝이 떨리는 걸 느낀다. 그래서 얼른 예도 앞으로 쪽지를 내민다.
"송계백씨가 너에게 전해주라고 했어."
예도는 이해할 수 없는 듯 머리를 갸우뚱거리며 받아들고 뒤돌아선다. 남자에게서 처음으로 받아보는 쪽지이기에 궁금함이 밀려온다. 세 겹으로 접혀진 쪽지에는 활달한 글씨체로 다음 날 만날 장소와 시간이 적혀 있었다.

이화학당으로 돌아온 예도는 밤새 잠을 이룰 수가 없었다. 애란에게서 받은 계백의 쪽지를 몇 번이나 펼쳐봤는지 모른다. 보고 또 보고 수업시간에도 오직 계백 얼굴만 떠올라 선생님에게 지적을 당하고 만다.

"예도! 무슨 생각을 하는 거지? 너 또 관순이랑 어떤 말썽을 피우려는 거지? 그렇지?"

선생님의 가차 없는 지적에 여학생들 사이에선 웃음소리, 소근 대는 소리가 섞여 작은 동요가 일었지만 예도는 오히려 마음을 가다듬는다.

송계백을 만나기 위해 예도는 관순을 데리고 한강변으로 간다. 무슨 영문인지도 모른 관순은 한강물을 바라보며 그저 신이 나서 예도에게 애교를 부린다.

"언니는 어떻게 이런 곳에 날 데리고 올 기특한 생각을 다 했어? 고마워 언니!"

예도가 주변을 살피는 동안 관순이 먼저 계백을 발견한다.

"어머, 저길 봐. 언니! 어제 우릴 구해준 분이야. 송계백 씨라고 했지? 진짜, 맞네."

관순이 손뼉을 치며 반가워하는데 계백이 성큼 성큼 다가와 그녀들 앞에 선다.

"안녕하십니까?"

"네, 안녕하세요."

관순이 반갑게 인사를 하는데 예도는 수줍게 고개를 숙이는 걸로 인사를 대신한다.

"지난밤에는 정말 감사했습니다."

"부끄럽습니다."

계백은 멋쩍은 듯 예도를 한 번 쳐다보고는 슬쩍 관순을 본다. 예도 역시 고개를 숙여 발끝만 쳐다보다가 관순의 눈치를 본다. 그제야 관순은 두 사람의 수상쩍음을 느낀다.

"두 사람 다 왜 그래요? 언니! 여기 온 게 이분 만나러 온 거지? 맞지요 선생님? 맞네! 언니!"

관순이 활짝 웃음을 터트린다.

"두 분이 이야기들 나누세요."

관순이 웃음을 실실 흘리며 강가로 달려가자, 예도와 계백도 따라 웃는다.

"안 오시면 어쩌나 걱정했습니다."

"감사하다는 인사는 드려야 될 것 같았어요."

"또 그 소립니까? 사실 최팔용과 백관수가 도와주지 않았으면 저도 당할 뻔 했습니다. 아주 어려운 상대였으니까요."

송계백은 예도를 바라보며 그들과의 우정을 자랑하듯 말을 이어간다.

"우리들은 다 함께 힘을 모아 대한제국의 독립을 위해

싸우기로 결심을 했습니다."

송계백의 이야기를 듣던 중 예도는 평소 궁금증이 살아났다.

"우리나라가 어쩌다가 섬나라 일본의 속국이 되었는지 잘 이해가 안 돼요."

"일본은 1854년 미국 페리제독의 함포 외교에 굴복하여 문호를 개방하게 됩니다. 20년이 지난 후 일본은 똑같은 방법으로 우리 조선의 영해를 침범하여 함포사격을 한 것입니다. 그리고 통상을 요구하며 일본 군함 운양호(雲揚號)를 강화도에 접근시켰는데 조선의 강화도 초지진 포대에서 대포를 발사한 것을 핑계 삼아 강화도를 침략합니다. 그 전, 1592년에도 일본은 서양무기로 우리나라를 침입해서 무려 7년 동안이나 전쟁을 했습니다. 임진년에 시작했다고 해서 임진왜란이라고 부릅니다. 오래 전부터 일본은 우리나라를 빼앗기 위해 호시탐탐 노리고 있었던 것입니다."

"그래서 고종황제를 강제로 퇴위 시켰군요."

송계백은 한숨부터 내쉰다. 그리고 예도를 보고 웃는다.

"강화도 조약 이후, 고종황제는 일본의 위협으로부터 국권을 보존하려고 했어요. 그래서 '을사보호조약' 체결의 부당성을 알리려고 1907년 만국평화회의가 열리는 네덜란드 헤이그에 특사를 보냈지요. 이준, 이상설 그리고 선교사 호머 헐버트를 보냈지만 영일동맹을 맺은 영국군에 의해 회의장 입장이 거부되어 실패를 하고 말았습니다. 이에 울분을 참지 못한 이준 열사는 그 충격으로 헤이그에서 자살하고, 일본제국은 그 사건을 빌미로 고종황제를 강제로 폐위시킨 다음, 병약한 순종(재위 1907~1910)을 즉위시켰습니다. 그리고 황태자로 이은을 결정한 것입니다."

"계백씨의 설명은 참 쉽고도 명확해서 머리에 쏙쏙 잘 들어와요. 어떻게 그 많은 역사적인 사실을 잘 아세요?"

송계백은 민망한 듯 두 손을 앞으로 쑥 내밀 뿐이다. 그때 관순이 다가오면서 짝짝 박수를 친다.

"저도 살짝 엿들었습니다. 오늘 역사공부는 최고에요. 더 들려주시면 안 돼요?"

예도가 계속하라고 눈으로 신호를 하자 계백은 에헴, 짐짓 헛기침을 하고는 관순과 예도를 편한 자리로 안내한 다음 함께 자리에 앉는다.

"러일전쟁부터 설명을 해줄게요. 대한제국을 서로 차지하기 위해 두 나라간의 싸움입니다. 그 싸움은 어이없게도 강대국 러시아가 일본에 패배하게 됩니다."

"어머나…"

예도와 관순이 누가 먼저랄 것 없이 탄식을 내뱉고 계백은 설명을 이어간다.

"러시아의 간섭에서 완전히 벗어난 일본은 거리낌 없이

대한제국을 송두리째 집어 삼키기 위해 1905년 을사보호 조약을 강제로 체결하게 되고, 일본은 그 해 루즈벨트 대통령의 중재로 미국 '포츠머스 조약'에서 '미국은 필리핀을, 일본은 대한제국에 있어서 일본의 우월권을 인정 한다'는 것으로 못을 박습니다."

"남의 나라의 주권을 그렇게 자기들 멋대로 결정하다니!"

관순이 분노한다.

"결국 대한제국을 향한 일본의 침략은 더욱 노골화되어 마침내 1910년 한일병합으로 우리의 주권이 완전히 빼앗기게 됩니다."

"우리의 주권이 그렇게 빼앗기다니…."

계백의 설명이 끝나자 관순이 풀이 죽은 목소리를 내고 예도 역시 혼잣말처럼 읊조린다.

"너무도 슬픈 역사네요. 영국이나 미국 등 강대국에 의하여 약소국의 운명이 결정된다는 것, 그 놀라운 사실을 알게 해줘서 고맙습니다."

"좋은 얘기였으면 좋으련만, 나 역시 가슴 아프고 분통이 터집니다."

계백은 비통함을 참을 수 없는지 돌멩이를 주워들어 강물을 향해 던진다. 예도도 계백을 따라 돌멩이를 찾아 강물에 던지고, 그들을 본 관순은 좀 더 큰 돌멩이를 집어

들고, 두 사람 보다 더 멀리 던지고 싶은 욕심에 강물을 향해 달려가 힘껏 던진다. 그런 관순을 보면서 송계백이 손뼉을 친다.

"그 정신이면 큰일을 하고도 남겠어. 다음에 기회가 되면 이광수 선생님을 만날 수 있게 주선해 주고 싶군."

관순은 펄쩍 뛰며 좋아라고 한다.

"정말이세요? 꼭 뵙고 싶어요."

"선생님도 관순을 만나면 좋아하실 것 같아서."

"저는요?"

"물론 예도씨도 함께 만나야죠."

"송계백씨는 이광수 선생님을 정말 좋아하시나 봐요."

"좋아하기 보다는 존경합니다."

"그럼 그 분에 대한 소문도 알고 계시겠네요. 그 소문을 어떻게 생각하고 계세요?"

예도의 날카로운 질문에도 계백은 거침없이 그를 존경하는 이유는 손가락으로 셀 수 없다고 하면서 흥분한다.

"그 분이야말로 진심으로 이 나라의 독립과 자유를 위해 자신의 모든 것을 불태우신 분입니다. 자신의 모든 것을 희생할 각오로 대한의 독립을 반드시 이루겠다는 결심으로 살고 있으며 행동으로 보여주시죠. 그래서 많은 동지들이 그분의 뜻을 따르기로 결의했고, 지금 일본 유학생을 중심으로 거사를 동경에서 치를 계획입니다."

계백은 앞으로의 계획까지 열변을 토한 다음 겨우 숨을 고른다.

"우리는 반드시 그 일을 해낼 겁니다."

송계백은 굳은 결심의 의지로 두 주먹을 꽉 쥔다.

"저도 계백씨가 하시는 일이 꼭 이루어지도록 기도 할게요."

송계백의 흉내를 내며 예도가 귀엽게 두 주먹을 꽉 쥔다. 그것을 지켜본 관순도 따라서 움켜쥔다. 세 사람은 주먹을 맞대고 새로운 각오를 하듯 대한독립을 결의 한다.

독립, 독립, 독립.

잠시 후 송계백은 뭔가 생각난 듯 빙긋 웃는다.

"재미있는 일화가 떠올랐어. 선생님은 오산학교 교사 시절 한일병합에 좌절하여 모든 걸 다 포기하려고 했대. 그래서 아주 입산을 결심하고 교사직까지 내놓으려던 참에, 신채호 선생님이 망명길에 오르신다는 소식에 그 댁을 찾아갔다고 하셨지. 마침 신채호 선생님께서 아침 세수를 하시는 것 같은데, 허리를 구부리지도 않고 고개를 숙이지도 않은 채 꼿꼿이 서서 얼굴을 씻는 바람에 앞 옷자락이 물에 흥건히 젖은 채로 반기시드라는 거야. 이광수 선생이 놀라서 허리라도 아프신 게 아니냐고 물었나봐. 헌데 선생님의 응답에 더욱 놀랐다는 거야."

"뭐라고 하셨는데요?"

그녀들은 호기심에 계백을 재촉했다.

"신채호 선생님 말씀이, '일본 놈들에게 고개 숙이는 것도 분한데 세숫대야에까지 고개를 숙여야 하겠는가?'라고 큰소리를 치셨다는 거야."

관순과 예도의 입에서 동시에 탄성이 흘러나왔다.

"세상에!"

이광수는 그때 신채호 선생에게 큰 감동을 받고 학교를 그만두겠다던 마음을 고쳐먹었다. 학생들을 교육하고 잘 길러내어 이 나라의 미래에 보탬이 될 인재를 양성해야 한다는 교장 이승훈 선생의 뜻을 받아들이기로 한 것이다.

"우리들에게 배움을 강조하신 이광수 선생의 격려와 그분의 용기가 우리를 움직이게 하는 거야. 실력을 쌓아라, 아무리 힘이 센 사람이 덤벼도 내 안에 있는 실력은 빼앗아가지 못한다고 하셨지. 우리는 그 분의 신념을 믿고 그분이 주장하시는 실력양성론을 따르게 된 거지."

관순은 잠시 심각한 얼굴은 하다가 금방 환해진다.

"신채호 선생님의 신념도 굉장하신 것 같아요. 너무 훌륭하세요. 세숫대야에까지 고개를 숙이지 않다니. 저도 그렇게 할 거에요. 간악한 일본 놈들에게 절대로 고개를 숙이지 않겠어요."

예도도 관순과 같은 말을 하면서 송계백을 쳐다본다.

"송계백씨도 꼭 그렇게 하실 거죠?"

예도가 송계백의 손을 잡자, 계백이 깜짝 놀란다.

"그래요. 꼭 그렇게 해야지."

서로 약속이라도 하는 듯 예도의 손 위에 계백이 손을 포갠다. 그리고 관순에게도 손을 얹게 한 다음 결의를 다진다.

"그런데 관순은 세상에서 누구를 가장 존경하지?"

"저는 잔 다르크요."

"잔 다르크? 어떻게 그 소녀를 알지?"

"책을 읽었어요."

"나도 못 읽어본 책을 관순이 봤다고 하니 내가 부끄럽다."

송계백은 머리를 긁적인다.

"그런데 잔 다르크를 좋아하게 된 동기가 그 책에 있었나보지?"

"예. 영국으로부터 프랑스를 구한 잔 다르크가 위대해 보였어요. 그 책을 읽으면서 가슴이 뜨거워졌고 잔 다르크처럼 저도 우리나라를 구하고 말겠다는, 그런 각오가 섰거든요."

관순은 불끈 쥔 주먹을 계백에게 보인다.

"아주 훌륭해. 새로운 동지를 한 사람 얻은 기분이야. 오늘 뜻을 같이하는 동지들을 만나니 정말 기쁘다."

"저도 기뻐요. 제 한 몸 바쳐 이 나라를 구할 수 있다면 무슨 일이든지 할 거에요."

관순은 말을 하다말고, 소매를 접어 올린다. 그리고 소매 안에 새겨진 태극 문양의 수를 보여준다. 깜짝 놀란 송계백은 관순의 두 팔을 붙잡고 흥분을 감추지 못한다.

"세상에 이럴 수가! 이런 기막힌 애국심은 처음 봤어. 정말 기발한 생각이야!"

관순은 계백의 칭찬에 어린애처럼 활짝 웃는다. 예도는 걱정스러운 눈빛으로 그녀를 바라보고 계백은 관순에게 악수를 청한다. 그녀가 내민 손을 잡고, 그는 힘 있게 흔든다.

"유관순! 넌 정말 큰일을 할 인물이다. 일본에 가면 이광수 선생님께 관순이 널 자랑할 거야. 아마 선생님도 너의 장한 각오를 들으시면 무척 기뻐하실 거야. 아니, 힘도 나실 거야. 그런데 관순인 어떻게 자기의 몸을 바쳐 나라를 구하겠다는 생각을 하게 된 거지? 여자의 몸으로 말이야."

"그건, 공주에서 동학의 농민군들 이야기를 우연히 듣고 관심을 갖게 되었어요. 그때부터 여성도 자기주장을 할 수 있다는 생각을 했어요."

계백은 눈을 휘둥그레 뜨고 관순을 본다.

"동학을 아는구나. 그래, 동학은 신분평등운동으로 계급사회에 혁명을 일으킨 거지. 농민운동뿐 아니라 여성운동, 어린이운동 등 반봉건운동을 펼친 거야. 지금 보니 민중의 평등의식을 고양시키는데 큰 몫을 단단히 한 거네. 우리 관순이가 그 영향을 받았다는 건 대단한 수확이야, 나도 미처 깨닫지 못한 부분을 우리 관순이 이미 꿰뚫고 있었던 거야. 대단해."

계백은 관순을 향해 박수를 치고 관순에게 진정 고맙다는 말을 한다.

"정말 고마운 일이야. 아직 어린 나이에 어떻게 그런 기특한 생각을 할 수가 있겠어? 관순이의 그 열성에 나도 새로운 각오가 서는 걸. 우리 다 같이 해 보는 거야. 대한제국은 결코 망할 수 없다! 예도씨도 힘을 실어줄 거지요?"

"그럼요. 우리학교 아이들도 거의 한 마음인걸요."

송계백은 계속 싱글벙글하다 이제 가봐야겠다고 일어난다.

"우리 다음에 만날 때는 더 좋은 소식 가지고 만나도록 해요."

예도는 송계백이 내일이면 동경으로 떠난다는 말에 얼굴이 붉어진다. 좀 더 많은 이야기를 나누고 싶은 욕심을 뒤로 한 채 고개만 숙이고 있는 예도와는 달리 관순은 계백에게 주먹 쥔 손을 올려 힘차게 잡아다니는 시늉을 하고, 계백도 같은 시늉으로 주먹 쥔 손을 높이 올렸다 힘차게 밑으로 잡아당긴다.

학교로 돌아 온 관순은 선배들로부터 정동교회에 새로 부임하게 될 담임목사 이필주에 대해 많은 기대를 하게 되면서 교회 생활도 충실히 해 나갔다.

그리고 이필주 목사가 새로 부임하면서부터 정동교회 사무실은 3·1운동 준비 장소가 되어갔다. 관순은 이필주 목사의 설교에 감동을 받고 한민족으로서 자존심과 여성으로서의 선각자라는 의식을 갖게 되면서 일본에 대한 적개심은 더욱 강렬해졌다. 관순만이 아니었다. 이화학당 학생들은 신학문을 배우면서 일본 제국주의 폭정 밑에서 갖은 굴욕과 고초를 받고 있는 조선왕실과 국민들의 참담함을 피부로 느꼈던 것이다. 학생들의 반일감정은 맹렬한 혐오감으로 이어졌고, 그런 학생들에게 정동교회는 행동의 요지가 될 수 있었다. 특히 이필주 목사의 열렬한 투지의 설교는 관순의 마음을 흔들었다.

"이 민족을 구해낼 수만 있다면 열 번, 스무 번, 아니 백 번, 천 번이라도 기꺼이 내 목숨을 바칠 각오가 되어 있습니다."

관순은 가끔 혼자 있을 때면 이필주 목사의 단호한 결언을 흉내 낼 정도로 민족의식과 애국심을 키워가면서 뭔가를 기필코 해내고야 말겠다는 각오를 다져갔다. 그만큼 관순에게 교회는 기독교적 민족주의의 혈맥을 심어 준 곳이었다.

‡ 민족자결주의

　제 1차 세계대전(1913~1918)의 승리를 앞둔 연합국 측은 전후처리 지침으로 1918년 1월 8일, 미국 대통령 윌슨의 '민족자결주의원칙'을 채택하여 발표하였다.

　그 내용은 '약소국가와 약소민족은 강대국의 영향과 간섭을 받지 않고 자주적으로 민족 스스로가 주권을 가지고 모든 것을 결정할 수 있다'는 원칙을 포함하고 있었다. 그것은 당시 국제 법으로 확정된 원칙이었다. 그래서 대한은 이런 기회에 대동단결하여 민족 독립을 요구하면 민족자결주의 원칙이 우리나라에도 적용될 수 있다는 기대감 속에서 거족적인 독립운동을 계획할 확실한 명분을 마련할 수 있었다.

　1918년 11월 이광수는 민족자결주의 14개조 평화 원칙에 의거한 파리-베르사유 강화 회의가 열리게 된다는 소식을 듣고 일시 귀국 하였다가, 대한의 상황을 한 달 동안 둘러본 후 다시 일본으로 건너가 곧바로 동경에서 유학생을 중심으로 한 대한 독립운동을 준비하였다. 궁색을 떨치고, 꿈에 들뜬 친구들의 모임이었다.

　1918년 12월 차가운 바람이 불어오는 겨울 밤. 이광수를 중심으로 최팔용, 송계백, 백관수, 김도연, 김상덕 등

을 포함한 11명의 와세다 대학 동창회 모임에서 최팔용
은 대한 독립운동의 필요성을 강조한다. 그의 열정은 언
제나 차고 넘쳤다.

"무릇 국가나 민족이 멸망한다 해도 영구히 망하는 것
은 아닙니다. 또 국가와 민족이 융성한다 해도 영구히 융
성되는 것도 아닙니다. 보십시오! 멸망의 길을 걷던 폴란
드는 지금 독립이 되었고, 천하에 위엄을 자랑하던 러시
아 제국은 어느 결에 망하지 않았습니까?"

그 모임에 참석한 사람들은 최팔용의 웅변에 가슴이 뜨
거워짐을 느꼈다. 그 말을 듣고 있던 송계백이 힘주어 찬
동한다.

"우리도 민족 자결주의를 외쳐야 합니다. 이제까지 제국일
제의 폭정에 억눌린 감정을 더 이상 참을 수가 없습니다."

그때 이광수가 자리에서 일어나 진지한 표정으로 결의
를 선포한다. 그는 언제나 숙고하는, 지성적인 면모가 돋
보였다.

"이제부터 우리도 이곳 일본에서 독립선언과 독립운동
을 치밀하게 준비해야 할 때가 왔습니다. 우리 다 함께
일어섭시다."

모두들 자리에서 일어났다.

"예! 그렇게 합시다. 모두들 찬동하죠?"

최팔용이 먼저 분위기를 띄운다.

"예! 이 한 목숨 조국을 위해 바칩시다."

누군가 힘주어 결의한다.

그 자리에서 이광수를 중심으로 한 11명은 한 마음, 한 뜻으로 결의하여 '재일조선 청년독립단(在日朝鮮 靑年獨立團)'을 조직한다.

이광수는 다시 상하이로 건너가 도산 안창호 선생에게 독립군 자금을 전달하며 일본의 유학생 현황을 보고한다. 안창호는 당시 임시정부의 운영자금과 독립군의 총포군자금을 관리하는 핵심 인물이었다.

"부족하지만 독립군 자금으로 써 주십시오."

이광수는 안창호에게 두툼한 봉투를 건네준다.

"예, 수고하셨습니다. 현재 일본의 상황은 어떻습니까?"

"지금 일본에서는 똑똑한 많은 유학생들이 중심이 되어 독립운동을 전개하고 있습니다. 제가 처음 선생님을 만나 불타올랐던 심정처럼 지금 유학생들도 활발하게 불타오르고 있습니다."

"젊은 유학생들이 뜻을 함께 해준다니, 진정으로 큰 힘이 되겠군요. 정말 잘 하셨습니다."

"별말씀을요. 도산 선생께서 일본에 오셔서 민족주의 운동을 외치셨을 때 제가 크게 감화를 받았습니다. 그래서 바로 와세다 대학교를 중퇴하고 일본에서 학생들과 독립운동을 시작하였던 것입니다. 무실역행(務實力行)이라고,

호소하셨지요."

"참되고 실속 있는 실행이야말로 이 시대가 필요로 하는 말이라, 그랬던 것 같군요."

그때 여운형이 들어온다. 여운형은 웅걸(雄傑)한 인품의 인물이었다. 이광수와는 초면이지만 오랫동안 사귄 사람처럼 둘은 서로 인사를 나눈다.

"마침 잘 오셨습니다, 여운형 동지. 이쪽은 춘원 이광수라고 합니다. 작가로서 대단한 실력가지요. 지금 일본에서 유학생들 중심으로 큰일을 계획하고 있습니다."

"아! 소문으로만 듣던 이광수 동지를 직접 만나니 정말 반갑습니다. 우리 도산 선생께서 어찌나 자랑을 많이 하시던지…. 이제야 만나게 되어 반갑습니다."

여운형은 호탕하고 시원하게 말을 한다. 호방한 인물이었다.

"춘원, 이곳 중국에서도 독립운동을 활발히 하고 있소이다. 여운형 동지를 중심으로 상하이에서 대한제국의 신한청년당이 창립되었습니다."

도산은 춘원에게 진지한 어조로 여운형을 소개한다. 그의 한 마디, 한 마디가 가슴에 새겨진다. 이광수도 기쁜 마음에 말을 잇는다.

"도산 선생님으로부터 많은 말씀 들었습니다. 중국에서 신한청년당 당수로 여운형 동지가 추대 되었다고요. 정말 축하드립니다. 저도 힘닿는 데까지 최선을 다해 도와드리 겠습니다.”

이광수는 진심으로 축하하며 여운형과 힘 있게 악수를 한다. 그 후 여운형은 안창호에게 보고를 한다.

“이번에 임시정부를 대신하여 신한청년당 동지들이 윌 슨 미대통령에게 대한제국의 독립청원서를 전달할 준비를 하고 있습니다. 내년 1월에 있을 파리강화 회의에는 김규 식을 파견하여 대한제국의 독립을 요구할 것입니다.”

“그래요. 잘 하셨습니다. 대한의 독립운동은 장기전이 될 수밖에 없으니, 젊은 청년들이 많은 경험을 쌓아야 할 것입니다. 그래야 힘 있는 청년들의 독립운동이 더욱 크 게 성장할 것입니다. 멀리보고 길게 가야 합니다. 참으로 잘하셨습니다.”

안창호는 여운형의 보고에 칭찬을 아끼지 않는다.

“뜻있는 청년들이 모여들고 있으니, 정말 다행입니다.”

그것을 듣고 있던 이광수도 함께 기뻐했지만 곧 떠나야 하는 아쉬움을 보인다.

“도산 선생님, 저는 오늘 밤 배편으로 일본으로 돌아가 겠습니다.”

“그래요. 그럼, 언제나 몸조심하시고 다음에 다시 만납 시다.”

“그럼 또 다시 찾아뵙겠습니다.”

세 동지들은 뜨거운 포옹을 서로 나눈 뒤, 기약 없는 만남의 약속을 하고 헤어진다.

대한의 독립운동은 민족자결주의에 대한 기대감에 더욱 활기차게 진행됐다. 중국 상하이에서는 여운형을 중심으로 한 '신한청년당'이, 일본 동경에서는 이광수를 중심으로 '조선 유학생 학우회'가 결속이 되어 독립운동을 추진하였다. 국내에서도 종교계와 학생들이 하나가 되어 적극적으로 독립운동을 펼쳤다. 일제는 독립운동을 원천봉쇄하기 위하여 정치성을 띤 모든 사회단체를 강제로 해산시켰기에 종교계와 학생 조직으로 은밀하게 움직일 수밖에 없었다.

✴ 의문의 죽음

1919년 1월 21일. 덕수궁 함녕전 용마루에 흰 옷을 입은 내시가 용마루에 오른다. 굳게 다문 입술은 파르르 떨렸고 충혈 된 눈을 질끈 감아 눈물이 흐르지 못하게 입을 앙다문다.

펄럭! 펄러덕!

고종 황제의 승하를 알리는 흰 천이 바람에 힘없이 나부낀다.

몇 번이고 흰 천을 흔들던 손아귀에 힘이 빠진 것일까. 흰 천은 궁궐 내관의 손을 떠난다. 잠시 덕수궁 함녕전 위를 머물며 오르락내리락 하던 흰 천은 날개가 돋은 듯, 깊은 한 숨 같은 바람에 실려 백학처럼 날아가 버렸다.

대한제국의 고종황제가 향년 68세로 승하하신 것이다. 백성들은 거리로 바람처럼 물결처럼 쏟아져 나와 통곡을 한다.

"여보게 자네들, 들었나?"

"뭣을?"

"글쎄 친일파 대신 놈들이 고종황제께서 즐겨 드시는 식혜에다 독을 탔다는구먼."

"뭐야? 저런 쳐 죽일 역적 떼 놈들을 봤나. 저번에는 나라를 팔아먹더니, 그것도 모자라 이제는 국왕이요, 나라의 어버이신 고종황제까지 독살을 해?"

"이런 쳐 죽일 놈들. 정말 분하다 분해."

"나라꼴이 말이 아니야. 이제는 완전 풍비박산이야!"

흥분한 군중들의 비애감이 극에 달하면서 고종황제의 독살설은 일파만파로 퍼져나갔고, 그 소문은 사실이었다.

조선총독부의 2대 총독 하세가와 요시미치의 지시를 받

은 친일파 대신들이 고종황제가 즐겨 마시던 음료에 독약을 탔던 것이다. 그의 콧수염은 늘 그랬듯, 음흉한 계책을 숨기고 있던 것이다.

고종의 독살에 대한 역사적인 기록은 2009년 일본 국회 헌정자료실에서도 확인할 수 있다. 그것은 일본 황실을 지키는 궁내성 회계심사국 장관 '구라토미 유자부로'(倉富勇三郎 1853~1948)가 직접 쓴 일기의 사본인데 조선총독의 지시로 친일파 대신들이 고종황제를 독살했다고 기록되어있다. 그 일기에는 총독 하세가와의 지시로 민병석과 윤덕영이 고종황제를 독살하였으며 송병준도 이에 관련이 있다고 쓰여 있다. 송병준이 구라토미 유자부로 장관에게 말한 사실을 그대로 구라토미는 자신의 일기에 기록한 것이다. 또한 무관 출신 한진창과 관련된 기록 역시 고종황제의 독살을 확인시켜준다. 고종황제 시신의 염을 한 민영달이 한진창에게 이 내용을 전했고 한진창의 시조카 윤치호는 그 말을 일기에 다음과 같이 기록했다.

조선의 제 26대 임금 고종(高宗, 1852~1919.1.21.)은 대한제국을 건국하여 초대 황제 광무제(光武帝, 재위 1897년)에 올랐으며 본관은 전주 이(李) 씨였다. 고종은 흥선대원군과 여흥부 대부인의 둘째 아들로 민 씨 일가의 집권과 부패에 시달려야만 했다. 그는 또 1880년대 이후 서양 제국주의 열강의 개항 요구와 동시에 벌어진 청·일·러 3국의 3파전이 치열한 가운데 국권을 보존하려 노력하였으나 1907년 헤이그 밀사 사건을 구실로 일본제국에 의해 강제로 퇴위 되었다. 고종황제 독살은 3·1 독립 만세운동이 일어나는 직접적인 요인으로 작용하게 된다

　고종의 독살에 대한 여러 증거에도 불구하고 조선총독부는 고종의 사망 원인을 뇌일혈(뇌출혈)이라고 발표하였다. 그때는 일제의 강제점령기였고 사건을 제대로 조사할 수 있는 기회조차 없었다. 그 이후로도 공식적으로 사건을 조사한 일이 없어 명확한 사실은 지금도 드러나지 않고 묻혀진 사건이 되고 말았다. 당시 독을 탄 음료를 고종에게 직접 전한 궁녀 2명은 일제에 의해 즉시 죽음을

당했다는 소문이 돌았다. 또한 이완용은 일본 천황 앞에서 고종을 죽이겠다는 맹세까지 했다고 한다.

일제의 만행 앞에 백성들은 통분하였다. 산산이 흩어져 있던 민심은 비운으로 비명에 돌아가신 황제에 대한 울분과 마지막으로 가시는 길을 정성을 다하여 충심으로 보내드리려는 애절한 마음으로 하나가 되어 뭉쳐지기 시작하였다. 고종황제의 천인공노할 승하를 계기로 전국의 뜻있는 지사들이 대한의 자주독립을 열망하며 들고 있어났던 것이다. 고종의 승하가 기폭제가 되어 일본에서는 유학생들의 2·8 독립선언, 곧이어 해외동포를 중심으로 한 2·10 독립선언, 국내에서는 고종황제의 국장에 맞추어 기미년 3·1 독립 의거가 일어나 전국적으로 200만 이상이 참여하였다.

일본제국의 입장에서 고종황제는 독립군과 의병들을 비롯한 독립운동세력의 상징적 구심점이었다. 무장봉기를 계획하여 조직된 독립운동단체인 신한청년혁명당은 고종황제를 망명시켜서 항일운동을 활성화 할 계획을 가지고 있었다. 이것은 일본제국에게 큰 부담으로 작용했던 것이다. 일본제국은 대한제국 황실의 씨를 말리기 위한 말살 정책을 철저하게 실행했으나, 이는 실상 제국 일본의 의도와는 반대의 결과를 낳게 된다.

✽ 하란사 선생

하란사(Nancy, 1875~1919)는 대한의 여성으로서는 처음으로 미국 웨슬리안 대학에서 문학사 학위(1906년)를 받았다. 귀국 후 궁중에 자주 드나들며 순헌 황귀비(엄비)와 친분을 쌓았다. 그녀는 '감리교 신학대학'의 상동 예배당에서 학생들의 어머니들을 모아 자모회를 만들어 전도부인을 양성하기도 하였다.

그녀가 이화학당의 대학과 교수이자 기숙사 사감으로 부임한 뒤에는 호랑이 사감으로 불렸지만 언제나 학생들의 건강을 먼저 걱정하고 챙기는 따뜻한 사람이었다. 그녀는 이화 학생들의 자치모임인 '이문회'를 이끌었는데 관순은 그 모임의 앞장선 중심 학생이었다.

고종황제가 승하하기 전날, 고종은 하란사를 덕수궁으로 불렀다. 평소 친숙했던 황귀비는 고종황제와 함께 그녀를 맞이한다. 하란사는 언제나 서양 스타일의 세련된 드레스와 핸드백, 롱부츠와 양산 등으로 멋을 내는 신여성으로서 당시 경성에서는 보기 드문 패션 감각을 가지고 있었다.

"어서 오시오. 하란사 선생. 선생은 만날 때 마다 나의 눈을 즐겁게 하는 구려."

"폐하, 황공하옵니다."

하란사의 화려한 의상에 고종은 놀라움을 금치 못하면

서도 곧 백성들에 대한 안타까움을 드러냈다.

"짐이 부덕한 탓에 백성들의 어려움이 많지요?"

"폐하, 아니옵니다. 지난번 숙명 여학교와 진명 여학교 창설을 해주심에 진심으로 감사드립니다."

"이 나라에서 가장 세련된 하란사 선생에게 칭찬을 받으니 정말 기쁘오. 모든 것이 선생이 부탁해서 한 일이니 내가 오히려 감사하오. 이 나라를 그렇게 걱정해 주니 말이요…."

"전국에 근대적인 학교를 많이 세우신다면 여성들도 이 나라에 큰 힘이 될 것입니다."

"짐도 그렇게 생각하오."

고종은 잠시 말을 끊었고, 고즈넉한 침묵이 흐른다.

"그런데… 하란사 선생에게 한 가지 부탁이 있소."

"나라를 위하는 일이라면, 그 어떤 일이든 하겠습니다."

"이번 달, 1월 18일부터 개최되는 파리 강화회담에 직접 가서 일제의 만행과 대한 제국의 상황을 온 세계에 알리는 일이요. 할 수 있겠소?"

"폐하, 이 한 몸 나라를 위해 바치는 일이라면 그 무엇도 두렵지 않습니다. 실행하겠습니다."

"장하오, 서둘러 준비하시오. 시간이 별로 없소."

그렇게 고종은 자신의 계획을 하란사에게 전했다.

"이것은 밀지(密旨)요. 그리고 이것은 독립운동 자금으로 써주었으면 합니다."

"예, 알겠습니다."

고종은 미리 준비해 두었던 밀지와 값진 예물을 하란사에게 준다. 밀지는 굴욕적인 외교문서인 한일의정서와 을사늑약이었다. 그녀가 입궁을 할 때 작은 핸드백 하나만 들고 궁궐에 들어왔기 때문에 밀지는 그녀의 치마 속 허벅지에 표가 나지 않도록 깔끔하게 끈으로 묶고 군자금으로 받은 예물은 다른 사람을 시켜서 보내달라고 했다. 일제 순검의 경비가 삼엄한 궁궐을 빠져나가기 위해서였다.

그러나 다음 날 갑자기 고종이 승하했다는 소식을 듣게 된 하란사는 모든 계획이 물거품이 되어 버린 것을 알아차린다. 상황이 다급해지자 그녀는 서둘러 이화학당의 자신의 방으로 들어갔다. 그때 마침 하란사 선생의 모습을 보게 된 관순은 뭔가 이상함을 느끼고 조심스럽게 기숙사의 하란사 선생님을 쫓아 뒤따라 들어갔다.

"하란사 선생님, 대체 무슨 일이 있으세요? 왜 갑자기 짐을 챙기세요?"

하란사는 인기척에 깜짝 놀랐으나 관순임을 알자 손을 잡아끌어 작은 목소리로 속삭인다.

"관순아, 내 말 잘 들어야 한다. 오늘 새벽에 고종황제께서 돌연 승하하셨단다."

"예? 대한의 고종황제께서?"

관순은 큰 소리가 새어나지 않도록 자신의 입을 틀어막는다.

"이유는 나도 잘 모른다. 그러나 관순아, 한 가지 약속을 해다오."

"약속이요? 제가요?"

"관순아!"

하란사는 관순을 끌어안으며 당부를 한다.

"관순아, 네가 우리 민족을 밝히는 등불이 되어다오."

관순은 그 말에 담긴 무거운 의미를 당장에 알아차리지 못하였다. 홍조를 띤 모색… 관순은 잠시 생각한 후 다짐한다.

"예, 제가 이 민족의 등불이 되겠습니다."

하란사는 환한 미소로 대견스러운 관순을 다시 한 번 꼭 껴안으며 눈물을 글썽인다.

"고맙다, 관순아. 너의 그 총명한 눈빛이 나에게 희망을 주는구나. 너는 꼭 해낼 거야. 나는 너를 믿는다."

"예, 잘 알겠습니다."

하란사의 부탁을 받은 관순은 두 손으로 가슴을 지그시 누른다. 갑자기 요동치는 가슴을 달래기 위해서였다. 그리고 금방 얼굴이 붉게 타올랐다. 가슴에 불덩이를 안은 듯 활활 타올랐기 때문이다. 관순은 하란사 선생님과의 '이 민족을 밝히는 등불이 되어 달라'는 약속을 한 번 더 입 속으로 읊조린다. 관순은 두 주먹을 쥐고 굳은 결의를 한다.

"선생님 걱정 마세요. 저는 반드시 약속을 지키겠습니다. 제 목숨을 걸고 이 민족을 지키겠습니다."

하란사는 다시 한 번 관순을 품에 안고 등을 다독인다.

"고맙다. 나는 지금 중국으로 가야 한다. 황제의 부탁으로 정동교회 손정도 목사님이 이미 상해로 망명하셨다. 나는 그 분을 만나러 가야 한다."

하란사 선생은 관순을 남겨 놓고 방을 빠져나갔다. 관순은 그 자리에서 무릎을 꿇고 기도를 한다.

"하나님! 저에게도 용기를 주세요. 이 부족한 소녀에게…."

관순은 눈을 감고 한참을 묵상한 다음, 눈을 번쩍 뜬다. 이 한 목숨 바칠 수 있는 조국이 있다는 게 얼마나 축복인가. 방을 나온 관순의 걸음은 어느 때보다 더 씩씩했다.

고종황제가 승하하셨다는 소식에 이화학당은 발칵 뒤집혔다. 학생들은 자진하여 상복을 입고 이문회(以文會)의 정기 모임을 가졌다. 이날 부른 일제의 만행을 규탄한 '만세 운동가'는 전교생들에게 새로운 용기와 자긍심을 심어 주었다.

✻ 대한의 독립 선언

1918년 2월 1일 만주 지린과 연해주, 중국과 미국 등
해외에서 활동 중인 독립 운동가들 39명 명의로 독립선
언서가 발표되었다. 그때가 음력으로 무오년이었기에 '무
오독립선언'으로 불린다. 이 선언 이후 일본 도쿄에서는
조소앙(趙素昻, 1887. 4. 30. ~1958. 9. 10.)이 기초한 2·8 독립선언이
발표되었다. 여기에는 한일병합조약은 무효이며 사기와
강압에 의한 것이기에 육탄혈전으로 독립을 쟁취해야 한
다는 내용이 담겼다.

[대한독립 선언서]

────────

정의는 무적의 칼이니, 이로써 하늘에 거스르는 악마와 나
라를 도적질하는 적을 한손으로 무찌르라. 이로써 5천년 조
정의 광휘(光輝)를 현양(顯揚)할 것이며, 이로써 2천만 백성
의 운명을 개척할 것이니, 궐기하라. 독립군! 엄숙하게(齊)
따르라 독립군! 천지로 망(網)한 한번 죽음은 사람의 면할
수 없는 바인즉, 개돼지와도 같은 일생을 누가 원하는 바이
리오. 살신성인하면 2천만 동포와 동체(同體)로 부활할 것이
니 일신을 어찌 아낄 것이며, 집안이 기울어도 나라가 회복
되면 3천리 옥토가 자가의 소유이니 일가(一家)를 희생하라!

아, 우리 마음이 같고 도덕이 같은 2천만 형제자매여! 국민본령(國民本領)을 자각한 독립임을 기억할 것이며, 동양평화를 보장하고 인류평등을 시라히기 위한 자립인 것을 명심할 것이며, 황천의 명령을 크게 받들어 일절(一切) 사망에서 해탈하는 건국인 것을 확인하여, 육탄혈전(肉彈血戰)으로 독립을 완성할지어다.

———————

조소앙은 1912년 메이지대학교를 졸업한 뒤 귀국하여 조선법률학교의 교수로 근무하다가 한국을 떠나 상해 임시정부에서 초대 외무부장관을 역임하면서 임정의 브레인으로 활동하였다. 상하이에서 미국으로 가던 이승만이 도쿄에 들려 강연을 하였는데 그때 조선의 독립을 주장하는 연설을 듣고 독립운동에 뜻을 품게 되었다. 1919년 4월 대한민국 임시정부를 수립할 목적으로 초대 국무총리에 이승만을 선출하고 그는 국무원 비서장에 선임되었다. 그는 김구, 여운형, 안창호, 이시영 등과 함께 상하이에서 활동하면서도 이승만과는 서신을 주고받으며 교류하였다. 조소앙의 독립선언서를 이광수가 참고하여 동경에서 2·8 대한 독립선언서를 작성하게 된다.

✽ 일본 유학생들

일본 동경 조선기독교청년회관에서는 유학생들이 삼삼오오 모여서 고종황제의 독살설에 관하여 울분을 터트리며 사태의 심각성을 논하고 있었다.

그때 최팔용이 껄렁껄렁해 보이는 학생 둘과 또 둘의 패거리로 보이는 학생 몇을 더 데리고 들어왔다. 그들은 가난한 유학생들에게 돈을 빌려주고 고리로 돈을 받는 불량학생들이었다. 하지만 최팔용이 그들이 괴롭히던 가난한 유학생들을 보호하고 그들을 혼내준 뒤로는 최팔용을 형님으로 모시고 따라다녔다. 최팔용은 그들을 사람으로 만들기 위하여 조선기독교 청년회관으로 데리고 온 것이다.

그때 마침 백관수가 뛰어 들어오며 급한 전갈을 한다.

"자네들 들었나? 고종황제께서 독살을 당하셨다는 말을…"

"그래, 우리도 지금 그 얘길 나누고 있는 중이야. 천하에 죽일 놈들이 그런 짓을 할 수 있단 말인가?"

김도현은 최팔용이 범인이라도 되듯 닦달을 한다.

"그거야 총독 하세가와의 지시를 받은 을사오적 놈들의 짓이겠지."

백관수가 주먹으로 책상을 힘껏 내려쳤다.

"을사오적이 누군데?"

최팔용이 데리고 온 학생들 중 머리에 기름을 반지르르하게 바르고 몸은 살이 통통하게 오른 학생이 그렇게 묻자 모두들 어이가 없는 듯 입을 다물어버린다.

"저 사람, 저거 학생이 맞아?"

"미친 놈! 저거 완전 똥팔이 아니야?"

한 학생이 똥보를 가리키며 빈정거린다.

"세상이 어떻게 돌아가는 지에는 관심이 없는 놈들에게 뭘 물어? 돈 없는 유학생들 꼬드겨 고리채나 놓던 놈인데."

"내가 돈 빌려주지 않으면 어떻게 되는 줄이나 알아?"

똥보가 말대답을 하며 앞으로 나선다. 그러자 패거리 두세 명이 똥보를 감싸듯 에워싼다. 그들 역시 머리에는 개기름이 흐르듯 머리가 반지르르 하고 옷차림은 말쑥하다. 그러면서도 그들은 서로의 얼굴을 바라보며 사태파악에 머리를 쓰는 것 같다.

"야, 우리도 좀 알자, 이렇게 궁금해서 묻는데 대답을 좀 해주면 안 되나?"

김도연이 그들 옆으로 다가간다.

"이런 답답한 인간들을 봤나? 이제까지 을사오적도 모른단 말이야? 잘 들어. 이완용, 이지용, 박제순, 권중현, 이근택, 이들 다섯 놈을 말하는 거야. 이놈들은 나라의 녹을 먹는 다는 대신 놈들이지."

"그래서 그들이 뭘 어쨌는데?"

"하… 이걸, 그냥 팍!"

김도연 옆으로 온 최팔용이 뚱보의 머리를 한 대 치려다가 그만 둔다.

"너희들 이토 히로부미는 아냐?"

"그건 알아."

"아유, 장하네. 그 다섯 놈이 이토 히로부미를 도와 나라를 팔아먹은 놈들이야. 일본군의 무력으로 포위한 가운데 어전회의를 열어 강압적으로 고종황제를 협박했단 말이야. 그래서 '을사늑약'에 서명할 수밖에 없었던 거야. 알았어?"

김도연이 말을 끝내자, 백관수가 옆에서 거든다.

"그놈들은 그 후 고종황제를 강제로 퇴위시키고, 정미 7조약을 체결했지… 대한제국의 군대와 경찰을 무장해제시키고 강제해산시킨 후 나라의 모든 사법 행정권까지도 일제의 총독 데라우치에게 넘긴 놈들이야!"

최팔용도 옆에서 거들고 나선다.

"그것뿐 아니야. 워싱턴에 있는 대한제국 주미공사관이 단돈 5달러에 일본에 강제 매각 당했다는군. 단돈 5달러에 말이야. 또 영국과 다른 해외에 있는 공관 10여개도 일제에 의해 강제 폐쇄되었다는군."

"정말 잡아 죽일 놈들이네. 나도 이제까지 그렇게는 안 살았는데. 뭐야? 단돈 5달러에 해외공관을 팔아먹어?"

처음으로 애국을 해보겠다고 최팔용을 따라 조선기독교 청년회관을 찾은 껄렁한 풍보 학생이 분통을 터트리고 있을 때 송계백이 뛰어 들어왔다.

"이광수 선생의 지시가 떨어졌네."

"뭐야? 그게 사실이야?"

"우리도 더 이상 참을 수가 없어. 다들 행동으로 보여주세!"

"이제야 드디어 우리 때가 왔구만. 그러세!"

"그런데 우리가 언제, 어디서, 무엇을, 어떻게 해야 하는데?"

껄렁한 학생 둘도 함께 움직이겠다고 한다.

"2월 8일 오후 2시에 거사를 치를 거야. 다들 그때 보세. 나는 또 다른 사람들에게 연락을 해야 하니 이만 먼저 가겠네."

송계백이 차분하고 힘 있게 거사 약정 일을 설명한 뒤 급하게 나간다.

"좋았어. 오랜만에 일본 경찰 놈들과 한번 붙어보자."

껄렁한 키 큰 학생이 주먹을 휘두르고 발차기 시늉을 해본다.

"이제 뭔가 감이 잡혀? 2월 8일 오후 2시야."

"알았어. 우리도 꼭 참여할 거야."

그때 옆방에서 한 학생이 후다닥 빠져나간다.

"저 놈은 누구야? 우리 학생 아니지? 누구 아는 사람

없어?"

"그러게… 학생으로 변장한 밀정이면 어떡하지?"

미심쩍은 일이었지만 당장 어떻게 확인할 길이 없던 그들은 일단 해산을 하고 다른 변동이 없으면 그대로 거사 날에 만나자는 인사로 다짐을 대신하고 헤어졌다.

1919년 2월 8일 오후 2시. 히비야 공원에 모여든 조선 재일 유학생 600여 명 앞에 사회자 최팔용이 나섰다.

"오늘 이 자리에서 '조선청년 독립단'의 발족을 선언합니다. 다음은 조선청년독립단장 백관수가 독립 선언서를 만천하에 낭독하겠습니다."

사회자의 지시에 따라 연단에 오른 백관수는 우렁차면서도 진지한 목소리로 춘원이 쓴 '2·8 독립선언서'을 낭독한다.

[2·8 독립선언서]

조선청년 독립단은 우리 2천만 민족을 대표(代表)하여 정의와 자유의 승리를 얻은 세계만국 앞에 독립을 기성(期成)하기를 선언하노라. 반만년의 장구한 역사를 가진 우리 민족은 실로 세계 최고 민족의 하나이다. 조선은 항상 우리 민족의 조선이요, 한 번도 통일대한가를 잃고 이민족(異民族)의 실질적

지배를 받았던 일은 없었다. 이에 우리 민족은 일본이나 혹은 세계 각국에 우리 민족에게 민족자결의 기회를 얻기를 요구하며 만일 불연이면 우리 민족은 생존을 위하여 자유의 행동을 취하여 이로써 독립을 기필코 이룰 것을 선언하노라.

───────────

곧 이어 선두에서 송계백이 '대한 독립 만세'를 외치자 학생들은 따라 힘차게 외친다.

"대한 독립 만세!"

독립 선언서를 낭독한 후 가두로 나선 학생들은 대회의 선언과 결의에 열광하였다. 그때 일본 경찰이 들이닥쳐 해산 명령을 하지만 유학생들은 그것을 거부하고 난투극이 벌어진다. 그 순간 이광수와 최근우는 재빨리 노신사로 변장하여 대회장을 빠져나가고 껄렁한 둘도 대한제국의 깃발을 빼어 들어 다른 학생에게 주고 자신들은 군고구마 장사꾼으로 변장하여 도망간다. 결국 그 자리에서 끝까지 일본경찰과 대치하며 싸웠던 유학생 60여명이 검거 된다.

2월 12일 오전. 많은 학생들이 검거 된 상황에서도 학생들은 굴하지 않고 잠시 흩어졌다가 다시 조선기독교 청년회관에 모였다. 그들은 독립운동을 어떻게 해 나갈지에 대한 의견을 나누고 있었다.

　그런데 그때 누군가 갑자기 살그머니 자리에서 일어나 밖으로 나가는 것이다. 누군가 '밀정이다!' 외쳤고 그 소리에 모두들 밀정을 잡으려고 했지만 그는 이미 밖으로 달아난 후였다.

　"학생복장을 했기 때문에 눈여겨보지 않았었는데 안경이 이상했어요. 어른들이 쓰는 안경이어서 자세히 보니 지난 번 도망쳤던 그 사내가 분명했어요."

　한 학생의 말은 모두를 긴장하게 만들었다.

　"앞으로 서로가 조심합시다. 옆 사람들을 눈여겨보고 수상한 점이 있으면 즉시 신고합시다."

　학생들은 서로의 의견들을 내놓느라 분위기가 어수선할 때였다. 갑자기 문이 열리더니 일본 경찰들이 들이닥쳤다. 그들은 동경시내 칸다(神田)에 있는 조선기독교 청년회관으로 총출동 하라는 명령을 받고 달려온 것이다.

　"한 놈도 빠짐없이 모두 검거해. 당장!"

　경찰서장이 큰 소리로 울화를 터트리며 모든 경찰들에게 지시를 했다.

　"주동자가 누구야? 앞으로 나와!"

　불량학생으로 살던 두 학생이 앞으로 나오더니 50여 명의 학생들 앞에서 뚱보가 외친다.

　"여러분, 우리는 여기서 물러나면 안 됩니다. 힘을 합칩시다. 그래야 대한제국을 독립시킬 수 있습니다."

"저 놈은 뭐야? 입 닥치지 못해!"

서장의 채찍이 뚱보를 후려친다.

"네 놈이 주동자야? 당장 끌고 가!"

뚱보는 끌려가면서도 주먹을 불끈 쥐어 보인다. 다른 학생들도 모두 주먹을 불끈 쥐어 뚱보에게 보낸다. 청년회관을 두 겹으로 둘러싸고 있던 일본 경찰들의 난입은 회관을 쑥대밭으로 만들었다. 일본 경찰들과 유학생들 사이의 난투극은 금방 끝났다. 처음부터 숫자적으로 워낙 우세한 일본 경찰을 이긴다는 건 처음부터 무리였다. 학생들은 끝까지 저항하며 버티다 결국 모두 검거되지만 그날 이후에도 일본 동경 시내 한 복판에서는 2월 내내 조선인 유학생들의 독립운동이 계속해서 일어났다. 그러한 사실들은 이광수에 의하여 국내와 해외에 널리 알려졌고 그 영향은 3·1 독립 만세의거에로 이어졌던 것이다.

2·8 독립 선언의 주동자로 지목 받은 백관수, 최팔용, 송계백, 김도연, 김철수, 윤창석, 김상덕, 서춘, 이종근 총 9명이 기소되어 동경감옥에 수감되었다. 하지만 수감된 중에도 최팔용과 송계백의 항변은 계속되었다.

"빼앗긴 내 나라를, 내가 되찾겠다는데 무엇이 문제인가?"

항변을 할 때마다 그들에게는 모진 고문이 가해졌지만 그들은 굴하지 않고 저항을 계속했다. 그런 와중에 송계백과 최팔용이 백관수에게 은밀한 제안을 했다.

"관수는 여기서 빠지게. 자네라도 빠져나가야 이광수 선생님을 보필할 게 아닌가? 지금부터 자네는 묵비권을 행사하는 거야. 우리 둘이서 끝까지 버텨볼 테니, 자네는 여기서 나가게."

"그래도 둘 보다는 셋이서 버티는 게 더 낫지 않겠나."

"우리의 소망이 같은데 무엇이 두렵겠는가? 시간이 없어. 자네는 더 이상 아무 말도 하지 말게. 무사히 이곳을 빠져나가야 해. 그래야 이광수 선생을 도울 수 있어. 그래야 우리의 염원인 독립을 볼 수 있을 게 아닌가?"

관수는 말없이 두 사람의 손을 잡았다. 그리고 고개를 끄덕였다. 그 이후 백관수는 더 이상 입을 열지 않았다.

한편 이광수는 2·8 독립운동으로 수감된 최팔용 등의 변호를 일본인 변호사 후세 다쓰지(布施辰治, 1880.11.13.~1953.9.13. 미야기 현 출신)에게 부탁했다. 후세 다쓰지는 한국병합을 일본 군국주의적 자본주의의 침략으로 규정하고 한국의 독립 운동과 민중 운동을 적극 지지하는 인권변호사였다. 그는 1911년 〈조선의 독립운동에 경의를 표함〉이라는 글을 써 일본 경찰의 조사를 받기도 했다. 그는 이광수의 부탁으로 2·8 조선청년 독립단 활동으로 붙잡힌 학생들의 무죄를 강력히 변호하다 법정모독을 했다는 이유로 징계

를 받게 된다. 하지만 그 후로도 1920년 일본황궁의 니
쥬바시(이중교)에 폭탄을 던진 혐의로 붙잡힌 김지섭 의사
와 무정부주의자 박열을 변호하였으며, 관동 대지진시 조
선인 학살사건이 일본군 계엄 사령부와 경찰에 의한 '조
선인 폭동조작'이었음을 비판하다가 치안당국에 의해 요
주의 인물로 지목되었다. 또한 일제의 동양 척식 주식회
사는 합법을 가장한 찬탈 사기로 규정하고 나주지역 농민
들을 위해 510만평 토지 반환소송을 제기하는 등 조선인
의 인권과 대한의 독립을 위해 최선을 다하였다. 그런 활
동으로 그는 일본인으로서는 처음으로 2004년 대한민국
건국훈장 애족장을 수여받는다.

  춘원 이광수는 후세 다쓰지에게 2·8 독립운동을 한 학
생들의 변호를 부탁한 후 중국 상하이로 떠나게 된다. 이
광수는 미국계 영자신문 차이나 프레스와 영국계 데일리
뉴스를 찾아가 동경 조선 유학생들의 2·8 독립선언과 해
외동포들의 2·10 독립선언 운동을 외국 신문사에 알려
세계 각국에 보도하고 대한제국 독립은 대한인 전체의 분
명한 의사라는 것을 세계만방에 알렸다.
  춘원 이광수는 뛰어난 두뇌로 후일 임시정부에서도 큰
비중을 차지한다. 그는 파리 강화회의에 참석하기 위하여
한반도 내에서 큰 사건을 일으켜야 한다는 김규식의 발언

에 적극 호응하고 공감하여 바로 일본 도쿄로 돌아온다. 그리고 그는 독립의 당위성을 역설하는 칼럼과 전단지를 익명으로 작성하여 한국은 물론 미국과 유럽에 있는 해외 동포들에게까지 발송했다.

일본 도쿄에서 이광수와 유학생들이 주도한 '2·8 독립선언'을 시작으로 하여 해외에서도 2월 10일 대한독립 의군부의 '대한독립 선언'에 유럽과 미국 그리고 전 세계에 흩어져 있는 동포 지도급 인사들이 참여 한다. 2·10 독립선언문에는 김좌진, 이동녕, 이동휘, 이승만, 이시영, 김규식, 박은식, 신채호, 안창호, 김동삼 등 39명이 대거 참여했다.

‡ 밀파

1919년 1월. 도쿄 변두리에 있는 송계백이 마련한 친구 자취방으로 이광수가 은밀히 찾아왔다. 두 사람은 작은 목소리로 속삭이다가 이광수가 송계백에게 봉투 하나를 건네준다.

"이것은 독립선언서입니다. 이것을 가지고 가세요. 그리고 이 선언서를 인쇄할 활자와 활동자금을 융통해야 됩니다. 송계백군, 할 수 있겠어요?"

"예, 제가 하겠습니다."

"그러면 계백 군이 졸업한 보성중학교 교장 최린 선생에게 활자를 부탁해보세요. 그 분은 의로운 분이시고 송계백 군과는 사제지간이니 틀림없이 도와주실 겁니다."

"예, 알겠습니다."

계속해서 이광수는 자신의 계획을 송계백에게 이야기한다.

"그리고 최남선과 손병희 선생을 만나 이 독립선언서를 전해주세요. 그리고 국내의 상황은 어떻게 진행되어 가는지도 물어보고요. 독립운동 자금은 정노식과 최씨 부자의 집에 가면 어느 정도 협조를 받을 수 있을 겁니다. 그럼 송계백 군, 계획대로 차질 없이 수행해 주기 바랍니다. 그리고 언제나 몸조심, 부탁합니다."

"예, 선생님도 몸조심하세요. 다시 돌아와 보고 드리겠습니다."

자신의 집으로 돌아온 계백은 독립선언서를 천천히 펼쳐보았다. 어떻게 이것을 일제의 삼엄한 경비를 뚫고 국내로 가지고 잠입할지 고민하지 않을 수 없었다. 그때 계백은 장난기 많은 관순의 옷소매 속에 감춘 태극기가 생각이 난다. 계백은 이광수가 쓴 독립선언서를 비단조각에 다시 옮겨 쓰고 그것을 자신의 학생복 안감을 터서 속으로 집어넣고 바늘로 꿰매어 표시가 나지 않도록 숨긴다.

다음날 새벽. 계백은 동경역에서 시모노세키 항으로 가는 기차에 몸을 실었다. 시모노세키 항 여객터미널은 대한으로 가는 사람들로 북적거렸다. 일제의 삼엄한 경비 속에서 모든 화물과 가방을 검열관들이 자세히 검열하였다. 몸수색을 마친 뒤 검열대를 지난 송계백은 무사히 관부연락선에 올라 탈 수 있었다. 대한으로 잠입하는 계백의 심장은 떨리기만 했다. 부산항에 내려서도 삼엄한 검열대를 다시 통과해야만 했다. 부산 여객터미널을 무사히 빠져 나온 계백은 그제야 안도의 한숨을 내쉰다.

송계백은 그 길로 바로 경성 보성중학교 교장 최린 선생을 찾아가 독립선언서 활자를 부탁한다.

"안녕하세요. 최린 교장 선생님, 저 송계백입니다."

"계백 군, 정말 오랜만일세. 제국의 와세다 대학은 어떤가? 잘 다니고 있는가?"

"예, 선생님. 사실은… 이광수 선생의 부탁을 받고 왔습니다."

"그래! 어서 이쪽으로 들어오게."

교장실로 안내를 받아 가며 주위를 살핀다. 학교 안에는 둘 뿐이었고 다른 사람은 아무도 보이지 않는다. 일요일이라 아무도 학교에 나오지 않았지만 교장은 변함없이 텅 빈 학교를 지키고 있었다. 두 사람은 자리에 앉았다.

"이광수 선생은 건강하신가?"

"예. 건강하십니다."

계백은 옷을 벗어 실로 꿰맨 곳을 다시 트고 독립선언서를 꺼낸 뒤 옷을 다시 입는다.

"그 분께서 이것을 활자로 만들어 달라고 부탁을 하셨습니다."

"어디보자… 독립선언서라?"

최린 선생은 순간 깜짝 놀랐지만 다시 차분한 음성으로 말을 이어간다.

"누군가는 반드시 해야 할 일이지. 그래 그러면 내가 해봄세."

"감사합니다. 교장 선생님!"

송계백은 감격했다. 그때까지의 긴장된 여정으로 생긴 피로감이 최린 교장의 말 한마디에 사라져 버린 것 같았다.

"당연히 해야 되고말고. 이런 때가 오기를 나도 기다리고 있었네. 이렇게 자네가 와주니 오히려 내가 고맙지. 그리고 글자는 모두 분해해서 가지고 갈 수 있으니 일제의 보안 검열에 걸린다하여도 아무 탈 없을 걸세."

"예, 제가 와세다 대학에서 쓸 거라고 둘러대면 의심은 없을 것 같습니다."

"그래. 그럼 내일 이맘때 다시 올 수 있겠나. 그때까지 준비를 해 놓겠네."

"예. 그럼 부탁드리겠습니다. 그리고 이것을 한 장 더 써서 가지고 가겠습니다. 최남선 선생님께도 드려야 하니까요."

계백은 독립선언서를 종이에 옮겨 적어 모자 속에 끼워 넣는다.

"선생님, 그럼 저는 내일 다시 오겠습니다."

최린의 집을 나온 계백은 최남선을 만나기 위해 그의 집을 찾아간다. 그러나 쉽게 찾을 수가 없어 길을 헤맬 수밖에 없었다. 그런 그의 행동을 수상하게 여긴 사복경찰이 송계백을 에워싸고 검문을 했다.

"어이 학생, 왜 이런 곳에서 어슬렁거려?"

"예, 제가 길눈이 어두워서 그만 잘못 들어선 것 같습니다."

"이렇게 대낮이 환한데 뭐가 어두워? 말이 안 되는 소리를 하네… 이 자식 약간 의심스러운데? 신분증 좀 보자. 어디 소속 학생인가?"

"와세다 대학생입니다."

경상도 출신의 경찰보조원은 사투리를 써가며 계백에게 시비를 걸어온다.

"와~세다? 나도 세다, 이놈아! 이 신분증 가짜 아냐? 와세다 대학생이 왜 이런 데서 어슬렁거려?"

그들이 계백이 든 학생가방 속을 뒤져보고 털어보아도 아무런 단서가 없었다. 그러자 계백의 얼굴을 들여다보며 괜한 트집을 잡는다.

"이 자식 눈빛이… 기분 나쁜 눈빛이야. 조사를 좀 더 해봐야 하겠어. 경찰서까지 같이 가자. 따라와!"

그들은 송계백을 지서로 끌고 간다.

"몸수색부터 철저히 해봐. 분명히 뭔가 감추어 둔 것이 있을 거야."

경찰 보조원은 부하에게 지시를 한다.

"웃옷을 벗어봐."

벗은 옷을 자세히 들여다보자 옆구리가 터져 있었다.

"이 자식, 옷이나 꿰매 입고 다녀라. 멀쩡하게 생겨가지고 찢어진 옷이나 입고 다니냐?"

가방과 신분증을 조사하던 부하가 다가온다.

"아무것도 없는데요? 신분증도 진짜고…."

"그래? 이 자식 뭔가 냄새가 나는데…. 아무 것도 안 나온다고? 그래 이번엔 증거가 없으니 어쩔 수 없군. 다음부턴 조심해. 괜히 어슬렁거리다가 큰 코 다치지 말고. 그리고 옷은 좀 꿰매 입고 다녀라. 알았냐?"

"예, 알겠습니다."

계백은 모자 때문에 가슴을 졸였다. 그런데 다행히 그냥 가라고 한다. 그는 속으로 안도의 숨을 내쉬면서도 조심스럽게 모자를 벗어 가슴에 대고 고개를 푹 숙여 절을 한 다음, 일부러 걸음을 약간 느릿하게 걸어 나와서 뒤도 안돌아 보고 앞만 보고 걷는다. 한참을 걸어 나와서야 가슴을 쓸어내리고 뒤를 돌아본다. 그는 주위를 슬쩍 둘러본 다음 최남선 댁으로 찾아간다. 마침 대문 안으로 들어가는 검정색 두루마기만 보고 무작정 달려간다.

"혹시 최남선 선생님 아니신가요?"

"학생은… 누구시더라?"

"예, 저는… 이광수 선생님의 심부름으로 왔습니다."

"심부름? 어서 들어오시오. 먼 길을 오느라 수고가 많았군요."

작은 정원이 있는 아담한 집이었다. 깔끔하게 정돈된 실내는 서양식 테이블이 거실 중앙에 있었다. 계백을 안으로 안내한 최남선이 앉기를 권한다. 그리고 계백은 사각모자 속에서 이광수가 쓴 독립선언서를 꺼내어 최남선에게 내민다.

"이것이 이광수 선생이 쓴 독립선언서인가요?"

"예, 그렇습니다."

"그래요. 그럼 이것을 참고로 해서 국내에서도 사용할 독립선언서를 작성해 보겠소."

"예, 감사합니다. 손병희 선생님도 직접 만나 뵙고 인사를 드리고 싶습니다만 시간이 없어서…."

"손병희 선생에게는 내가 전해주겠소. 정말 고마워요."

이광수가 쓴 독립선언서를 최남선에게 전달한 계백은 안도의 숨을 내쉬며 최남선 집을 나선다.

최남선은 그해 기미년 3월 1일에 사용할 '3·1 독립선언문'를 만해 한용운과 함께 작성한다. 3·1 독립선언문은 최남선이 작성하고 공약 3장은 한용운에 의해 기초되어지고 최종적으로 이광수가 보완 수정하여 완성된다.

송계백은 경성으로 와서 먼저 유예도를 만나고 싶었지만 한 치의 오차도 없이 대사를 성사시켜야 했기에 이화학당을 스쳐지나갈 뿐이었다.

계백에게 두 번째 사명은 독립운동 활동자금을 마련하는 일이었다. 정노식과 부산으로 가는 길에 경주에 들러 최 씨 부잣집에 협조를 구했다. 모두 흔쾌히 큰돈을 내주었다. 큰 돈은 작은 돈으로 여러 번 나누어서 각기 다른 은행에서 돈을 부치고 부산항에 도착했다. 옷과 책을 활자와 함께 가방에 넣고 삼엄한 보안 검열대를 통과한 뒤 일본제국 시모노세키로 가는 관부연락선에 올라탔다.

부산을 등지고 일본으로 돌아가야만 하는 배에 올라 바다 한 가운데에 이르자 계백의 마음은 쓸쓸하기만 했다. 갑판에 서서 차가운 겨울바람을 맞고 있던 계백은 예도와 만났던 한강을 떠올렸다. 한강에서 예도의 치맛자락을 펼럭 스치듯 지나간 바람처럼 이곳 바닷바람도 그의 옷깃을 스치고 지나갔다.

송계백은 손을 들어 먼 바다를 향해 흔든다. 나라 잃은 서러움과 사랑하는 사람을 자유로이 만날 수 없는 고통이 함께 어우러져 그의 가슴을 치고 달아난다. 아! 자신도 모르게 터져 나오는 한숨을 길게 내뿜으며 그의 눈가에 물기가 젖는다. 그의 눈앞을 스치고 지나가는 아름다운 예도와 말괄량이 관순과의 추억이 가슴을 얼얼하게 만들어 그는 오랫동안 바다에서 눈을 떼지 못했다.

계백의 입에서 또 다시 한숨이 흘러나온다. 그는 바다에 등을 돌리고 선 채 눈을 지그시 감는다. 빼앗긴 나라를 되찾기 위해 서로가 결의했던 순간이 눈앞에 어른거린다. 그 순간, 그의 입에서 다시 터져 나오는 한숨을 막기위해 그는 두 손으로 입을 가린다. 아! 보고 싶다, 그는 입속말로 중얼거리며 다시 먼 바다에 눈길을 준다. 사랑하는 사람을 떨쳐버리고 말없이 떠나야 하는 그의 심중을 위로하듯 그때 구슬피 울려 퍼지는 뱃고동소리가 길을 내듯 바다를 가른다. 그 바다 길을 따라가던 계백의 가슴에 뜨거운 피가 솟는다. 문득 황성신문의 주필이었던 장지연이 1905년 11월 20일 황성신문에 올린 시일야방성대곡(是日也放聲大哭, 오늘 목놓아 통곡한다는 뜻)을 떠올리면서 볼 위로 흘러내리는 눈물의 의미를 읊조린다. 장지연은 이 글에서

황제의 승인을 받지 않은 을사조약의 부당함을 알리고 나라를 팔아먹은 을사오적을 인간쓰레기와 천하의 개쌍놈이라 규탄했기 때문에 계백은 이 글을 신문에서 오려 벽에 붙여 놓고 나라 잃은 설음과 울분을 토해낼 때 마다 곧장 읽어보곤 했다. 정부대신들을 가리켜 개돼지만도 못한 자들이라고 호통을 친 대목에서는 속이 다 시원했다. 그러나 지금은 가슴이 아리다. 또 다시 울리는 뱃고동소리가 구슬프게 울려 퍼진다. 그 소리에 그의 독백도 함께 흐느낀다.

"군장들의 칼이 녹슬고 무뎌서 임금이 죽었다. 나라가 망했다. 죽은 임금의 혼백을 기리며 시일야방성대곡의 우국충정은 국파산하재(國破山河在)의 통분을 울부짖었다. 하지만 강산의 백성은 결코 망한 것이 아니었다. 청년의 기백은 사라진 것이 아니었다. 그것은 하늘이 절로 기르는 생명의 불꽃이요, 야산의 들불처럼 타오르고 번져가는 가슴속 핏줄이기 때문이었다."

제 3 장
기미년 삼월 일일

✽ 함성

1919년 3월 1일.

종로 골목을 빠져나가는 관순 일행은 파고다 공원을 향해 달리고 있었다.

"…오등은 자에 아 조선의 독립국임과 조선인의 자유민임을… 선언하노라…."

파고다 공원에서는 독립선언서 낭독이 시작되었다.

"저 사람이 누구지?"

군중 사이에서 누군가 묻고, 누군가 대답한다. '정태용이요'. 정태용의 우렁찬 목소리에, 술렁거리던 장내는 숙연해지고 하늘도 맑았다.

"…차로서 세계만방에 고하야 인류평등의 대기를 극명하여 차로서 자손만대에 고하야 민족 자손의 정권을 영유케

하노라…."

낭랑한 낭독이 끝나는 순간, 약속이라도 한 듯 여기저기서 태극기가 휘날리더니 치솟는 만세 소리가 하늘을 찌를 듯 사방에서 울려 퍼졌다.

"대한 독립만세! 대한 독립만세!"

흥분된 군중들은 서로를 얼싸안고 만세를 부르며 굳은 결의를 서로 나눈다. 그들의 얼굴에 생기가 돌고 웃음이 퍼진다.

파고다 공원에 솟아 있는 팔각정과 구층탑 그 아래 인산인해를 이룬 남녀 학생들과 군중들의 아우성 속에 관순을 뒤따른 네 명의 여학생들이 눈물을 흘리며 만세를 부른다. 그들은 서로의 이름들을 부르며 높이뛰기를 하듯 팔딱팔딱 뛴다.

관순아, 애덕아, 순덕아, 명학아….

조금 전까지 종로의 인경과 예배당의 종각에서 울려 퍼졌던 종소리, 쩌렁쩌렁 울리던 학교의 종소리에 관순 일행은 학교를 뛰쳐나왔던 것이다.

광화문 시계가 3시 정각을 가리키면 일제히 종을 울리기로 약속이 되어 있었다. 고찰의 범종까지도 하나가 되어 천지를 흔들었다. 그 종소리에 거리로 뛰쳐나온 사람들의 함성이 울려 퍼졌지만 정작 독립선언문을 낭독하기로 한 민족대표단들의 얼굴은 나타나지 않았다. 대표단들을 찾는 아우성과 손병희 선생은 어서 나오라는 불호령도 있었다.

"민족 대표들은 다 어디를 갔느냐? 빨리들 나오너라!"

그 시각 3·1 독립 만세운동을 주동했던 민족대표 33인 중 29명은 파고다 공원에서 조금 떨어진 인사동 태화관에 앉아 있었다. 그들의 긴장된 얼굴 표정과 엄숙한 자세만 봐도 사태의 심각성이 얼마나 급박한 상황인지를 말해주고 있었다.

만해 한용운은 먼저 인사말을 시작한다.

"3·1 독립 선언서는 육당 최남선이 초안하였고 제가 공약 3장을 추가 하였습니다. 그리고 마지막으로 춘원 이광수가 보완하고 교정하여 완성한 것입니다."

'3·1 독립선언서(기미독립선언서)'는 천도교(동학)에서 운영하던 보성사에서 2만 1천여 매를 인쇄하여 종교지도자들과 학생 대표들에게 각각 역할 분담을 맡겨 한반도 전역에 배포됐다. 3월 1일 민족대표의 독립선언이 끝나면 전국에서 일제히 만세시위를 일으키도록 하였으며, 태극기도 전국 방방곡곡에서 비밀리에 준비하여 전달했던 것이다.

그 '기미독립선언서'의 불꽃은 사방 각지에 붙었다. 파고다 공원에서는 정태용이, 그 옆 태화관에서는 김완규가, 어느 이름 없는 시골 장터에서는 마을 이장이, 예배당에서는 목사가, 학교 운동장에서는 학생이 저마다 다른 목소리로 같은 호소문을 낭독하고 있었다.

"조선 놈들이 모두 나와 난리를 치는데도 모른다? 하! 한 놈도 눈치 채지 못했다? 너, 바보새끼 아니야?"

경무총감의 불호령에, 경찰서장의 얼굴이 백지장처럼 하얗다. 총감은 '독립선언서'를 테이블에서 들었다 놨다 반복하면서 서장을 윽박지르고 있다. 마침내 테이블 위에 펼쳐있는 '통고문'을 집어 들어 부동자세로 서 있는 서장에게 던진다. 그의 입에서 터져 나온 욕설에도, 서장은 입도 벙긋 못하고 있다.

"벙어리야? 뭐라고 말을 좀 해보라고! 무슨 말이든 터진 입으로 말을 해보란 말이야!"

"죄송하지만 다른 방법이 없습니다. 지금은 군대를 동원해서 진압할 길 밖에 없습니다."

"다른 방법이 없어? 그런데 어딜 가서 진압을 해? 어디 모여 있는지도 모른 상태에서 어디로 출동을 한단 말이야?"

"워낙 쥐도 새도 모르게 숨어버려서요."

"그걸 대일본 제국경찰의 말이라고 해?"

마루야마는 발을 구르며 서장의 얼굴을 쏘아보는데, 옆에서 전화를 받던 형사가 총감에게 전화기를 넘겨준다. 전화를 받아 든 총감의 입에서 야릇한 미소가 흐르더니 금방 함박웃음이 터져 나온다.

"뭐라? 태화관이라… 태화관에 모여 있다고요? 아니 계
신다고요? 금방 찾아뵙지요."

비아냥거리며 전화를 끊는 그가 허탈한 듯 웃기 시작한
다. 그의 웃음이 점점 더 커지고 그의 입가에 음흉한 미
소가 번진다. 총감은 초인종을 세차게 두드린다. 곧 이어
문이 열리고 고등계 형사과장이 쏜살같이 방으로 들어온다.

"핫! 부르셨습니까?"

총감은 서두르던 행동과는 달리 능글맞게 느릿느릿 지
시한다.

"바보 같은 놈들, 미련한 곰 돼지들! 도쿄로 출장가신
하세가와 총독각께 곧 보고하도록! 알아들었어? 전보를
치란 말이야, 사건보고 겸 처리 대책에 관한 지시안건이
야. 발포를 해도 좋겠냐고 물어보란 말이야, 알아들었어?"

넋 빠진 듯 멍청히 서 있던 고등계 형사과장은 연신 허
리를 주억거리다가 차렷 자세로 경례를 한다.

"핫! 알겠습니다. 바로 전보를 치겠습니다!"

"한 가지 더 있다. 지금 당장, 태화관으로 가서 민족 대
표자란 것들을 모조리 다 붙잡아 와! 포승 같은 예의도
필요 없어!"

형사과장이 후다닥 차렷 자세로 경례를 부친다. 총감이
발길질이라도 할 듯 과장에게 빨리 꺼지라는 시늉을 하

자, 그는 꽁무니를 감추듯 부리나케 사라진다. 그때 전화
벨이 울리자 총감은 전화를 받고 차렷 자세를 취한다.

"네, 알겠습니다. 만세운동을 한 놈들은 무조건 총살하
라는 명령! 바로 시행하겠습니다."

총감은 다시 과장을 불러 총독의 지시를 전한다.

태화관 앞으로 그 주위에 운집해 있던 수백 명의 군중
과 기생들까지 모여들었다. 대한독립만세! 만세! 만세! 만
세! 만세 소리는 파고다 공원까지 연달아 울려 퍼졌다.
그 가운데 관순, 명학, 애덕, 순덕도 끼어 더욱 큰 소리로
목이 터져라 두 손을 치켜들면서 만세를 외쳐 부른다.

대한문 앞에서도 백립에 상복을 입은 수 천 군중이 일
제히 만세를 외친다. 대한독립 만세! 대한독립 만세!

마침내 이천만 민족의 분노는 그렇게 폭발했다. 삼천리
방방곡곡 요원의 불길처럼 터져나가는 만세의 폭풍은 항
거의 격랑 같았다. 그러나 질풍노도와 같은 일본 순사들
의 무차별 공격 앞에서는 속수무책이었다.

헌병대 정문부터 요란스런 경적과 함께 십여 대의 무장
사이드카가 달려 나왔다. 수십 기의 기마병과 헌병을 가
득 태운 트럭이 수없이 불을 켜고 질주해 나왔다. 그 뒤
를 이어 무장 보병들이 장총에 대검을 꼽고 달려 나오고
있었다.

파고다 공원 앞으로는 기마대와 군용 트럭들이 질주해왔다. 곧이어 들리는 총성에 군중들은 일제히 한쪽으로 쏠리고, 그 중에도 총에 맞아 쓰러지는 사람들이 부지기수였지만 성난 군중의 물결은 거침없이 밀려나왔다. 그 기세에 일본 보병들은 잠시 멈칫했지만, 그들은 바로 땅에 엎드려 총을 난사하기 시작했다. 기마대와 사이드카는 군중 앞을 가로 막으며 총질을 계속 해댔다. 누군가 사이드카를 발길질 하다가 총에 맞아 쓰러졌지만 그 사람에 동조한 인파에 오히려 사이드카가 전복되고 주위는 아수라장이 되어 금방 화염에 쌓였다.

종로에 포효하던 군중들의 만세소리는 뜨거운 열기로 달아올랐다. 그들은 한 마음으로 똘똘 뭉쳐 적들과 싸워나갔다. 만세소리는 폭풍을 일으켰고, 적들의 총소리는 콩볶듯 쉬지 않고 솟구쳐서 무수한 사람들을 쓰러지게 했다. 적들의 기마대와 헌병들은 혈안이 되어서 군중들의 뒤를 따랐으나 이미 항복을 거부한 군중들은 만세를 포기하지 않고 더욱 외쳐댔다. 기마병의 총칼 앞에 부상을 입고 질질 끌려가면서도 만세를 포기하지 않는 군중들의 혈기는 꺼지지 않았다. 남녀노소 구분 없이 오직 독립을 위해 만세를 부르는 열기는 저녁때가 되어도 불타올랐고, 종로 바닥은 그 불꽃의 열기로 식을 줄 몰랐다.

그러나 맨손으로 싸우는 군중들의 시체는 점점 더 많아

져 거리 곳곳에 핏물로 얼룩져 쌓여갔다. 여기저기 주인 잃은 신발과 칼에 찢겨 터져 나온 살점과 뼛조각, 그것들을 감싸듯 휘감겨 있는 태극기…. 그것을 다시 주워 들고 만세를 외치다 쓰러지는 어느 청년의 몸부림은 단칼에 잘려 두 동강이 났다. 쓰러져 짓밟히면서도 포기하지 않는 청년들의 만세소리가 장총과 군화에 무참히 짓밟혔다.

✸ 담을 넘어서

3월 1일 만세운동이 있고, 이틀 후인 3월 3일은 고종황제의 인산일(因山日)이었다. 여명이 밝아 오는 시간부터 경운궁(덕수궁) 대한문 앞에는 일본 군인들이 먼저 배치되어 있고 대여(大輿)가 하얀 차양 아래 놓여있었다. 고종황제의 관이 고궁을 나가는 인산일, 재궁(梓宮, 임금의 관)이 빈전인 함녕전을 떠나 금곡 홍릉에 이를 때 까지 견여행렬을 뒤따르는 백성들의 울분은 3월 5일, 전국학생 연합이 주도하는 독립만세운동에 합류한다. 경성역에서 지방으로 내려가려던 발길이 만세운동으로 이어진 것이다.

이화학당 학생들도 적극적으로 참여할 것이란 정보를 미리 알았던 교장은 교문을 잠그고 교사들로 하여금 학생들을 철저히 지키게 하였다. 기숙사에서 우르르 몰려나온 학생들이 학교정문을 향해 달려갔으나 굳게 닫힌 정문 앞에는 룰루 프라이 교장이 먼저 달려 나와 그들을 가로 막고 있었다.

"오오, 안되오! 우리 학생들은 여기서 나가면 안 되오. 여기 있으시오!"

두 팔을 벌려 학생들을 막아 선 룰루 프라이 교장의 푸른 눈이 바르르 떨렸다. 교장의 저지에 발을 멈춘 여학생들은 서로의 얼굴을 바라보았다. 그 순간 관순이 먼저 몸을 돌려 달음질을 치고 다른 학생들도 미리 약속이라도 한 듯 그녀를 뒤따라 달려갔다. 룰루 프라이 교장은 고개만 흔들며 선생들을 소리쳐 부르기 시작한다.

관순의 뒤를 따르던 학생들은 학교 뒷담 밑으로 몰려와 담을 넘기 위해 발돋움을 하는 관순의 발밑에 엎드린다. 관순이 먼저 담을 넘고 관순의 발 디딤돌이 되기 위해 엎드렸던 애덕이가 담을 넘기 위해 일어서자, 이번에는 서명학이 애덕이 발밑에 엎드린다. 그렇게 연달아 담을 넘는 학생들을 향해 달려온 선생님들과 사감까지 담 밑으로 모여들었지만 학생들은 이미 담을 넘은 후였고, 뒤늦게 달려온 프라이 교장이 오! 하나님, 하나님만을 외쳐댄다.

재빠르게 골목을 빠져나간 관순 일행은 남대문 역(현 서

울역)을 향해 달려간다. 이번 집회는 남대문 역에서 전국 학생연합을 중심으로 독립선언문을 낭독하고 만세시위를 할 예정이었다.

그들이 도착한 남대문 역에는 전날 보다 더 많은 인파가 몰려들었다. 강기덕, 김성국, 김원벽, 한위건, 이애주 등 학생대표들이 앞장섰고 경성지역의 남녀학생 대부분이 참여했다. 거기에 고종황제의 인산을 마치고 기차 편으로 귀향하려던 지방 사람들도 대거 합세하였다.

관순 일행이 도착했을 때는 이화학당 학생들도 많이 보였다. 그들은 대한제국이 독립이 된 것처럼 환희로 태극기를 흔들며 서로 반갑게 인사를 나눈다.

한참 뒤 기미 독립 선언문 낭독이 끝나자 군중들은 일제히 '대한독립만세'를 외치며 가두시위를 시작했다. 점진적으로 시위에 참여하는 인파가 늘어나자 당황한 일경은 남대문 근처에 저지선을 만들고 총으로 무차별 발포를 했다. 또한 잠복해 있던 일경들은 체포조를 투입하여 쓰러진 이들을 체포하고 포승줄로 묶어 연행했다. 그러나 총에 맞아 피를 흘리는 그 순간에도 독립만세를 외치는 사람들은 넘쳐났다. 그런 아수라장 속에서 관순은 동순을 만나 서로 얼싸안고 만세를 불렀다.

"다른 친구들은 다 어디로 간 거니?"

관순의 말에 동순이 주위를 돌아본다.

"서로들 떨어지지 말자고 붙어 다녔는데, 결국 뿔뿔이 흩어지게 되었나봐."

동순이 어리둥절한 표정으로 또 다시 주위를 돌아보는데 관순은 친구의 손을 잡고 슬그머니 사람들 속으로 들어간다. 일경이 시위대를 쫓아 수많은 사람들을 검거하기 시작하면서 이화학당 학생 중에는 신득실, 유정선, 노예달과 교사 김득실 등이 검거돼 투옥되었다.

어두컴컴한 골목길로 달려가는 관순과 동순은 가까이서 들려오는 요란스런 총소리를 뒤로 하고 무작정 앞만 보고 달려간다. 막다른 골목에 이른 그들은 옆 담을 넘어 다른 골목으로 돌아 나오다가 현숙을 만난다. 그녀는 왼팔에 흐르는 피를 오른 손으로 움켜잡고 있었고 저고리는 핏물로 범벅이 되어 온몸이 붉게 물들어 있었다. 일행은 그녀를 부축할 사이도 없이 바로 가까이서 들려오는 총소리에 그만 놀라 담벼락에 일렬로 붙어 서있어야 했다. 그렇게 숨을 죽인 채 얼마를 버텼는지 겨우 총소리가 멈추었다싶어 몸을 움직이려는 찰나에 다른 골목길로 접어드는 발자국 소리와 함께 일본 경찰헌병 서너 명이 그녀들이 서있는 담벼락을 향해 다가오고 있었다.

경찰헌병들은 어둠 때문인지 그녀들을 찾아내지 못하고 사방을 두리번거리다가 금방 발길을 돌린다. 그때서야 관순과 동순은 현숙을 부축해서 다른 길로 접어들었다. 하지만 거기서도 헌병대의 무장 경관들이 학생과 양민을 마구 끌고 가는 걸 보고, 다시 골목을 되돌아 나와 검은 담벼락에 몸을 바짝 붙이고 그들이 지나가기를 기다렸다.

일본 헌병들에게 끌려가는 양민과 학생들의 아우성은 어둠을 산산조각 내는 것 같았다. 한참을 기다리다 골목에서 달려 나오던 관순 일행은 주춤하고 뒷걸음질을 쳤다. 바로 눈앞에 달려오는 기마대와 헌병 오토바이를 발견했던 것이다. 그들이 주춤하는 사이 오토바이는 골목길 입구에서 멀리 사라진다.

관순과 동순은 현숙을 부축해서 다시 골목에서 골목으로 숨어들었고 그들의 숨은 턱까지 차올라 걸음을 멈출 수밖에 없었다. 더구나 현숙이 너무 많은 피를 흘려 더 이상 걸을 수도 없었다. 잠시 쉬는 사이 관순이 망을 보기 위해 고개를 돌리는데 바로 등 뒤에서 호각소리가 세차게 들렸다.

"저쪽이다. 저길 봐! 치맛자락이지?"

현숙의 치마 자락을 본 것 같았다. 그 순간 동순이 옆집 대문을 밀어 현숙을 먼저 급히 들여보낸 후 관순을 잡아 끈다. 하지만 헌병경찰이 다가오는 것을 감지한 관순은 둘이서 먼저 들어가라고 손짓을 하고 반대방향으로 달리기 시작했다. 간발의 차이로 동순과 현숙이 들어간 집의 대문은 닫히고 경찰들은 관순을 쫓기 시작한다.

동순과 현숙이 문을 밀치고 들어가자, 안채에서 인적을 느꼈는지 중년의 부인이 달려 나오다 동순과 현숙을 보고 크게 놀란다.

"이를 어째! 여학생들이네. 쫓기는 것 같은데 일단 들어와요."

부인의 뒤를 따르던 현숙은 그동안 흘린 피를 감당하지 못하고 그만 그 자리에 쓰러져 기절을 한다. 혼비백산한 부인은 누군가를 부르고 안채에서 나온 가족들은 현숙을 안아 안방으로 들인다.

관순은 골목을 돌아 정동교회 예배당에 숨었지만 곧바로 경찰들도 따라 들어온다. 예배당 비품을 보관하는 창고 안에 들어가 몸을 움츠리는 바람에 책꽂이 위에 있던 물품이 떨어졌다. 그 소리에 창고 문이 열리고 관순은 독 안에 든 쥐처럼 꼼짝없이 붙잡혀 나왔다.

"아직 어린 학생 같은데, 몇 학년이냐?"

"중학교 3학년입니다."

"이 교회의 구조를 잘 아는 것을 보니 이 교회에 다니느냐?"

"예. 이 교회에 다닙니다."

"아직 어리고 교회도 다닌다 하니 풀어줍시다."

다행히 풀려난 관순은 그 길로 동순과 현숙을 찾아가 그들을 데리고 나온다.

한편 골목길에서 쫓기던 명학이 피가 흐르는 팔을 부여 잡고 겨우 달려가다 눈을 들어 발견한 곳은 다행히도 이화학당이었다. 그녀는 담을 짚고 기다시피 걸음을 뗐다. 헌병들은 아직 보이지 않지만 총소리가 자주 들려서 조바심에 걸음을 더 빨리 달려보지만 그만 급한 마음에 돌 뿌리에 걸려 넘어지고 다시 일어나다 또 다시 그 자리에 주저앉고 만다. 그러나 다시 몸을 추슬러 담에 바짝 붙어 일어선 명학은 걸음을 조금씩 뗀다. 다른 골목으로 지나가는 헌병경찰들 사이로 잡혀가는 동기생들이 서너 명 보였다. 지금 당장 그들을 구할 수 있는 방법이 없었다. 명학은 주먹을 불끈 쥐어보지만 지금은 자신도 당장 이 자리를 피해야 되는 상황이었다. 골목 어귀에서 서성이던 헌병들이 동기생들을 데리고 골목길로 접어들었다. 명학은 급히 몸을 돌려 모퉁이로 돌아 숨고 명학의 뒤를 쫓아오던 헌병경찰은 다행히 이화학당 정문으로 뛰어간다.

이화학당 기숙사 복도에서는 프라이 교장과 전 직원들이 학생들을 모아놓고 출석을 부르고 있었다. 김현경 선생이 한 명씩 호명을 한다.

"이순임."

"네."

"서명학."

대답이 없다.

"정순이."

"네."

"국현숙."

대답이 없다.

"이동순."

대답이 없다.

"유관순."

역시 대답이 없다. 프라이 교장은 침통한 표정으로 눈을 감는다.

"이런, 이런. 학생들을 충동한 유관순이 문제에요. 처음부터 학생들이 저 담을 넘지 못하도록 막았어야 했어요. 다들 무사히 돌아와야 할 텐데⋯."

그때 요란한 발자국 소리와 함께 헌병경찰들이 들이닥친다. 프라이 교장이 정문으로 나가자 거수경례도 없이 앞뒤 가리지 않고 한 헌병이 장총부터 불쑥 들이댄다.

그들은 교장을 밀치고 기숙사 안으로 들어가 방문들을 일일이 열어보지만 아무도 없자 그냥 돌아가면서도 못내 아쉬운 듯 발을 멈추고 사감과 교장을 노려보고 나간다. 학생들과 교사들은 숨을 죽이고 그 자리에 서 있는데 정문에서 귀에 익은 목소리가 들려왔다. 학생들의 동요가 있자 프라이 교장은 모두들 조용히 하리고 입에 손을 댄다. 그들은 모두 숨을 죽이고 정문의 소란이 무슨 말인지 잘 알아들을 수는 없었지만 그 소리에 긴장을 풀지 못하고 서 있다.

정문에는 장옷에 긴 수단치마를 입은 동숙과 관순 그리고 현숙이 초롱을 들고 문으로 들어가려다가 저지를 당한 듯 경찰과 시비를 하고 있다. 마침 기숙사를 둘러보고 나온 한 헌병은 제대로 걸려들었다는 듯 그들을 검색한다.

"어디서 오는 누구야?"

관순은 천연덕스럽게 대답을 한다.

"학교 가유."

동순에게 다시 묻는다.

"어딜 가느냔 말이야?"

관순은 동순을 감싸며 대신 대답을 한다.

"우리 마님에게, 왜 그래유? 지가 마님 모시고 학교에 가는 길이에유."

머리는 쪽을 지고 허리를 비틀고 서 있는 동순이 헌병에게 수줍어하며 웃음을 흘린다. 헌병경찰은 동순을 힐긋 보면서 피식 웃는 게 약간의 경계를 푸는 것 같았다.

"이 시간에 왜? 뭐 하러 가?"

동순은 좀 더 천연덕스럽게 입을 연다.

"소문에 아가씨들이 모두 어떻게 됐다지 않아유, 그래 우리 댁 마님 사촌 동생 되는 아가씨가 기숙사에 계신데 어찌 됐나 걱정이 되어 이렇게 찾아왔지 뭐에유.”

관순이 헌병의 눈치를 슬그머니 본 후, 눈길을 뒤로 돌려 다른 헌병들까지도 한 번 훑어보는 여유를 가진다.

“마님, 어서 들어 가셔유…”

관순이 동순을 떠밀어 기숙사로 들어가자 헌병들은 별수 없다는 듯 발길을 돌린다.

기숙사 복도에서 교장 이하 모두가 걱정스러운 듯 발을 동동 거리고 있다가 관순 일행을 보고 모두 놀란 눈으로 그들을 본다.

“누구시요?”

한 선생이 소리치자 관순이 얼른 다가와서 장옷과 긴 치마를 벗어 버린다. 그제야 기숙사 복도의 긴장감은 사라진다. 여기저기서 ‘와’ 하고 터지는 환성을 교장이 입술에 손가락을 대고 주의를 준다. 그러나 학생들은 웃음을 참지 못하고 키드득거리며 관순 옆으로 다가가고, 프라이 교장 역시 여학생들의 옷차림을 보고서야 안심한 듯 억지로 웃음을 참는다.

“서명학과 다른 학생들은 또 어찌 됐소?”

그 순간 밖에서 쿵! 하고 무엇인가 넘어지는 소리가 들린다. 모두 의아한 눈으로 소리 난 쪽으로 고개를 돌린다. 관순이 먼저 얼른 창가로 다가가서서 밖을 내다보더니 끔찍한 표정으로 프라이 교장 얼굴을 돌아본다.

"명학 언니가…."

김현경 선생과 관순이 급히 밖으로 뛰어 나가고 얼마 안 있어 명학을 부축하며 들어온다.

"언니!"

관순은 명학의 손을 잡아 주무르고, 교장은 명학을 안타깝게 바라보다 결국 고개를 돌린다.

"빨리 들어가서 치료해야겠어요."

교장은 분위기를 정리할 필요를 느끼고 힘을 내서 지시한다.

"다들 각자 방으로 들어가요. 어서!"

학생들은 모두 삼삼오오 흩어져 제 방으로 들어가는데 갑자기 밖에서 문 두들기는 소리가 들린다.

"문 열어!"

잠시 전 돌아갔던 헌병경찰의 목소리였다. 모두 긴장하고 숨을 죽이는데 이번에는 문을 발길로 차고 더욱 세게 주먹질을 해대는 통에 문이 부서질 것처럼 쿵쾅거린다. 교장이 옆에 있던 박인덕 선생에게 눈짓으로 문을 열어주라고 하자 박 선생은 두려움 없이 당당하게 문을 활짝 연다.

"무슨 일이요?"

박인덕 선생이 맨 앞에 선 헌병을 향해 쏘아붙이자 교장도 앞으로 나와 경찰헌병을 다그친다.

"이게 무슨 무례한 짓들이오?"

헌병은 눈을 부라리며 장총부터 앞으로 내민다.

"총 맞은 계집애, 이리 들어왔지?"

박인덕 선생은 딱 잡아뗀다.

"그런 사람은 모르오! 어서들 돌아가시오!"

뒷줄에 서 있던 헌병 다섯 명에게 안에 있던 헌병이 고 갯짓을 하자 그들은 우르르 교장을 밀치고 기숙사로 들어 가 복도 이곳저곳을 살피기 시작한다.

"정말 몰라?!"

앞에 서 있던 헌병경찰이 김현경 선생을 밀치고 방문을 열자 선생들이 그들을 가로 막는다.

"비켜, 비켜 서!"

헌병경찰을 막아보려는 선생님들은 오히려 경찰들에게 밀리고, 그들은 당당하게 방으로 들어가서 벽장까지 열었 다. 하지만 벽장 안에는 아무도 없다. 복도로 나온 그들은 옆방 문도 열어 제친다. 방 안에 모여 숨을 죽이고 있던 학생들은 사색이 되어 헌병들을 똑바로 보지 못하고 고개 를 숙인 채 서로의 손을 잡고 숨만 죽이고 있고, 교장이 뒤따라 들어서며 헌병들을 가로 막고 당장 나오라고 큰소 리를 친다.

"누구의 허락을 받고 이러는 거요? 여기는 여학생 기숙 사요!"

"저리 비키지 못해!"

헌병들은 막무가내다. 프라이 교장은 두 팔을 벌려 필사적으로 가로 막는다.

"안되오! 교장으로써, 나는 더 이상 허락할 수 없소!"

중위 계급장을 단 헌병경찰이 눈짓으로 다른 헌병들에게 명령을 내리자 한 헌병이 총대로 교장의 가슴을 찌르고 안으로 들어간다. 그 뒤로 다른 헌병들이 합세하여 방안을 샅샅이 뒤진 다음 다른 방들도 하나하나 검색을 해가고 있고 교장은 못마땅한 얼굴로 계속 그들을 저지하려고 애를 썼다. 마침내 헌병들이 관순이 있는 방 앞에 이르렀을 때 프라이 교장은 더 이상 참을 수 없다는 듯 방을 가로 막으며 큰소리를 쳤다.

"이제 더 이상 참을 수가 없소! 여학교 기숙사에 들어와 이 무슨 횡포란 말이오. 당국에 고발하기 전에 지금 당장 빨리 나가주시오!"

하지만 헌병 중위는 아랑곳 않고 프라이 교장을 떠밀며 방안으로 들어간다.

프라이 교장이 시간을 조금 버는 사이에 새 옷으로 갈아입은 명학을 등 뒤에 숨기고 한구석에 몰려 서 있는 관순과 아이들은 조금씩 다가오는 헌병들을 주시하고 있다. 헌병은 여학생들을 이리 저리 밀치며 점점 더 관순에게로 다가간다.

헌병이 관순 쪽을 향해 소리친다.

"숨긴 년을 당장 내 놓아라!"

그 때 다른 방을 뒤진 헌병들이 모두 관순의 방으로 몰려 들어온다.

"다른 방을 다 뒤져도 그 년은 보이지 않습니다."

헌병 중위는 이빨을 딱딱 거리며 잠시 뭔가를 생각하는 듯 인상을 쓰더니 문 앞에 서 있는 김현경 선생을 가리킨다.

"할 수 없다. 저 여선생을 잡아다가 주리를 틀 수 밖에. 당장 체포해!"

중위의 명령이 떨어지자마자 헌병경찰들은 김 선생에게 포승을 들고 달려들어 결박하기 시작한다. 프라이 교장이 발을 동동 구르고 손 사례를 치며 헌병에게 달려든다.

"이게 무슨 야만스런 짓이오! 포승을 어서 푸시오!"

학생들도 울먹이며 선생을 풀어달라고 애원을 한다.

"안돼요! 안돼요! 우리 선생님이 무슨 죄가 있어요?"

학생들은 헌병의 옷자락이며 팔뚝이며 막무가내로 잡아 당겼고 학생들의 울음소리가 방안을 가득 채운다.

"닥쳐라!"

헌병 중위는 소리를 버럭 지르더니 권총을 꺼내 높이 쳐든다. 소란스럽던 방안에는 금세 적막이 흐르고 숨소리 하나 들리지 않는다. 그때 관순이 헌병경찰들 앞으로 당당하게 나서며 눈을 부릅뜨고 말한다.

"왜 죄 없는 선생님을 묶는 거예요? 잡아가려면 우리

모두를 잡아 가세요!"

관순이 악을 쓰며 헌병들에게 자신의 팔을 내민다. 그 순간 한 방의 총소리가 방안을 잠재운다.

"이놈의 계집애 새끼! 죽고 싶냐! 응?"

헌병은 권총을 관순의 가슴에다 들이댄다. 하지만 관순은 그깟 권총이 무슨 대수냐는 듯 가슴을 앞으로 내밀고 헌병을 쏘아본다.

"오냐! 쏠 테면 쏴 봐라! 자!"

관순은 더욱 큰소리로 달려들어 울부짖고 헌병은 기가 찬 듯 눈을 번쩍 뜨더니 권총을 바로 잡는다.

"오잇! 이것들이?"

방아쇠를 잡아당기려는 순간 명학이 학생들을 헤치고 나온다.

"당신들이 찾고 있는 사람은 나요! 자 잡아 가시오!"

관순이 고개를 돌려 명학과 눈을 마주친다.

"언니! 아냐!"

관순은 자신의 가슴을 치며 헌병들이 찾고 있는 학생이 자기라며 헌병들에게 소리를 지른다.

"자! 나를 잡아 가시오!"

동순이 헌병 앞으로 나선다.

"아니요, 그 학생은 바로 나요!"

현숙도 앞으로 선뜻 나서고, 바로 뒤이어 학생들 모두가 앞으로 나선다.

"아니요, 나에요. 나를 잡아가세요!"

저마다 학생들이 소리를 지르며 명학을 에워싼다. 명학
이 결국 큰소리로 애원하며 소란을 멈추게 한다.

"제발 이러지들 말아줘!"

명학은 헌병경찰에게 한 발 더 다가간다.

"우리 선생님의 포승을 풀어주시오! 이 팔을 보고 내말
을 믿으세요!"

명학은 팔을 걷어 보인다. 새 옷 위로 붉은 피가 배어있
다. 헌병은 회심의 미소를 짓는다.

"저 년을 끌고 가라!"

헌병경찰들이 명학에게 다가가려 하자 학생들이 필사적
으로 명학을 에워싸며 소리친다.

"안 돼요, 안 돼요!"

명학을 붙들었다, 헌병을 붙들었다, 학생들의 와글거리
는 소란을 보다 못한 중위가 다시 한 번 총성을 울린다.

"탕!"

천장에는 구멍이 뚫렸고 총구에서는 희뿌연 연기가 피
어올랐다.

✻ 임시 휴교령

3월 10일. 전혀 예상치 못했던 대한인들의 독립만세 운동이 벌어지고 또 그 열기가 수그러들 기미가 보이지 않자 조선총독부는 모든 학교에 임시휴교령을 반포한다. 일제는 도심에서 사람들이 몇 명만 모여도 곤봉을 휘둘러 해산시켰다. 그러나 그것은 결과적으로 오히려 불씨를 헤쳐 놓은 것이나 다름이 없었다.

관순을 포함한 이문회 학생들은 휴교령이 떨어지자 모두 고향으로 돌아가 독립운동을 적극적으로 추진할 것을 굳게 맹세한다. 짓밟히면서도 숨죽이는 보리 싹처럼, 만세 소리는 소리 없이 일파만파로 번져갔다.

휴교령이 내린 교실에는 냉한 기운만 감돌았다. 기숙사 방 안에는 침대들만 썰렁하게 남아 떠나는 학생들을 배웅했다. 언제가 될지 모를, 학생들이 돌아올 날만을 기다릴 교정에는 봄바람만 나뭇잎 사이로 숨어들고 굳게 닫힌 정문 앞에는 헌병경찰들이 집총을 하고 서있다. 그들 등 뒤로 덩그러니 붙어 있는 고시문이 떠나는 학생들에게 위압감을 주고 있다.

- 임시 휴교함 -

교장 백

관순과 예도가 마지막으로 프라이 교장에게 인사를 하려할 때 교장은 예도에게 편지 한통을 전해 준다.

"예도, 너에게 온 편지야. 그리고 다들 건강하게 무사히 돌아와야 한다. 그럼 꼭 다시 만나자!"

"네 꼭 돌아오겠습니다. 교장 선생님."

프라이 교장의 미소에 예도는 눈물을 글썽거리며 편지 봉투를 받아본다. 송계백이 2월 7일 일본에서 보낸 국제우편이었다. 거의 한 달 만에 도착한 그 편지에는 일본에서 최남선이 인도의 철학자이자 시인인 '타고르'를 만나 한반도의 상황을 설명하고, 현대시 한 수를 적어주기를 부탁하고 받은 시가 적혀있었다. 계백은 타고르의 영문시를 그대로 쓰고 〈패자의 노래〉를 〈승자의 노래〉로 제목만 바꾸어 예도에게 보낸 것이다.

[승자의 노래(패자의 노래)]

"The Song of Victory(Defeated)"

Robindronath Thakur

My Master has asked of me to stand at the roadside of retreat and sing the song of the Victory(defeated).

For she is the bride whom he woos in secret.

She has put on the dark veil, hiding her face from the crowd, the jewel glowing in her breast in the dark.

She is forsaken of the day, and God's night is waiting for her with its lamps lighted and flowers wet with dew.

She is silent with her eyes downcast; she has left her home behind her, from where come the wailing in the wind.

But the stars are singing the love song of the eternal to her whose face is sweet with shame and suffering.

The door has been opened in lovely chamber, the call has come; And the heart of the darkness throbs with the awe of expectant tryst.

"승자의 노래"

님께서 내게 피난의 길가에 서서 승자의 노래를 부르라고 요청하셨습니다.

그녀는 님이 비밀리에 구혼하는 신부입니다.

그녀는 검은 면사포를 쓰고 사람들로부터 얼굴을 가리고, 그녀 가슴에 꽂힌 보석은 어둠 속에서 타오르고 있습니다.

그녀는 대낮에 버림받고 불 켜진 램프와 이슬 젖은 꽃을 들고 있는 성스러운 밤이 그녀를 기다리고 있습니다.

그녀는 눈을 내리뜨고 고요히 침묵 속에 머무릅니다. 그녀의 고향에선 바람 따라 울부짖는 소리가 들려옵니다.

그러나 별들은 그녀에게 영원한 사랑의 노래를 들려주고 그녀의 얼굴은 부끄러움과 고달픔으로 상기되어 있습니다.

사랑이 넘치는 방의 문이 열리고 님께서 부르시는 소리가 들려왔습니다.

어둠의 심장이 이제 곧 다가올 님과의 만날 약속으로 경외심에 떨려 두근거립니다.

———————

예도와 관순은 계백이 보낸 영문 시를 완벽하게 이해할 수 없었다. 하지만 한글로 번역된 시를 몇 번이고 반복하여 읽어간 후에야 예도는 타고르 시의 의미를 조금씩 깨닫게 되었다.

"이제야 의미를 알 것 같아."

예도가 무언가를 알아낸 듯 미소를 짓는다.

"관순아, 여기에서 '님'은 '해방의 그 날'을 의미하였고 '어둠'은 '식민지 지배하에 있는 대한'을, '신부'는 '해방된 아름다운 대한'을 의미하는 것 같다. 그렇지?"

"이 시를 인도의 시성 타고르가 썼단 말이야?"

"그래. 그는 1913년도 노벨 문학상 수상자야. 이런 멋진 시를 편지로 받아 보는 것은 처음이야…"

송계백은 대한의 민족해방을 열망하는 자신의 마음을 시에 담아 예도에게 편지로 보낸 것이다. 아름다운 시에 취해 또 다시 읽어보는 예도는 송계백의 사랑과 열정을 가슴속 깊이 느꼈다. 예도는 떨리는 가슴으로 시를 읽어 가며 한민족의 해방과 자신의 사랑을 고백한 계백의 심정을 느낄 수 있었다.

"고향 가기 전에 애란 언니는 만나보고 가야지?"

예도의 손을 잡은 관순은 밝게 웃는다.

"그럼, 그렇잖아도 들렸다 가려던 참이야."

서로의 얼굴을 보며 미소를 지었지만 그들의 발걸음은 무거웠다. 언제 다시 오게 될지 모르는 경성의 거리가 더없이 쓸쓸하게 느껴졌던 것이리라.

기미독립 만세운동이 있은 후로 경성에 있는 대부분의 가게들은 문을 닫았다. 애란도 가게 문을 닫았기 때문에 집에 머물며 식사 준비를 하고 있었다.

"애란 언니, 잘 있었어요?"

관순과 예도가 문을 열고 들어가자, 애란은 반색을 하며 반긴다.

"예도야, 관순아! 마침 잘 왔어. 아직 밥 안 먹었지? 같이 먹자."

"와, 맛있겠다."

"그래, 많이 먹어. 잠깐 나갔다가 들어와 밥 준비를 하고 있었어. 요즘 만세운동 이후 우리 가게도 문을 닫아서 나갈 일도 없고….”

“그렇구나. 애란 언니, 우리 이화학당도 휴교령이 내려져서 우리는 오후에 고향으로 내려가야 해.”

식사를 마칠 쯤 애란이 예도에게 계백의 소식을 전한다.

“오라버니가 며칠 전에 잠깐 다녀가셨어.”

애란은 잠시 말을 끊고 예도의 얼굴 표정을 살피자, 관순이 예도를 대신하여 말문을 터준다.

“이광수 오라버니 말이야?”

“응, 그런데… 계백씨가… 동경에서 2월 8일 독립운동을 주동하다가 일제의 경찰에게 잡혀 감옥에 수감되었다고….”

“뭐라고? 송계백씨가?”

“응, 잡혀간 사람들은 심한 고문을 받고 있을 거라며….”

애란의 말에 아연실색하며 흐느끼는 예도를 감싸 안는 관순의 눈에서도 눈물이 흘러 자꾸만 볼 위를 훔친다.

‡ 고향으로

1919년 3월 13일. 관순, 예도, 동순, 정순은 고향집으로 가기 위해 경성역으로 향했다. 그들은 플랫폼에서 서서히 들어오는 기차를 바라보고 서 있다. 관순은 옆에 멍하니 서 있는 예도의 눈에 이슬이 맺히는 걸 보면서 애란이 전해준 송계백 소식이 떠올랐다. 예도의 마음이 얼마나 아플지 짐작이 갔다. 관순은 입 속으로 '나쁜 놈들!'을 몇 번이나 읊조린다. 나라를 찾겠다는데 사람을 감옥에 가두고 모진 고문을 한다니… 관순은 고개를 흔든다.

"예도언니!"

흠칫 놀라며 예도가 관순을 본다.

"예도 언니는 지금 이 기차소리가 어떻게 들려?"

상심에 빠져있던 예도가 무슨 말이냐는 듯 관순의 얼굴을 보더니 마지못해 입술을 뗀다.

"어떻게 들리긴… 그냥 '칙칙 폭폭' 그렇게 들리지!"

"다른 소리로는 안 들려?"

"글쎄…."

관순은 옆에 있는 동순을 돌아본다.

"동순아, 너는 어떻게 들리니?"

"난 동전 한 푼, 동전 한 푼… 하는 것 같은데… 관순아 너는?"

"나는 대한독립, 대한독립, 하는 소리로 들려."

예도와 동순이 깜짝 놀라며 관순을 본다.

"대한독립? 너는 정말, 생각이 어쩜… 그런 생각을… 호호."

동순의 말에 그때까지 침울했던 예도의 얼굴에서 미소가 흘러나온다. 예도가 모처럼 밝은 얼굴로 관순을 쳐다본다.

"관순아, 너는 정말 못 말리는 대한 조선의 딸이다."

"예도 언니, 독립이 되면 계백 오라버니도 풀려날 수 있어. 그러니 우리 힘내자. 알았지?"

"그래, 알았어. 힘내자!"

예도는 자신보다 더 어린 관순의 마음씀씀이가 고맙고 대견해서 두 손으로 관순의 손을 감싸 잡는다. 관순 역시 예도의 손을 두 손으로 움켜잡는다.

"이제 출발할 시간이 다 됐어. 어서 타자."

그들은 서둘러 기차에 오른다. 예도와 관순은 나란히 앉고 동순과 정순이 한 칸 떨어진 뒷자리에 앉았다. 기차가 서서히 속도를 내며 힘차게 달리기 시작했다. 예도는 무심히 밖을 봤지만 창밖으로 계백의 얼굴이 아른거렸다. 예도는 불쑥 목구멍으로 넘어오는 설움을 꿀꺽 참았지만 감옥에서 고문을 당하고 고통스러워하는 계백의 모습이 더 선명하게 차창에 새겨졌다.

예도는 무엇인가 결심한 듯 관순을 돌아본다.

"관순아, 나는 고향에 내려간 다음에 다시 준비를 해서 경성으로 올라와야 할 것 같아. 그래서 본격적으로 대한 독립운동을 해야겠어."

"정말 그렇게 결심 한 거야?"

"응, 송계백씨와 같이 죽고 같이 살기로 약속했거든."

"그래 알았어. 우리 고향은 내게 맡겨. 그런데 독립운동을 하려면 돈이 많이 필요할 텐데….”

“응, 이화학당을 졸업한 선배님 집을 찾아다니며 자금을 모금해서 독립운동을 할 거야. 반드시 도와주는 사람들이 있을 거야.”

“나도 고향에서 열심히 할게. 여기에 이것이 있으니….”

관순은 옆구리를 손바닥으로 두드린다. 천에 쓴 ‘기미독립 선언문’을 자신의 겉옷 안감 속에 넣어 두었기 때문이었다. 실로 깔끔하게 바느질하여 표시나지 않도록 몰래 숨겨 둔 옆구리 쪽으로 관순은 손을 대 본다. 순간 가슴이 뜨거워진다. 뭔가 샘솟듯 터져 나올 것 같은 그 무엇이 불꽃처럼 가슴을 태운다. 관순은 애써 마음을 진정하고 예도를 본다.

“예도 언니, 우리 다시 학교로 돌아갈 수 있을까? 난 어쩐지 못 돌아 갈 것 같은 생각이 들어요.”

“관순아, 무슨 생각을 했던 거야? 얼굴이 왜 그렇게 창백해? 너답지 않게 무슨 소릴 하는 거야? 우리는 꼭 돌아갈 수 있어! 그래서 우리가 독립운동을 하는 거야.”

예도의 말에 관순의 얼굴에 금방 화색이 돈다.

“그래요, 왜놈들을 몰아내고 우린 꼭 돌아가야 해요!”

기차는 계속 힘차게 달린다. 관순은 눈을 감고 생각에 잠긴다. ‘그래, 산수유야, 산수유는 꽁꽁 얼어붙은 겨울 동산에서도 제일 먼저 꽃을 피웠어.’ 눈을 뜬 관순이 예도를 부른다.

"언니."

예도가 관순을 본다.

"언니도 산수유 꽃 알지?"

"그럼, 봄을 제일 먼저 알려주는 꽃이지."

"얼어붙은 땅에서도 꽃을 피운 꽃이라고 아버지가 말씀하셨어. 난 그래서 그 꽃이 제일 좋아."

예도는 잠깐 생각에 잠기더니 씨익 웃는다.

"관순이 넌 정말 못 말리겠다. 아까 다시는 학교로 못 돌아갈 것 같다고 걱정하더니 벌써 생각이 바뀐 거구나? 그래, 산수유처럼 우리도 꽃을 피우면 되는 거야."

관순은 고개를 끄덕거린다.

"그러자, 언니. 봄을 알리는 거야. 그리고 우리 고향이이라고 가만히 있었겠어요? 만약 가만히 있었다면 우리가 앞장서서 싸워야지요."

"잠깐."

예도가 창 쪽으로 슬쩍 고개를 돌리는 순간, 일본 헌병 경찰이 승객들에게 날카로운 시선을 던지며 지나가고 있었다. 그제야 관순도 긴장한 듯 예도의 손을 꽉 잡고 숨을 죽이는 사이, 기적소리가 애처롭게 강산에 메아리치듯 울려 퍼진다.

제 4 장
아우내 장터

✚ 고리대금업자

얼굴에 개기름이 줄줄 흐르고, 이빨도 제멋대로 자라 궁상맞게 생긴 고리대금업자 고마도는 헌병 분견소장 고야마와 헌병경찰 하나오까, 김 보조원 그리고 몇 명의 일본인들과 술판을 벌이고 있다. 그 좌중에서 고마도의 처는 열심히 음식을 나르고 있다. 그녀의 삼원색 기모노 차림은 유난히 현란했다.

분견소장이 냉큼 술을 한 잔 들이키고는 고마도를 바라본다.

"고마도 상, 아직도 유중권한테 돈을 다 못 받았다고?"

고마도의 미간이 순간 세모꼴로 좁혀진다.

"그 놈의 영감쟁이… 일 할 이자를 내라했더니, 오 부이자 밖에 안내지 뭡니까. 그건 죄가 안 됩니까?"

고야마가 탁 하니 술상을 내려친다.

"그야 증서가 있다면야, 죄가 되고도 남지."

고마도는 술잔을 들고 눈을 질끈 감는다.

"그 놈의 영감쟁이가 그 증서를 씹어 먹어 버리지 않았습니까."

"뭐라? 씹어 먹었어?"

고마도는 술을 연거푸 두 잔을 마신다.

"캬, 아주 꼴깍하고 삼켜 먹어 버렸습니다. 그러니 그 영감쟁이 배를 갈라 꺼낼 수도 없고…. 하, 그러니 어쩌면 좋습니까?"

헌병경찰 하나오까도 컥컥하고 웃다가, 그제야 입을 연다.

"깨끗하게 당했구만."

고마도는 순간 화가 난 목소리로 열을 올린다.

"고야마상, 어떻게 하면 내 돈을 다 받을 수 있을까요, 예?"

하나오까가 먼 산을 바라보며 중얼거린다.

"그 영감 함부로 다룰 인물이 아냐."

고마도가 뭔가를 기대하듯 휙 고개를 하나오까에게 돌린다. 하나오까가 그제야 고마도를 쳐다보며 말한다.

"그 놈은 이 지방에 대대로 내려오는 터줏대감 양반인데다가 뱃심이 보통이 아냐."

"그러면 그 양반 놈을 겁나게 해 줄 방법이 없습니까?"

고마도는 점점 더 화가 치미는지 안절부절 못하고 씩씩거린다. 그때 분견소장 고야마가 고마도의 잔에 술을 따라주며 빙긋 웃음을 짓는다.

"왜 없어, 방법이 있기야 있지."

분견소장 고야마는 헌병 경찰 하나오까에게 눈짓을 한다. 빙긋이 웃는 두 사람을 고마도가 번갈아 쳐다본다. 고마도는 마침내 몸이 달아올라 벌떡 일어나고 만다.

"아! 고야마상 제발 좀 가르쳐 주십시오. 네?"

고야마가 웃으며 잔을 비운다.

"이 술상 갖고는 안 되겠는걸…."

"가르쳐만 주시면 톡톡히 한 턱 내겠소."

고야마가 눈을 게슴츠레 뜨며 하나오까에게 신호를 보낸다. 그리고 몸이 바짝 달아오른 고마도는 여전히 두 사람을 번갈아 본다. 곧 헌병경찰 하나오까가 고마도를 앉히고 귀에 바짝 달라붙어 뭐라 소곤거리기 시작한다. 고마도의 귀는 쫑긋거리며 점점 얼굴에 미소를 머금다가 마침내 음흉한 얼굴로 변한다.

"호오, 알았소, 알았소이다!"

고리대금업자 고마도는, 호기롭게 무릎을 탁 치며 두 사람을 번갈아 보고 미소를 짓는다.

오늘따라 관순의 아버지 유중권의 집 마당엔 날마다

날아오던 까치의 안부가 없어서인지 집안에 든 햇살마저도 가라앉은 듯 조용했다. 그 정적에 순응하듯 관순의 어머니 이소제도 걸레를 하나 들고 집 안을 조용히 닦고 있다.

그때 밖에서 남자 목소리가 그 고요함을 깬다.

"유상! 유상 있소?"

"누구시오?"

이소제가 마루에 걸레질 하던 손을 놓고 뒤를 돌아본다.

"아이구 망측해라!"

그녀는 마당에 떡 하니 서 있는 대금업자 고마도를 보자 기절초풍할 듯 놀란다.

굽 높은 게다짝에 아래에는 훈도시만 찬 고마도의 앙상한 얼굴은 일그러져 보였다. 그가 문을 밀치고 들어왔는지 문은 여전히 삐걱삐걱 흔들리고, 이소제는 질겁하며 곧장 부엌으로 뛰어 들어간다.

"내 돈~ 내 돈이노 내 놓겠소~ 안 내 놓겠소~?"

대금업자 고마도가 소리를 높여 악다구니를 한다.

"에이 못된 놈! 냉큼 못 나가겠느냐!"

이소제가 부엌에서 날카롭게 대답을 하자, 고마도도 이에 질세라 대꾸한다.

"돈은 안 갚고 욕이나 한 건가? 그렇다면 좋소. 혼이 한 번 나야 정신을 차리겠군."

고마도는 히죽거리며 웃옷을 벗고 이상야릇한 일본 춤을 추기 시작한다. 부엌문에 빼꼼 뚫린 구멍으로 밖을 내다보던 이소제는 고마도의 흉측한 춤을 본 순간 소스라쳐 부뚜막에 주저앉는다.

'아니, 저런 망측스런….'

대금업자 고마도는 점점 더 신나게 자기 흥에 취해 춤을 추며 요란하게 노래를 부른다.

"하이! 하이! 이래도 내 돈 못 내놓겠소카? 독코 이쇼, 독코 이쇼~ 소랑 소랑~ 하아 독코이~ 이래도 겁이 안나?"

신나게 마당을 돌며 일본 춤을 추어대는 고마도는 마치 귀신이라도 씌운 사람처럼 제정신이 아니었다. 이소제는 더 이상 참지 못하고 구정물 그릇을 들고 나와 고마도에게 훌쩍 뒤집어씌운다. 구정물을 흠뻑 뒤집어 쓴 고마도의 얼굴에 음식물 찌꺼기가 붙었다.

"어후, 어후, 어후, 퉷!"

고마도는 두 손으로 얼굴에 묻은 음식물을 떼어내다가 입을 크게 벌려 토악질을 해 대듯 캑캑거렸다. 아마도 입에 물이 들어갔는지 연신 침을 뱉는다.

"아니, 이게 웬 날벼락이야! 오오시!"

대금업자 고마도가 곧 정신을 차리고 쌍칼 눈을 부라리며 부엌 앞에 서 있는 이소제에게 늑대처럼 달려드는데 유우석이 들어오다 그 장면을 목격하고 어머니에게 달려드는 고마도의 손을 잽싸게 낚아챈다.

"아니, 이 새끼가!"

유우석의 눈에서 불이 튄다. 어머니를 뒤로 두고 그는 고마도의 팔을 비틀어 잡는다.

"아이구 팔이야! 사람이노 죽는다~!"

유우석이 이를 악 물고 한 번 더 힘을 줘 팔을 꺾어버리자 대금업자 고마도의 눈알이 금방이라도 튀어 나올 듯 고통스러운 표정이다.

"이 날강도 같은 놈, 맛 좀 봐라!"

우석은 이어 고마도를 번쩍 들어 수챗구멍에 처박아 버린다.

"아이구! 사람이노 죽는다. 아이고!"

유우석은 다시금 험하게 달려들 기세다. 이소제가 얼른 우석의 팔을 잡아당긴다.

"우석아, 그만, 그만 해라. 네가 참아라."

이소제가 아들 손을 움켜잡는 사이, 그 틈을 타 고마도가 엉금엉금 기어 도망간다. 문 밖에서 고마도의 고함소리가 들리자 그제야 이소제도 아들 손을 놓아준다.

"요오시, 이 고마도를 이렇게 대접했겠다!"

이소제는 고마도의 말에 자리에 풀썩 주저앉고 만다.

"애 우석아, 필시 저 놈이 무슨 일을 저지를 텐데 이 일을 어쩌면 좋으냐."

우석의 눈은 여전히 문 밖에 기어가고 있는 고마도를 노려본다.

"제깟 놈이 뭘 어떻게 하려고요!"

이소제는 그런 우석을 보고 속이 터지는지 가슴을 두어 번 치고는 일어난다.

"우석아, 그래도 잠시라도 피해서 아랫말 아저씨 댁이라 도 가서 있거라. 어미 말을 들어."

우석이 눈을 동그랗게 뜨고 이 소제를 쳐다본다.

"아니 내가 뭘 잘못했다고 도망을 가요?"

이소제는 아들 우석의 등짝을 털썩털썩 쓸어내리며 근 심어린 표정으로 우석을 바라본다.

"글쎄 이 어미 말을 좀 들어라 제발."

이소제가 겨우 장성한 아들 유우석을 떠밀고 나가자 집 안은 다시 햇살의 고요가 찾아온다.

﹡ 아우내

관순과 예도, 동순의 고향은 산이 서쪽으로 병풍처럼 둘 러싸여 있고 많은 하천이 흘러들어오는 곳이라 하여 병천 (竝川)이라 하였다. 산은 유순하고, 들녘은 넓게 퍼진 옷

자락 같은 품으로 풍요로웠다.

병천은 순수 우리말로 '아우내' 또는 '아오내', '아내'라고 부르는데 많은 물이 이곳에 와서 서로 아우르기 때문이라고 한다. 이 지역은 한반도 중심부에 위치하고 있으며 천안, 조치원, 진천, 공주 등에서 40여리 떨어진 곳으로 조선 시대에는 내륙 교통의 중심지 역할을 하였다.

경성에서 내려온 관순과 예도, 동순은 병천마을 헌병 분견소 앞을 지나고 있었다.

"아, 아… 거기? 여학생들!"

세 명의 여학생은 소리 나는 쪽을 돌아봤다. 그들의 뒤에 서 있던 김 보조원이 아는 체를 하지만 그들 중 누구도 반기는 기색이 없다.

"왜 그러시죠?"

관순이 퉁명스럽게 묻자 김 보조원의 태도가 완연히 달라진다.

"왜 그러다니? 오랜만에 만났으면 인사정돈 할 줄 알아야 하는 것 아니야!"

예도는 짜증난 말투로 쏘아붙인다.

"하여튼 용건을 얘기하세요!"

김 보조의 입 꼬리가 슥 올라가더니 실실 웃는다.

"미안하지만 분견소에 들렸다 갈까?"

순간 긴장된 분위기가 감돌았지만 관순이 보조원의 말을 가로챈다.

"못 갈 것 없지요!"

관순과 예도, 동순은 김 보조원을 따라 분견소로 들어갔다. 분견소 안에는 사복차림의 경찰들이 몇 사람을 문초하고 있었다. 김 보조원은 자리에 앉자마자 관순 일행에게 쏘아 붙인다.

"너희들도 경성에서 얌전히 있지는 않았겠지?"

관순이 두 눈을 동그랗게 뜨면서 턱을 내밀고 당당하게 말한다.

"얌전히 안 있었다니요? 경성에서 무슨 일이 있었나요?"

김 보조원은 관순의 태도에 조금 당황한다.

"뭣이? 너희들은 만세 사건에 가담 안했단 말이야?"

예도가 고개를 절레절레 흔들고는 얼른 대답한다.

"아유, 자 보시다시피 애들은 아직 어리고 난 약골 아니에요. 그런 일 없었어요."

"주머니 속에 있는 거 꺼내봐."

김 보조원이 두 눈알을 요리조리 굴린다. 무언가 찾으려는 듯 관순의 주머니 속을 먼저 뒤진다. 관순은 순간 긴장을 하지만 일부러 태연한 척 분견소 밖으로 눈길을 돌린다.

"주머니 속에는 아무 것도 없군."

김 보조원은 관순의 가방을 툭 친다.

"그래 좋아. 그런데 이 안엔 뭐가 들어있지?"

말이 채 끝나기도 전, 관순의 가방을 획 낚아챈 김 보조원이 관순을 보고 씨익 웃는다.

"보려면 봐요!"

관순의 말에 김 보조원은 가방을 샅샅이 뒤지기 시작한다. 그리고 가방에서 손때 묻은 책을 한 권 꺼낸다.

"잔 다르크? 잔 다르크가 모야?"

관순은 순간 기지를 발휘한다.

"불란서 사람 이름이에요."

김 보조는 책을 이리저리 살펴본다.

"그래 이 사람이 뭔데? 어쨌는데?"

관순은 피식 웃는다.

"유명한 서양 요리사도 몰라요?"

"요리사?"

김 보조원은 관순을 쏘아본다.

"혹시 불온한 사상의 책은 아니겠지?"

관순은 딴청을 피우는 여유마저 부린다.

"정 그러시다면 한 번 읽어 보세요. 그래서 부인한테 서양요리법을 가르쳐 주시면 아주 좋아 하실 겁니다."

그 때 하나오까가 분견소 안으로 들어온다. 하나오까는 김 보조원 손에 든 책을 본다.

"뭐야? 그 책은?"

김 보조원은 책을 가방 안에 턱 넣는다.

"서양요리법 책이랍니다."

하나오까는 자기 자리로 가서 앉는다.

"서양요리법? 이 판국에 서양요리법은 또 뭐야!"

김 보조원은 관순에게 가방을 돌려준다. 하지만 표정은 뒤틀려 있다.

"좋다. 가봐. 하지만 얌전히 집에 있어야지 괜히 섣부른 장난치다간 혼난다."

예도는 얼른 일어나 관순이와 동순이의 손을 잡고 나간다.

"네! 어서 가자!"

분견소에서 나온 예도와 관순, 동순은 서로 마주보며 혀를 날름거린다. 그러나 예도는 안도의 숨을 내쉬면서도 걱정이 되는 듯 고개를 흔든다.

"아이, 언니도…. 제까짓 것들이 잔 다르크를 알겠어요?"

예도는 관순의 어깨를 어루만진다.

"관순이도 참…. 너는 정말 못 말리겠구나."

"예도 언니, 난 잔 다르크처럼 나라를 구하는 소녀가 될 테야. 누구나 노력하면 될 수 있지 않을까? 그리고 나이 팅게일처럼 천사와 같은 마음씨도 가져야지."

"넌 무슨 일이든 꼭 해낼 거야. 아직 어린애로만 봤는데, 역시 이팔청춘에 꿈도 많구나. 그건 그렇고 너무 늦기 전에 어서 빨리 가자.”

그들이 발길을 돌려 동네어귀로 들어서는데 어디선가
‘누나’라고 외치는 소리가 들렸다. 관순은 그 목소리를 알
고 있었다. 인석이, 관석이다, 관순은 소리 나는 쪽을 돌
아봤고 관순을 향해 달려오는 인석과 관석은 관순의 품에
안긴다.

“어머니! 누나가 왔어요!”

어머니 이소제가 마당에서 일을 하다가 깜짝 놀라 돌아
본다. 인석이 호들갑을 떨며 집안으로 들어오고, 그 뒤로
관순과 관석이 들어서자 화들짝 놀라 황급히 나가려는데
관순이 먼저 어머니 품으로 들어온다.

“어머니!”

이소제는 너무나 놀라 관순의 얼굴부터 쳐다본다.

“아니, 네가 웬일이냐?”

관순은 어머니를 안심시키려는 듯 차분한 말투로 설명
한다.

“학교에 휴교령이 내렸어요.”

이소제는 그때서야 숨을 크게 내쉬며 안심한다.

“만세운동 때문에 그랬구나.”

관순은 마당을 휙 돌아보며 아버지를 찾는데 이소제가
그 눈치를 채고 말한다.

“아버지는 학교 문제 때문에 분견소에 불려 가셨단다.”

그때 동생 관석이 관순의 팔에 안긴다.

"누나, 사탕 사왔어?"

"아이, 어쩌나. 급하게 오느라 아무것도 못 사왔는데."

"치, 누난 거짓말쟁이야!"

인석이 얼른 관석의 머리를 쥐어박는다.

"이 새낀 만날 사탕 밖에 몰라!"

오랜만에 마당에 모인 아이들을 보자 이소제의 입에 미소가 떠나지 않는다. 그러면서도 한 편으로는 걱정이 된다.

"자 어서 들어가자. 요즘은 몇 사람이 모여 있는 것만 봐도 분견소에서 오너라, 가거라 한단다."

관순은 발을 옮기려다 멈추고 어머니를 쳐다본다.

"저… 공주… 오빠 소식 들으셨어요?"

어머니는 주위를 살피고 목소리를 낮춘다.

"너희 오라비는 집에 와 있다."

"네에?"

"공주에서 만세 부르다가 발각이 나서 쫓겨 온 모양이야."

관순의 귀향으로 간만에 떠들썩했다. 방안에 있던 우석이 방문을 열고 나와 관순을 맞는다.

"우석 오라버니! 잘 있었어요? 다친 데는 없고?"

"응, 너도 잘 있었냐?"

"응."

"그래, 어서 들어와 쉬어라. 먼 길 피곤했을 텐데."

고향으로 돌아온 관순과 사촌 언니 예도, 그리고 동순은 함께 모여 예배당으로 갔다. 그곳에는 이미 관순의 부친 유중권과 키가 크고 몸집이 좋은 조인원, 삼촌 유중무, 마을유지 이백하, 이소제, 관순의 오빠 우석 등 20여명이 심각한 얼굴로 앉아 있었다. 다소 무거운 분위기에서 중권이 입을 연다.

"우리 아이들이 경성서 막 돌아왔어요."

"안녕하세요. 어르신들, 그동안 안녕히 계셨습니까. 저희들은 3월 1일 부터 시작한 독립 만세 의거에 동참했다가 학교 휴교령 때문에 고향에 돌아오게 되었습니다. 대한의 민중들은 평화적으로 시위를 했습니다. 하지만 일제는 칼과 총을 쏘며 진압하였고 죽거나 부상당한 사람들도 많았습니다."

예도의 말에 이어 관순이 다음 말을 잇는다.

"3월 2일에도 경성에서 만세시위가 일어났는데 그날 하루 일본 경찰에 잡혀간 사람들만 1만 명이 넘었다고 합니다. 저도 3월 5일 일본경찰에 잡혔다가 간신히 풀려났습니다."

예도와 관순이 들려주는 경성의 이야기를 듣는 유중권

은 목이 멘다.

"무자비한 놈들 같으니. 그래, 맨손으로 만세를 부르는 군중들을 마구 총칼로 학살을 하다니. 풍문에 들었다만 그렇게까지 무도 할 줄은 몰랐구나."

"그리고 이것은 그때 사용한, '기미독립선언서'입니다."

관순은 숨겨온 기미독립선언서를 꺼내 놓는다. 조인원이 손을 내밀어 받아든다.

"이것이 그 '기미독립선언서'라고?"

"예. 그렇습니다."

조인원이 읽어보고 자신감을 얻은 듯 비장한 각오를 한다. 관순이 목에 힘을 주어 말한다.

"아버지, 지금 삼천리 방방곡곡이 다 만세를 부르며 나라를 찾겠다고 아우성인데, 우리 고장만 조용한 것 같아요."

중권은 두 주먹을 불끈 쥔다.

"왜 우리라고 해서 가만있었겠니? 흥호학교가 중심이 돼서 일을 꾸미다가 미리 발각돼 모조리 잡히고 말았구나."

이소제가 중권의 말을 잇는다.

"그 후엔 놈들이 얼마나 설치고 다니는지 숨도 크게 못 쉰다."

관순은 원통한 듯 몸을 반 쯤 일으켜 선다.

"저희들은 학교에서 헤어질 때 굳게 맹세했어요. 잠자는 내 고장을 깨워 요원의 불길처럼 독립의 햇불을 높이 들겠다고요! 내일부터 저희들이 발 벗고 나서겠어요."

중권은 그런 관순과 예도를 보며 고개를 끄덕인다. 예도도 자리에서 일어나 관순의 말을 거든다.

"저는 만세의거에 사람들이 사용할 대한제국 태극기 만드는 일을 돕겠어요."

조인원이 솟구치는 결심을 말한다.

"그래요. 우리도 힘을 합쳐 해봅시다."

그 때 교회 문이 확 열리며 둘째 아들 인석이가 뛰어들어온다. 인석이의 거친 숨소리에 모두들 화들짝 놀라 돌아본다.

"아버지! 왜놈 헌병들이 몰려와서 형을 찾아내라고 난리에요!"

인석의 말에 유중권은 벌떡 일어난다.

"형을 찾아오지 않으면 다 잡아가겠다고 행패 부리고 있어요."

인석의 말에 사람들은 걱정스런 눈으로 중권과 우석을 바라본다. 검붉은 어둠이 닥쳐오고 있었다.

"우석아, 너는 어서 좀 피해 있어라."

우석은 일어나 교회 뒷문으로 빠져 나간다. 유중권이 비장한 모습으로 교회당 문을 향해 발걸음을 내딛는다.

"내 잠깐 다녀오리다."

중권이 밖으로 나가고 그 뒤를 따라 나가는 사람은 관순이었다. 두 사람이 막 나오는데 헌병들과 하나오까, 고마도 그리고 김 보조원이 앞을 가로 막는다.

"아, 모두들 여기 있었군."

대금업자 고마도가 허리춤에 손을 얹고 말한다. 유중권은 당황하지 않고 담담하게 대답을 한다.

"무슨 일이오?"

고마도가 중권의 대답에 어이가 없다는 듯 한발 앞으로 나오며 다그친다.

"몰라서 묻소이까? 당신 아들이 날 이렇게 만들어 놓은 거 몰라서 그래? 시치미 떼지 말고 순순히 찾아내시오!"

고마도가 그렇게 빽 소리를 지르며 소란을 피우자 교회 안에 있던 사람들이 우르르 몰려나온다. 헌병 경찰 하나오까가 중권 앞으로 다가가서 위협한다.

"뭐 쓸데없는 소리를 하고 있어! 당신이 도망시킨 게 틀림없으니 유상이라도 분견소까지 갑시다."

하나오까는 말이 끝나기가 무섭게 중권의 팔을 잡아챈다. 관순이 얼른 하나오까를 저지하며 막아본다.

"안돼요! 우리 아버진 아무 죄도 없어요!"

관순이 하나오까의 팔을 겨우 떨어트렸다. 몰려든 동리 사람들은 웅성거리기 시작한다. 유중권은 일행을 빙 둘러

보고는 침착하게 타이르듯 이야기를 한다.

"여러분 진정들 하시오. 함께 가자고하니 내 곧 다녀오리다."

"아버지, 가시면 안돼요."

관순이 조심스럽게 아버지 귀에 대고 속삭인다. 중권 역시 관순이 귀에 대고, 안쓰러운 딸을 안심시켜 본다.

"하나 뿐인 우리 딸, 걱정할 것 없다."

곧 중권은 뒤도 안 보고 앞장서서 성큼성큼 걷기 시작한다. 고마도와 하나오까 그리고 김 보조원이 그를 뒤따른다. 유중권의 뒷모습을 걱정스럽게 바라보는 관순의 가슴이 불덩이처럼 타올라 가슴을 쓰다듬고는 아버지를 크게 외쳐 부른다.

"아버지!"

관순의 목소리에 유중권은 멈칫 걸음을 멈추었지만 뒤를 돌아보지 않고 그대로 다시 걸음을 뗀다.

‡ 고난의 풀무 속으로

분견소는 나무로 만들어진 허술한 건물이었다. 금방이라도 무너질 것처럼 천장으로 여기저기 썩은 나무들이 보였다. 중앙에 벌겋게 달은 석탄난로 위에는 물주전자가 끓고 있고, 한쪽에 따로 앉아 있는 중권을 바라보는 분견소 소장 고야마는 차를 따라 마신다. 그는 유중권을 흘끔 바라보며 기묘한 웃음을 흘린다.

"유상! 그래도 나 당신 존경했는데 빌려간 돈은 안 갚고 내거인(內居人, 일제 강점기 조선에 살고 있던 일본인)을 마구 때려?"

중권은 고야마를 똑바로 쳐다본다.

"내 자식의 잘못을 나무라기 전에 내 집에 와서 행패를 부린 대금업자 고마도의 잘못을 따져야 하지 않겠소? 난 약속대로 이자를 붙여 돈을 다 갚았소."

옆에서 초조하게 유중권을 노려보던 고마도가 중권의 말에 벌떡 일어난다.

"내 돈을 다 갚았어? 당신 도적놈 심보를 갖고 있구만."

중권 역시 벌떡 일어나 호령한다.

"네 이놈! 적반하장도 유분수지. 누구보고 감히 도적놈이란 소릴 하느냐? 네놈이야말로 남의 나라에 함부로 들어와 남의 땅까지 맘대로 차지하고 사는 도적놈이 아니고 뭐냐?"

대금업자 고마도는 금방이라도 쓰러질 듯이 휘청거린다. 큰 충격을 받은 고마도는 입이 잘 떨어지지 않는 듯 입술이 부들부들 떨리기 시작한다. 중권의 일갈을 들은 고야마가 나선다.

"뭐라고! 우리 보고 도적이라고? 정신이 있는 거야 없는 거야?"

중권은 고야마의 말이 끝나기가 무섭게 다시 쏘아댄다.

"나는 지금 올바른 내 정신으로 말하고 있는 거요!"

분견소장 고야마가 결국 들고 있던 잔을 집어 던진다. 하지만 중권은 꿈적도 하지 않는다.

"죄가 있다면 남의 땅과 재산을 가로채고 호의호식하는 당신네들한테 있는 거지, 우리한테는 아무 죄가 없소!"

중권은 다시 자리에 앉는다. 그의 너무나도 강한 태도에 약이 머리끝까지 오른 고야마가 중권이 앉은 의자를 걷어 찬다. 중권이 나가떨어지면서 난로 위 물주전자도 엎어진다. 난로위에 쏟아진 물이 부글부글 끓듯이 중권도 온 몸을 부들부들 떨고 있다. 고야마가 중권의 머리 위로 가랑이를 벌리고 선다.

"그렇잖아도 흥호학교을 세우고 예배당을 만들어 민심을 소란하게 만들더니 이젠 우리보고 도적이라고? 아직 정신이 덜든 모양인데 정신 좀 차리게 해주겠어!"

고야마의 얼굴에 음흉한 미소가 벌겋게 번지기 시작한다.

깊은 밤, 중권의 집에서는 사람들이 이소제와 관순을 진정시키고 있다. 중권의 소식이 없자 모두들 뜬 눈으로 밤을 새고 있는 것이었다. 조인원이 이소제를 걱정스럽게 바라보며 위로의 말을 한다.

"그만 들어가 주무십시오. 내일 아침 일찍 저희가 분견소에 가보겠습니다."

관순은 초조하게 마당을 서성인다.

"동정 살피러 간 이 서방마저 안돌아오니⋯."

그때 문 밖에서 소리가 들려온다.

"마님!"

밖을 보자 모두 소스라치게 놀라게 된다. 고문을 당해 실신하다시피 된 중권을 엎고 이 서방이 집 안으로 들어서자 이소제와 관순이 달려간다.

"아니 이게 어떻게 된 일이유! 여보!"

"아버지!"

중권의 부은 눈꺼풀이 미세하게 꿈틀거린다. 방으로 들어와 관순이 얼른 아랫목을 치우고 이소제가 중권을 받아 눕힌다. 이소제가 한탄스럽게 방바닥을 내리친다.

"천하에 몹쓸 놈들 같으니라고, 당신이 무슨 죄가 있다고!"

조인원이 중권 앞으로 조용히 앉는다.

"여보게, 정신 차리게나. 중권!"

조인원이 중권의 머릴 짚어본다. 하지만 중권은 이미 의식을 잃은 듯 미동이 없다. 당황해 어쩔 줄 모르는 식구들은 모두 입술을 다물고 방 안에는 짧은 침묵이 흐른다. 그때 황급히 들어온 의원이 중권의 맥을 집어보고 관순에게 말한다.

"방에 불을 지피고 약탕기를 준비 하시오. 급한 대로 십
전대보탕을 지어 왔으니 이것을 드시면 피를 맑게 해주고
기력이 빨리 회복될 것입니다."

얼마나 지났는지 겨우 의식이 돌아온 증권은 숨소리만
간신히 내고 있다. 그의 얼굴에 분노의 표정이 역력했다.
밤새 간호를 한 이소제는 증권의 옆에서 잠이 들었다.

끔찍한 일이 지난 밤 있었지만, 아침은 언제나 새롭다.
조용한 집 뜰에 소리 없이 타오르는 화로 위에서 약탕기
만 끓고 있었다. 정성스런 마음으로 약을 달이고 있는 관
순의 얼굴에는 침통한 근심이 가득했다.

'누나!'라는 소리에 관순이 휙 돌아보니 관석이 뛰어오
고 있다.

"누나, 저기 좀 봐!"

관석이 가리키는 감나무 위로 아슬아슬하게 기어오르고
있는 인석이 보인다.

"인석아! 거긴 왜 올라가니?"

관순이 놀라 동생에게 다가가 묻는다.

"까치새끼 잡을라고!"

인석의 야무진 대답에 관순은 순간 당황한다.

"인석아, 까치새끼는 지금 없어. 어서 내려와."

인석은 누나 말에도 아랑 곳 않고 다시 기어오르기 시

작한다.

"내가 봤어. 둥지 안에 있어!"

관순이 고개를 쳐들고 다시 동생을 말려본다.

"인석아, 너 내 말 잠깐만 들어봐!"

인석이 고개를 휙 돌려 누나를 쳐다보며 '쉿' 입모양을 내민다. 그리고 속삭이듯 조용히 말한다.

"가만있어. 떠들면 날아가."

까치집까지 거의 다 올라간 인석의 표정은 사뭇 진지해 보였다. 관순은 안 되겠는지 일부러 더 큰 소리로 동생을 부른다.

"인석아! 누나 말 좀 들어봐."

"무슨 말인데?"

"왜놈들이 누나랑 너랑 관석일 잡아가면 아버지랑 엄니랑은 어쩌시겠어?"

인석은 누나의 물음에 순간 입을 열지 못한다. 그리고 잠시 생각을 하고는 대답한다.

"울고 야단나겠지 뭐…"

그 때였다. 까치 한 마리가 지붕 위로 날아와 한 바퀴 휘 돌기 시작한다.

"저 봐라. 네가 새끼 까치를 잡으면 어미 까치들이 얼마나 슬프겠니."

누나의 말에 인석은 주춤 그 자리에 멈춰 서 있다. 둥지

안을 들여다보지도 못하고 그렇다고 무서워 내려오지도 못하고, 인석은 결국 나무에 매달린 어린 곰처럼 엉거주춤한 자세가 되고 만다.

"우리 인석인 착하지. 우리에게는 훌륭한 조상님들이 계시니까 자손들도 훌륭한 것이라는 아버지 말씀 들었지? 우리 인석이는 다음에 커서 가장 훌륭한 사람이 될 거야. 자 어서 내려 와. 옳지!"

누나의 말에 인석은 고개를 끄덕이며 조심스럽게 한발한 발 내려오기 시작한다.

"옳지, 내 동생은 참 착하지, 발 조심하고… 옳지."

관순은 인석이 발을 옮길 때마다, 손으로 박수를 쳐준다. 자랑스러운 일이나 한 것처럼 나무에서 내려오는 인석과 대견스럽게 보는 관순의 눈길이 서로 부딪칠 때마다 관석은 어깨를 으쓱 올리며 얼굴에 웃음꽃을 피운다.

깊은 밤. 안방에서 간호를 하던 이소제가 관순이 옆에 잠이 들어있다. 조용히 눈을 뜬 중권은 자신의 발치에 앉아 두 손을 모아 기도드리고 있는 관순의 모습을 보고 지극한 효성에 흐뭇한 웃음을 짓고 고개를 끄덕인다. 그는 입속으로 딸의 이름을 부르지만 소리는 나지 않는다. 그의 눈에는 곧 뜨거운 눈물이 고인다. 지그시 눈을 감는 중권의 양 볼로 주르륵 눈물이 흘러내린다. 기도를 마친 관순은 중권의 흐느낌을 눈치 챈다.

"아버지."

중권은 못 참겠다는 듯 고개를 돌린다. 관순도 목이 메어 다시 아버지를 조용히 부르며 중권의 가슴에 얼굴을 묻는다. 중권도 힘을 내서 관순을 불러본다.

"관순아, 이제 그만 자거라."

"아버지, 전 괜찮아요. 아버지만 빨리 일어나신다면 전 이까짓 밤이야 얼마든지 세울 수 있어요."

중권은 아직 어리다고 생각했던 딸이 대견스러워 관순의 등을 토닥거려준다. 관순은 그대로 아버지 품에서 잠이 들고, 이소제가 잠든 관순을 가만히 흔들어 깨운다.

"너도 많이 고단했구나. 어서 네 방에 가서 자라."

눈을 부비며 건넛방으로 넘어가는 관순을 보며 이소제는 빙그레 웃음을 짓는다.

"부녀가 어쩌면 저렇게 똑 닮았는지…."

아침 일찍 안방에서 나오는 중권을 본 이소제는 부엌에서 나오다 깜짝 놀라 중권에게 달려간다.

"아니, 여보 벌써 일어나시면 어떻게 해요. 아직 몸도 성치 않는데, 며칠 더 쉬셔야 해요."

중권이 힘겹게 걸어 나오다 마루에 걸터앉는다. 아직도 얼굴엔 회색빛이 드리워져있다. 전날에 받은 모진 고문이

하루아침에 씻길 수 있는 것은 아니었다. 하지만 중권은
다시 일어난다.

"여보…."

중권의 개미만한 목소리에 이소제는 역정을 낸다.

"왜 벌써 밖을 나오세요!"

"응, 좀 걸을 수 있을 것 같소."

중권이 한 발을 내딛어 본다. 그런 모습을 본 이소제는
안타까운 기색을 감추지 못한다.

"안돼요, 더 누워 계셔야 해요!"

"아니요. 이제 충분하오. 내 잠시 학교에 다녀오리다."

중권은 한발 한발 더 힘을 내어 홍호학교 쪽으로 걸어
간다. 홍호학교 앞에는 조인원, 김구응 등이 헌병 분견소
소장 고야마를 상대로 언쟁을 벌리고 있다. 중권을 발견
한 고야마가 뒷짐을 쥐고는 으름장을 놓는다.

"좋은 말로 할 때 간판을 떼시는 게 어떻소?"

중권은 고야마의 두 눈을 똑바로 응시하며 대답한다.

"아니, 우리가 간판을 뗄만한 잘못을 했단 말이요?"

"불온사상을 주입해서 불량한 신민을 양성한 것. 그게
잘못이지. 이번에 만세를 부르려다 체포된 주동자들이 모
두 이 홍호학교 선생과 학생들 아니요?"

고야마가 고개를 치켜든다. 조인원이 고야마 앞으로 한

발 다가가 소리친다.

"어떻든 학교 간판은 뗄 수 없소!"

고야마가 결심을 한 듯 뒷짐을 풀고는 두 주먹을 쥐어 본다.

"정 못 떼겠다면 내 손으로 떼지."

고야마는 곧바로 간판을 직접 떼기 시작한다. 그 모습에 만류하려는 조인원을 중권이 제지 한다.

"내버려 둡시다. 더 이상 다치는 일은 삼가 합시다."

모두들 중권의 말에 두 손을 놓고 우두커니 고야마가 잡아 떼 떨어져 나오는 간판을 바라보고만 있다. 그러나 정작 입을 열고 고야마에게 다가 간 사람은 중권이었다. 그는 끓어오르는 분노를 삭이지 못하고 고야마의 뒤통수에 대고 호통을 치고 만다.

"간판을 뗀다고 학교가 사라질 줄 아시오?"

고야마는 콧방귀를 뀐다.

"유 선생, 너무 큰 소리 내지 않는 게 좋소. 당신 아들 유우석이가 공주에 있다고 천안 헌병대로부터 정보가 들어왔소. 체포는 시간문제요. 핫하하!"

고야마는 학교 간판을 땅에 패대기치고 발로 힘껏 밟아 두 조각으로 쪼개버린다.

관순의 아버지 유중권은 감리교에 입교한 후 사재(私財)를 털어 교회와 흥호학교를 세운 계몽 운동가였다. 관순과 우석은 자연스럽게 아버지의 영향을 받아 독립운동을 했던 것이다.

✢ 같은 민족, 다른 사람들

칠흑 같은 어둠 속에 고요히 잠든 마을. 가끔 개 짖는 소리가 들린다. 여기에 검은 그림자가 관순의 집 사립문 안으로 사라진다. 달빛에 비춰진 유중권의 모습. 그는 침통한 표정으로 한숨을 내쉰 뒤 안방으로 들어간다.

안방에는 관순과 우석, 이소제가 머리를 맞대고 소곤거리고 있다. 이소제의 목소리엔 불안함이 묻어난다.

"…하지만 관순아, 젊은 장정들도 못한 일을 어린 네가 어떻게 할 수 있을까?"

관순은 두 눈에 힘을 준다.

"그럼요 어머니. 나라를 구하는 마음에 남자, 여자, 나이가 많고 적고를 가릴 게 뭐 있어요?"

우석은 여동생 관순의 손에 자신의 손을 포개 얹는다.

"관순아, 네 말이 옳다. 나도 한번 실패 했다고 이렇게 두더지 마냥 숨어 도망만 다닐 수 없다. 당장 이 밤에라도 공주로 돌아가서 영명학교 학생들을 이끌고 다시 싸워

보겠다."

관순은 오빠 우석의 손을 꽉 붙잡는다. 그들은 서로 마주보며 싱긋 웃는다.

"관순아, 앉아서 당하고 싶진 않다. 왜놈들에겐 잡히기 싫다. 누가 더 잘 하나 우리 내기하자."

두 남매의 굳은 결의는 밤을 지새우게 만들고, 역시 비장한 각오를 하고 있는 유중권과 이소제는 아이들을 보며 고개를 끄덕였다. 그 때 밖에서 인기척이 난다. 모두 흠칫 긴장을 하는데 위협하듯 낮은 목소리가 들린다.

"문 열어."

유우석은 순간 벌떡 일어선다. 헌병 분견소의 하나오까와 김 보조원 그리고 무장 헌병들이 사립문을 차고 들어왔다. 방문을 연 중권이 먼저 헛기침을 하며 마루로 나왔다.

"이 밤중에 뉘시오?"

하나오까가 짧고 굵게 한 마디를 내뱉는다.

"유우석일 체포하러 왔소."

"뭐요?"

중권이 당황하는 가운데 하나오까가 비열하게 웃는다.

"하하하, 시치미 떼지 마시오. 다 알고 왔으니까."

"집에 없소."

하나오까는 헌병들에게 턱으로 지시를 내린다.

"말로 해서 안 들으니 어쩔 수 없군. 샅샅이 뒤져!"

하나오까는 곧장 권총을 빼들고 흙발로 마루까지 올라선다. 이소제가 손사래를 치며 말려보지만 이미 늦었다.

"아니, 이 무슨 무례한 짓이오!"

이소제가 필사적으로 막아보지만 하나오까는 무자비하게 이소제를 밀치고 안으로 들어간다. 그리고 곧 헌병들이 뒤뜰을 수색한다. 하나오까는 안방 벽장문을 하나하나 열어 재낀다.

우석과 관순은 용소 뚝 길 어둠 속을 숨차게 달려가고 있었다. 우석이 순간 멈춰서 관순을 바라본다.

"관순아, 너는 이제 돌아가라."

관순이 고개를 흔든다.

"난 괜찮아, 오빠."

"아냐, 이제 그만 돌아가…. 그리고 부모님을 내 대신 잘 부탁한다."

관순은 목이 메기 시작했다. 울컥거리는 눈물이 금방이라도 왈칵 쏟아질 것 같았다.

"오빠, 부디 몸조심 하시고…."

우석도 역시 목이 멘다.

"그래, 너도 몸조심하고…."

우석이 휙 뒤돌아 뛰기 시작했다. 관순은 그저 우석의

등을 보며 눈물을 글썽거릴 뿐이었다.

"오빠!"

관순이 크게 오빠를 불러본다. 우석은 그 소리에 얼핏 돌아보고는 울컥하는 감정을 떨쳐 버리려는 듯 다시 획 돌아서 뛴다. 그 순간 김 보조원이 나무 뒤에서 나타나 길을 가로 막고 킬킬거린다.

"내 이럴 줄 알고 기다렸다."

관순도 흠칫 놀라 입을 다물지 못 한다. 우석은 김 보조를 피할 수 없음을 직감한다.

"이 비겁한 놈! 네 한 놈의 영달을 위해서 같은 동족을 팔고 죽이다니!"

김 보조원은 비열한 미소를 흘린다.

"흐흐 그렇다. 내 입신영화를 위해 동족이고 뭐고 팔아야 겠다. 언제 민족이 밥 먹여줬냐? 자 순순히 가는 게 좋다."

김 보조원은 권총을 꺼내 우석의 가슴에 들이댄다. 우석은 입술을 파르르 떤다.

"좋다. 가자면 따라 가겠다만 날 잡아가는 네놈은 천추의 한을 남길 것이다."

우석은 순순히 따라 가는 척 하다가 총을 잡은 김 보조원의 손을 냅다 후려친다. 총이 바닥에 떨어지고 두 사람은 대치한다.

"흥, 이것이!"

마구 치고 받는 혈투가 벌어진다. 관순은 어쩔 줄 몰라 발을 동동 구른다. 마을 쪽으로부터 갑자기 개 짖는 소리가 요란하게 들린다. 차고, 때리고, 뒹구는 진흙탕 싸움이 벌어졌다. 관순은 시간이 갈수록 초조해지는데 이윽고 우석이 김 보조원을 거꾸로 집어 던진다. 멀찌감치 떨어진 보조원의 입에서 '윽!' 하는 신음 소리도 함께 흘러나왔다. 순간 우석은 옆에 있는 큰 돌을 집어 머리 위로 들어 올린다. 그러나 관순의 손이 먼저 우석이 들어 올린 돌을 막았다.

"오빠! 그러면 안돼요!"

"비켜라! 저런 놈은 죽어야해!"

관순이 애절하게 매달리며 우석을 달랜다.

"오빠, 저 사람도 다 같은 우리 동포예요! 모두 왜놈의 함정에 빠진 불쌍한 사람이에요."

유우석은 잠시 머뭇거리다가 결국 땅바닥에 돌을 내던진다. 개 짖는 소리가 더 요란하게 들리자, 관순은 우석의 등을 떠민다.

"오빠, 여긴 제게 맡기고 어서 가요!"

"그럼, 관순아…."

우석은 곧 어둠속으로 사라지고 관순은 멀리 사라지는 우석을 바라보다 보조원에게 달려들어 부축해 흔들어 깨운다.

"여보세요! 정신 차리세요!"

보조원은 겨우 정신을 차리고 우석에게 맞아 아픈 곳을 찡그린다.

"음… 아얏!"

보조원의 이마에서 흐르는 피를 보고 관순이 깜짝 놀란다.

"어마! 이 피 좀 봐…."

관순은 손수건을 얼른 꺼내 보조원 이마의 피를 닦아준다. 보조원은 신음소리만 끙끙 내며 관순을 물끄러미 바라보기만 할 뿐이다. 그러다 순간 관순의 손을 획 뿌리친다.

"흥! 네 놈이 도망가면 어딜 가? 내 기어코 널 잡고 말테다!"

김 보조원이 기어이 일어서서 우석을 따라 뛰어간다. 그 모습을 바라보는 관순은 두 눈을 질끈 감는다.

'하나님… 저 불쌍한 사람을 용서 하소서….'

헌병 분견소 앞은 긴장감이 맴돌고 있다. 고야마가 김 보조원의 뺨을 사정없이 후려친다. 그 옆에는 하나오까도 잔뜩 화가 난 채로 서 있다. 그래도 고야마가 분이 안 풀리는지 씩씩거린다.

"이봐 보조원? 어떻게 된 거야? 그 유우석이라는 놈

은?"

김 보조원은 아무 대답도 하지 못 한다. 하나오까가 꿀 먹은 벙어리가 된 김 보조원의 턱을 손가락으로 툭 하고 쳐 올린다.

"네 말만 믿고 덮쳤다가 허탕만 쳤잖아. 이거 누구 골탕 먹이는 거야? 엥?"

"아… 아닙니다.. 어떻게 해서든 우석이란 놈을 기어코 내 손으로 잡고 말겠습니다."

"좋아. 그 놈은 네게 맡기겠다. 그러나 못 잡으면 네 옷 벗고 그 놈 대신 들어가야 해!"

보조원은 입술을 바르르 떨며 대답한다.

"꼭 잡겠습니다!"

고야마가 한 바탕 크게 웃는다.

"핫하하하 좋아!!"

‡ 결의

늦은 밤, 조인원의 집에 마을 지도자들이 모두 모여 있다. 하지만 긴 침묵이 이어졌다. 관순은 그런 어른들을 똑바로 바라본다. 이윽고 조인원이 입을 연다.

"네 말뜻을 모르는바 아니다. 누가 빼앗긴 나라를 찾겠다는 일을 반대하겠니? 허나 우리가 꿈쩍만 해도 분견소에서 잡아가는 판이니 공연히 섣불리 서둘렀다간 지난번같이 희생자만 낳을 테고… 문제는 우리 한 마을이 아니다. 적어도 백 리 안의 모든 인근 마을이 한꺼번에 일어나야 할 텐데, 일할 만한 청년들은 꿈쩍도 못하는 판이니…. 그것이 문제다."

관순은 조인원의 이야기를 다 듣고 난 다음 입을 연다.

"그건 저와 동무들이 해 보겠어요."

조인원을 비롯한 모든 어른들이 흠칫 놀란다.

"너와 네 동무들이?"

모두 어이없어 하는 표정이다. 그렇다고 관순을 황당하게 보는 이는 없었다. 관순이는 어른들을 휙 둘러보고는 야무지게 입을 다시금 연다.

"네. 저와 동무들은 아직 어리고 또 여자니까 분견소에서도 의심을 하지 않을 겁니다. 연락은 제가 하겠습니다."

관순의 진지한 말에 다시 한 번 긴 침묵과 긴장감이 이어지고, 그 사이 관순은 고향 친구들과 한두 살 어린 후배 여자 아이들에게도 협조를 구한다. 이에 남동순과 민옥금, 한도숙, 황현숙 등이 동참하여 마을들을 돌기로 결심한다. 옆에서 지켜보던 마을 어른이 관순과 둘러앉은 소녀들을 보면서 흐뭇해한다.

"너희들은 낭자군(娘子軍)이 된 것이다."

조인원도 소녀들을 보며 응원한다.

"그렇습니다. 낭자군… 훌륭한 낭자군이 되겠어요."

"이 아이들이 우리보다 훌륭한 것 같군요. 부끄럽지 않으려면 우리도 태극기를 듭시다."

"암, 우리라고 그냥 지켜볼 수는 없지. 이 소녀들이 우리를 부끄럽게 만들었어."

마을사람들의 동요는 점점 더 커져 갔다. 관순은 입 속으로 '낭자군'이란 말을 읊조려 본다.

관순이 일어나 소녀들과 함께 교회를 나오는데 뒤따라 나오던 마을 어르신 중에 동리에서 제일 나이가 많으실 것 같은 분이 관순의 손을 잡는다.

"나는 이미 오래 전에 알고 있었다. 우리 관순이가 틀림없이 큰일을 할 인물이라고 믿었지만 이렇게 빨리 해 낼 줄은 몰랐다. 장하다, 장해. 그리고 너희들도 모두 장한 대한의 딸들이다."

그는 소녀들을 돌아보며 얼굴에 가득한 미소를 머금는다.

"너희들이 꼭 소녀 결사대 같구나. 그래, 낭자군이란 말이 맞지. 너희들의 애국정신이 이 민족을 밝히는 등불이 될 거야, 암, 그래야지."

마을 어르신의 응원에 힘을 얻은 관순은 교회에서 나오는 길로 예도언니 집부터 찾아간다. 태극기를 만들던 예도가 관순을 반기며 교회에서 일어난 일들을 묻는데, 관순은 긴장이 풀린 듯 털썩 주저앉아 멍 하니 예도가 만들어 가는 태극기문양만 바라보고 있다.

"관순아!"

"응?"

"왜 그래?"

"응? 아니야, 잘 될 거야."

관순은 이제야 정신이 드는 듯 바른 자세로 앉는다.

"어른들께선 뭐라 하셔?"

"적극 도와주시기로 하셨어요. 그리고 동순이와 옥금, 도숙, 현숙, 부덕이, 이쁜이도 함께 도와주기로 했어요."

"그래, 참 잘 됐다."

"고마워요. 언니. 어르신들과 함께 짠 계획이에요."

관순은 예도 앞으로 바짝 다가서며 품에서 지도를 꺼내 펼친 다음 손가락으로 아우내를 가리킨다.

"여기가 아우내 장터요. 이 아우내를 중심으로 천안 사십 리 4개 군안에 조치원, 안성, 목천, 연기, 청주, 진천 등 40여 마을을 묶어서 양력 4월 1일(음력 3월1일), 그날 일제히 아우내 장터에 모여서 만세를 부르기로 했어요."

예도의 벌린 입이 다물어지지 않는다.

"4월 1일이면 열흘 밖에 안 남았는데… 어떻게 하지? 그리고 관순아, 나는 내일 경성으로 출발할 예정이야. 너 혼자서도 잘 할 수 있겠지?"

관순은 천장을 바라보고는 두 눈을 감았다 뜬다. 그녀가 본 천장은 흐리고도 무궁하다.

"하나님이 보살펴 주실 거예요. 언니도 열심히 하세요. 우리 모두 힘내요!"

관순은 전에 송계백이 주먹을 불끈 쥔 것처럼, 두 손을 불끈 쥐며 예도를 향해 웃어 보인다.

새벽닭 소리에 잠이 깬 관순은 방문을 열고 새벽바람에 얼굴을 내밀어 상쾌한 새벽 공기를 들이킨다. 부엌에서 나오던 이소제가 관순을 보고 벌써 일어났냐며 측은해 한다.

"관순아, 동이나 트거든 나가렴."

"오늘은 몇 동네 돌아서 천안까지 가야하니 동이 트기 전에 떠나야 해요. 어머니 다녀오겠어요."

관순은 어머니 이소제에게 깍듯이 절을 하고 나간다.

"오냐, 길조심 해야 한다. 너무 무리하지 말고…."

이소제는 눈물이 글썽해서 어린 딸을 배웅해준다. 잠시 후 관순은 남동순과 민옥금, 한도숙, 황현숙과 합류한다.

"모두들 조심해야 돼?"

"응, 알았어. 관순 언니, 동순언니도 조심해."

서로에게 격려를 한 다섯 명의 소녀들은 각자 자신들의 목적지를 향해 길을 떠난다. 관순은 옆 마을로 들어서면서 붉은 태양을 쳐다본다. 힘차게 떠오르는 태양, 붉은 햇살을 받으며 입술을 굳게 다문 소녀의 발걸음은 힘차게, 더욱 힘차게 나아간다.

관순과 마을 소녀들은 4개 군 사십여 마을의 지도자들을 만나 아우내 장터 독립만세 의거에 적극 참여해 달라고 설득하기 위해서 길을 나선 것이다.

처음으로 방문한 마을에서부터 부정적인 반응을 나타냈지만 관순은 굴하지 않았고 더욱 강한 의지로 어른들을 설득해 갔다. 어느 마을 사랑방에서 관순은 점잖은 선비 풍의 노인과 열심히 이야기를 하고 있었다. 관순의 이야기에 천천히 고개를 젓는 노인의 표정이 점점 밝아지면서 가로 저었던 고개가 세로로 끄덕거렸다.

"유관순이라고 했지? 훌륭해, 정말 훌륭해. 이 마을은 걱정 말어. 내가 앞장서서 설득할 테니. 암, 그래야지. 나라가 없는데 백성이 무슨 필요가 있겠어. 암, 나라를 찾아야지. 암, 찾고말고."

그러나 막상 관순을 배웅하던 노인은 혀를 끌끌 찬다.

"이 먼 길을 어떻게 찾아왔을꼬. 앞으로 그 험한 길들은

또 어떻게 찾아다닐 거여. 하루 백 리 길은 걸어야 마을
들을 돌아볼 텐데."

하지만 관순은 밝은 얼굴로 고맙다는 인사를 하고 노인
과 헤어졌다.

관순이 하려던 일은 결코 쉬운 일이 아니었다. 하루 백
리 길을 걸었다. 그것도 마을 마다 학교와 교회, 유림 등
사람들이 모여 있는 곳에 들려 어려운 설득을 해야 했다.
그러기 위해 관순은 새벽에 일어나 밤늦게까지 걸었다.
얼마 남지 않은 거사 날짜에 맞추기 위해 단 하루도 쉴
수가 없었다.

찬바람이 매섭게 분다. 관순은 목도리를 움켜쥐며 걷고
또 걸었다. 몸은 하루하루 여위어 갔고 발은 물집이 생겨
터졌다. 무엇이? 대체 무엇이? 이 소녀들에게 이 엄청난
고난의 길을 걷게 만들었는가? 험준한 고갯길도 관순을
따르는 어린 소녀들은 쉬지 않고 걸었다.

어느 한 마을의 집에 들어 선 관순은, 안방에 이미 들
어 차 있는 마을 사람들을 위해 차분하고 열정적인 목소
리로 그들을 설득해 나간다.

"존경하는 마을 주민 여러분! 옛 말에는 나라 사랑하기
를 내 집 같이 사랑하라 했습니다. 가족이 집을 사랑하지
않으면 그 집은 존재할 수 없듯이 나라도 우리가 사랑하

지 않으면 존재할 수 없습니다. 우리나라의 문제는 우리 스스로 해결해야 합니다."

사십대의 한 남자는 크게 감동하여 관순의 손을 굳게 잡는다. 뜻이 있으면 길은 있다고 했던가. 모두가 관순의 불같은 단심(丹心)에 감동하여 굳게 일어설 것을 약속했다. 그때마다 관순은 기쁨으로 충만한 가슴을 억누르며 달랬다.

그러나 매일이 즐거운 날만은 아니었다. 들길에 비바람이 몰아치던 어느 날은 아픈 다리를 이끌고 질척한 길을 걸어가야 했다. 그날도 세찬 비바람에 앞을 못 보고 미끄러져 그만 벼랑으로 굴러 떨어졌다. 몇 시간이 지났을까. 정신을 잃었던 관순은 다시 정신을 차려 길 위로 기어올라, 또 다시 험한 들길을 걷는다.

어느덧 해는 저물었고, 비가 멎었다. 비가 그친 울창한 숲속은 정적에 잠긴 태고의 세계와 같았다. 눈이 부신 관순은 오직 정신력으로만 발을 옮기고 있었다. 순간 맹수의 사나운 울음소리가 들렸다. 흠칫 놀라 얼굴을 굳히는 관순도 어쩔 수 없는 소녀로 돌아가 공포에 떤다. 더욱 사나와지는 맹수 울음소리에 두 눈을 지그시 감고 기도를 한다.

"오, 주님! 저에게 이 고난을 이길 수 있는 힘을 주시옵소서!"

마을 어귀에 도달한 소녀는 집 앞에 등불을 든 어머니의 모습을 보고 달려가지만 소녀의 걸음은 쓰러질듯 비틀거린다. 혼자 불안에 떨며 초조하게 서 있던 이소제는 딸의 모습을 발견하고 울음부터 터트린다.

"관순아!"

관순은 어머니 품에 안기면서 그대로 쓰러진다.

밤새 개 짖는 소리가 요란하다. 나이가 지긋한 내외가 부스스 일어나고, 농부는 앞마당으로 내려가 거닐다 담뱃대를 찾아 문다.

"개가 짖는 걸 보니 이제야 관순이가 돌아왔는가 보구려."

농부의 아내는 고개를 쭉 내민다.

"누가 아니래유. 그 어린 것들이 날마다 저러고 댕기니 얼마나 대견하우."

농부는 담배를 태우며 눈만 껌벅거린다.

"누가 하라고 시켜도 못 할 텐데 말이여."

"관순이 조그만 할 때부터 한번 한다면 끝까지 뿌리를 뽑는 아이 아니었나요."

"그랬지, 고 녀석이 뭔가를 꼭 해 낼 줄 알았어."

날이 밝았는데도 관순은 깨어나지 않았다. 혼수상태에 빠진 것이다. 가끔 헛소리까지 했다.

"음력 삼월 초하루… 아우내 장터에… 꼭…."

관순의 머리맡에 앉아 있는 중권 내외와 인석, 관석 그리고 이쁜이, 부덕이, 조인원, 김구응 등의 눈엔 하나같이 눈물이 글썽인다.

조인원이 유중권의 팔을 붙잡는다.

"여보, 유 선생! 이 어린 것이…. 그래! 해 봅시다. 죽으면 한 번 죽지 두 번 죽겠소."

김구응도 유중권에게 달려들어 동조한다.

"합시다! 우리가 앞장서서 나서야지…."

중권은 모두를 둘러보고 감격에 목이 멘 채 입을 연다.

"어둠 속에서 떠오르는 빛이 더욱 밝은 법입니다. 여러분 고맙소… 정말 고맙소…."

방안 가득히 태극기를 만드는 처녀들의 손, 댓가지에 풀칠을 하는 손, 기를 붙이는 손…. 점점 쌓여 올라가는 태극기. 이제 거사를 앞두고 만반의 준비를 끝내고 있었다.

역사적인 사월 초하루는 내일 모레로 다가왔다. 내일 밤이면 천안, 진천, 청주, 연기의 산봉우리 마다 봉화가 붉게 타오를 테고 그와 함께 민족의 분노의 함성은 터질 것이다.

폭풍 전야의 고요인 듯 마을은 깊이 잠들어 갔다. 관순은 집 마루 끝에 앉아 금방이라도 쏟아질 것 같은 하늘의

별을 올려다보고 있다.

'지금 하란사 선생님은 무얼 하고 계실까… 내가 선생님을 그리워하듯 선생님도 내 생각을 해주실까?'

그 때 관석과 인석이 쪼르르 관순에게 달려 나온다.

"누나 뭐해?"

관순은 두 아우를 얼싸 안으며 양옆에 앉힌다.

"저 많은 별 들 중에는 우리 식구들 별들도 있단다."

관석이 고개를 들어 하늘을 올려다본다.

"정말?"

관순은 관석의 머리를 어루만진다.

"그럼~ 가르쳐줄까? 저기 큰 별 있지? 은하수 이쪽에 있는 그건 아버지 별, 또 저쪽의 하얀 별은 어머니별, 저기 세 개 있는 중의 큰 별은 오빠 별, 양쪽의 작은 별은 너희들 별이란다."

"에이, 내 별이 제일 쪼그만하네."

관석이 인석을 놀린다.

"네가 작으니까 별도 작지."

관석은 고개를 돌려 누나를 쳐다본다.

"그럼 누나별은 어디 있어?"

"누나별은 지금은 안 보여…."

"왜?"

"지금은 없단다."

"누나 별 없으면 난 싫어."

관순은 동생들을 품 안에 안는다.

"내 별은 말이지, 초저녁에만 나왔다가 들어간단다."

"그건 왜 그래?"

"지금은 저렇게 별들이 모래알 같이 많지 않니? 그러니깐 어떤 별이 누나별인지 잘 모르잖아. 누나별은 아무 별도 안 나올 때 혼자만 나와서 반짝거리다가 사라지는 초저녁별이거든."

관석이 그제야 입가에 미소를 머금는다.

"맞아, 샛별 말이지?"

인석도 이에 질세라 참견을 한다.

"누나 나도 그 별 알고 있어. 제일 크게 활활 타는 것처럼 반짝이는 별 말이지?"

관순은 함박 미소를 짓는다.

"옳지, 그래 우리 인석이도 알고 있었구나."

관석이 순간 다시 또 우울한 목소리로 묻는다.

"근데 그 별이 왜 없어졌을까?"

"하도 다른 별들이 많이 나와서 반짝대니깐 인제 그 별은 없어져도 하늘이 밝아 질 거 아냐. 그 밝은 빛을 다른 별들에게 남겨주곤 자기는 없어지는 거지."

"누나 그럼 나도 초저녁 별 될래. 난 누나하고 같이 있을래."

관석이는 누나의 허리에 팔을 감으며 얼굴을 갖다 댄다.

"우리 관석인 하늘에서도 누나하고 떨어지기 싫은가보다. 저 장경성(長庚星) 곁에 조그만 별 하나 있지? 그럼 저 별을 우리 관석이 별이라고 하자."

관석이가 하늘을 바라보더니, 만세 하듯 두 팔을 벌리며 총총 뛴다.

"그래! 아이 좋아라."

관순이 그런 관석의 얼굴을 품에 꼭 감싸 안는다.

헌병대 분견소에는 자못 심각한 표정의 소장 고야마와 하나오까가 책상에서 펜대를 돌리고 있다. 고야마가 돌연 고개를 갸우뚱 거린다.

"요즘 우리 관내에서 이상한 소문이나 수상스런 점 발견한 적 없소?"

헌병경찰 하나오까가 고야마의 눈치를 보며 대답한다.

"네, 별로…."

하나오까의 말이 끝나기가 무섭게 고야마는 쏘아붙인다.

"별로가 아냐! 아무래도 요즘 조센징들 공기가 심상치 않단 말이야."

하나오까가 얼른 차렷하며 자세를 고쳐 잡는다.

"철저히 감시하겠습니다!"

분견소장 고야마가 한 쪽 눈썹을 치켜 올리며 의미심장하게 입을 연다.

"그리고 경성에서 내려온 유중권 집 계집애를 잘 감시 하도록 하시오."

소장 고야마는 분견소 안을 두어 바퀴 돌고는 자리에 가 털썩 주저앉는다. 이 때 요란한 전화벨이 울린다.

관순이 방 안에서 아버지 앞에 다소곳이 앉아있다.

"내일 장꾼들에게 태극기를 나눠줄 때 각별히 주의 하라고 일렀느냐?"

관순은 천천히 고개를 주억거린다.

"네, 이쁜이와 부덕이가 얼마나 애를 썼는지 몰라요."

유중권도 머리를 끄덕인다. 부녀의 여윈 어깨위로 부엉이 소리가 무겁게 내려앉는다.

"밤이 깊었다. 가서 잠시 눈이라도 붙여라."

아버지의 말에 관순은 조용히 방을 나온다.

✿ 다시 만세를

"매봉산에 올라가야지?"

관순이 눈을 껌벅거린다.

"그럼요."

이소제가 방 안으로 들어와 관순이 앞에 앉는다.

"아직 터진 발도 아물지 않았는데…."

관순은 오히려 이소제의 손을 어루만진다.

"엄니, 걱정하지 마세요."

중권 내외는 대견스런 딸의 모습을 자랑스럽게 바라보면서도 딸의 뒷모습을 오래도록 지켜본다. 그리고 교회당으로 발길을 돌린다.

예배당 앞에는 이미 조인원을 위시해서 동리 사람들이 긴장한 모습으로 매봉산을 응시하고 있었다. 어둠 속에 우뚝 솟아 있는 매봉산을 바라보는 유중권의 눈에는 한 발 한 발 산을 오르는 관순의 뒷모습이 보이는 듯 했다.

매봉산 정상에 올라온 관순은 잠시 눈을 감고 생각에 잠긴다. 하란사 선생이 한 말이 생각이 났다.

"관순아, 네가 우리 민족을 밝히는 등불이 되어다오."

그 의미의 뜻을 이제야 알 것 같았다.

"예, 제가 이 민족의 등불이 되겠습니다."

"고맙다. 관순아. 꼭 그렇게 해다오. 나는 너를 믿는다. 너라면 해낼 수 있을 거야."

"예, 잘 알겠습니다."

환한 미소로 관순을 껴안아주던 하란사 선생이 그리워졌다. 관순은 민족의 등불이 되기를 결심한 뒤 기도를 한다.

"오! 하나님! 이제는 시간이 임박하였습니다. 간악한 원수 일본을 물리쳐 주시고 이 땅에 자유와 독립을 주소서. 내일 거사할 각 사람들에게 더욱 큰 용기와 힘을 주시고 그로써 민족의 평화에 기여하게 하소서. 주여, 함께 하시고 이 소녀에게 더욱 큰 용기와 힘을 주옵소서."

기도가 끝난 관순은 바르르 떨리는 손으로 불을 붙인다. 횃불은 금방 타올랐고 관순은 번쩍 손을 든다. 불빛에 비친 관순의 얼굴도 붉게 탄다.

예배당 앞에서는 긴장과 초조에 쌓인 사람들이 여전히 매봉산을 주시하고 있다. 매봉에 횃불이 오르자 그걸 신호로 갈모봉, 탕구봉, 노족동봉, 봉우리 봉우리 마다 피어오르는 봉화‥ 봉화! 봉화! 중권의 눈에도 인원의 눈에도 손을 꽉 마주잡는 이쁜이와 부덕이, 동순이, 옥금, 도숙, 현숙의 눈에도 감격의 눈물이 한없이 흘러내린다.

매봉산 위에서 봉우리마다 피어오른 봉화를 보고 있는 그들의 가슴은 감격으로 가득 차올라 금방 얼굴까지 뜨거워졌다. 그 얼굴 위로 횃불보다 뜨거운 눈물이 흐른다.

그 시각 분견소 안에는 고야마와 하나오까가 난로를 끼고 앉아서 잡담을 하고 있다.

"오늘밤은 어쩐지 유난히 조용한 것 같군."

고야마가 일어나 창가로 가 밖을 내다보다가 순간 흠칫한다. 멀리 봉우리마다 타오르는 햇불을 본 것이다.

"엉? 저게 무슨 불이오?"

헌병 하나오까가 슬그머니 일어나 창가로 간다.

"네? 뭣 말씀이시죠?"

하나오까가 좀 더 자세히 보다가 보조원을 부른다.

"아니… 어이 보조원! 저게 무슨 불이지?"

보조원들이 곧 다가와 함께 내다본다.

"글쎄요? 뭔 불일까요?"

보조원 하나가 고개를 갸우뚱 하며 머리를 긁적인다.

"혹시 암호로 연락하는 불이 아닐까요?"

다른 보조원 하나가 하나오까에게 말한다. 분견소장 고야마의 눈이 순간 번뜩 빛난다.

"뭣이? 암호? 야! 너희들 가서 당장 알아와!"

보조원들이 일제히 대답하고 나가려는데 수석 김 보조원이 급히 들어온다.

"갈 것 없어! 저거 농사 잘 되라고 이 맘 때면 산신제 지내는 거야. 나가보라고 산이란 산에는 불이 다 붙었으니까."

소장 고야마가 김 보조원을 쳐다본다.

"그게 정말이야?"

김 보조원은 당당하게 대답한다.

"네, 틀림없습니다. 해마다 꼭 산신제를 지내는 풍습이 있습니다. 제가 이 지방 출신이기 때문에 잘 압니다."

고야마는 뭔가 의심쩍다는 듯 연신 고개를 갸우뚱 거린다.

"바보새끼들 같으니⋯. 밤낮 제사 같은 거나 지내봐야 조선 놈들이 별 수 있나."

하나오까가 고야마의 농에 조소를 터뜨린다. 김 보조원은 고개를 돌려 회심의 미소를 짓는다.

1919년 4월 1일 새벽, 예배당 종소리가 힘차게 울려 퍼졌다. 조인원이 힘껏 종을 치고 있다. 아우내 장터를 향해 몰려오는 장꾼들에게 동순, 옥금, 도숙, 현숙, 부덕, 이쁜이가 각각 다른 장소에서 은밀하고 신속하게 태극기를 나눠준다. 다른 길에서도 몰려오는 사람들에게 이소제가 바삐 태극기를 나눠준다. 잽싸게 받아 두루마기 속에 감추는 사람들의 표정에는 비장하고 굳은 의지가 담겨 있다.

아우내 장터, 여러 고을에서 모인 수많은 군중들을 향해 '대한 독립'이라는 큰 깃발이 휘날리는 단상에 오른 조인원이 힘차게 외치기 시작한다.

"지금부터 낭독하는 독립선언서는 전 세계에 호소하는 우리 이천만의 목소리요. 놈들의 총칼이 아무리 무섭다 해도 나라를 도로 찾자는 이 목소리를 막을 수는 없는 것이요! 을사오적과 같은 매국노들이 아무리 간악하기로 삼천리 방방곡곡에서 타오르는 만세의 불길까지 팔아먹지는 못 할 것이요!"

조인원의 외침이 끝나자 커다란 함성소리가 장터에서 울려 퍼진다. 억압과 핍박에 들끓는 민중의 외침은 갈수록 열기가 뜨거워져만 갔다.

한편 고야마는 분견소 안에서 전화통에 매달려 있다.

"아! 모시 모시! 모시 모시!"

전화통을 허둥지둥 두들겨 대는 고야마는 멀리서 들리는 우레와 같은 군중의 아우성 소리에 혼비백산해 넋이 나간 표정이다.

"본대는 아직 안 나오나?"

헌병경찰 하나오까가 다가온다.

"아무리 불러도 나오지 않습니다!"

소장 고야마는 화가 머리끝까지 난 듯 수화기를 내려친다.

"안 되겠다! 즉시 전령을 보내라! 그리고 전원 완전 무장하고 집합하라!"

헌병 하나오까는 보조원들과 황급히 나간다. 고야마가 분견소 안을 둘러본다.

"아니 근데, 김 보조원은 어디 갔나?"

장터에서는 여전히 뜨거운 함성소리가 울려 퍼지고 있고, 관순은 의연하고 당당하게 단상에 올라선다.

"동포 여러분, 그 어떤 힘도 우리의 뜻을 막을 수 없습니다! 하나님은 항상 정의의 싸움터에서 우리와 함께 계십니다! 우리도 힘차게 독립만세를 부릅시다!"

관순은 품 안에서 태극기를 높이 뽑아 쳐들며 목이 터져라 만세를 부른다.

"대한독립 만세!"

일제히 폭발하는 대한독립 만세! 만세! 만세…! 만세…!!!

조인원과 유도기가 커다란 태극기를 들고 앞에 선다. 그 모습을 보고 군중은 일제히 태극기를 높이 든다. 다시 또 폭발하는 만세의 함성소리가 아우내 장터에 소용돌이 친다.

"대한독립 만세!"

관순을 선두로 군중들은 헌병대를 향해 행진을 시작한다.

분견소 마당으로 무장한 헌병과 보조원들이 몰려나온다. 이때 뛰어 들어오는 김 보조원을 소장 고야마가 칼눈을 흘기며 부른다.

"오이! 김 보조원!"

김 보조원은 움찔한다.

"하이!"

고야마가 눈알을 부라리며 명령한다.

"경종을 울려라!"

김 보조원은 놀란 토끼 눈을 하고 대답한다.

"앗! 하이!"

멀리서 들려오던 함성 소리가 점점 더 가까워지고 있다. 종루에 사다리를 타고 올라온 김 보조원은 하얗게 밀려드는 군중들의 함성과 불꽃처럼 타오르는 눈망울들을 보면서 자신도 모르게 뜨거운 눈물을 흘린다.

장터 중앙 길에서 관순을 선두로 태극기를 흔들며 다가오는 군중 속에서 겁에 질린 채 고마다가 그의 가족과 함께 조심스럽게 흘깃거리듯 눈치를 보며 태극기를 흔든다. 그는 만세까지 외치고 있다. 그런 고마다를 유중권이 발견한다.

"이놈! 어디다 그런 더러운 손을 대느냐?"

유중권이 벼락같이 소리치며 앞으로 나오자 군중들 사이에서 와! 하는 분노의 함성이 다시 터진다.

이 모습에 당황한 소장 고야먀는 권총을 들고 군중들을 향해 난사한다.

'탕! 탕!'

중권의 얼굴이 순간 비통하게 굳으며 힘없이 쓰러진다. 옆에 있던 이소제가 중권을 부축한다.

"여보!"

관순도 아버지에게 달려간다.

"아버지!"

관순은 몸부림친다. 와! 하고 몰려드는 군중들이 고야마를 에워싼다. 이때 차량 소리와 함께 기관총 소리가 들린다. 하나 둘 맥없이 쓰러지는 사람들, 아비규환의 아수라장이었다. 일본군에게 대들다 칼을 맞고 쓰러지는 사람들이 대다수였다. 관순과 함께 아우내 장터 독립운동을 주도했던 후배들인 민옥금, 한도숙, 황현숙도 현장에서 붉은 피를 울컥 토하며 순국한다.

유중권을 끌어안고 흐느끼는 관순의 눈에 눈물이 멈추지 않는다. 천안 헌병대로부터 응원군이 오자 기세가 당당해진 고야마는 겨우 군중들 틈에서 빠져나와 곧장 관순의 머리채를 잡는다.

"죽여라! 나마저 죽여라! 이 원수 놈들아!"

관순은 필사적으로 저항한다.

"건방진 계집년! 그렇게 죽고 싶으냐!"

분견소장 고야마는 허리춤에 있던 칼로 관순을 후려친다. 하지만 다행히 관순의 긴 머리채만 잘려나간다.

이때 달려온 군중들이 고야마를 번쩍 들어 내동댕이친다. 땅바닥에 나뒹굴던 고야마는 성난 군중들에게 마구잡이로 구타를 당한다. 그 중 관순의 동네 어르신이 한 명 나서며 말한다.

"관순아! 아버지는 내게 맡기고 어서 집으로 가봐라. 놈들이 우리 동네 쪽으로 몰려갔는데 무슨 일을 저지를지 모른다!"

"네? 우리 관석이, 인석이…!"

관순은 찢기고 피 흘린 흰 치마저고리를 잽싸게 벗어 버린 후 뛰기 시작한다. 들길을 달리는 관순의 얼굴이 흐르는 눈물에 가려 앞이 잘 보이지 않는다.

"관석아! 인석아!"

동생들 이름을 부르며 달려가는 관순의 목소리가 메아리가 되어 되돌아온다.

관순이 마을에 도착하기도 전, 하나오까와 헌병들이 여기저기 곳곳에 불을 지르고 다니고 있었다. 집에 도착하자마자 아우성치는 관석과 인석의 소리를 들은 관순은 미친 듯이 뛰어 들어간다.

불에 타는 집, 그 마당에서 발을 구르는 어린 동생들을 본 관순은 눈이 뒤집힌다.

"관석아! 인석아!"

"누나!"

동생들을 향해 달려가는 관순을 헌병들이 낚아채고 하나오까가 헌병 뒤에서 나타난다.

"이년이 제 발로 걸어왔구나!"

헌병에게 결박을 당해 끌려가는 관순은 있는 힘을 다해

몸부림을 쳐본다.

"인석아! 관석아!"

집 마당에서 끌려가는 누나를 보는 동생 인석과 관석은
발을 구르며 울 뿐이다.

✤ 목숨을 구걸하지 마라

헌병경찰 분견소 마당 가득히 끌려온 군중들은 손발과
허리를 굴비 엮듯 묶인 채 늘어 앉아 있다. 헌병들이 격
검대를 들고 그들 사이로 다니며 심심풀이로 후려친다.

같은 시간 분견소 취조실에서는 수십 명의 남녀가 일부
는 공중에 매달려 있고 혹은 땅바닥에 쓰러져 있고 또 몇
명은 꿇어 앉아있다. 사복경찰들이 웃옷을 벗어부치고 아
귀처럼 달려들어 고문을 한다.

처참한 비명소리, 헌병들의 고함소리… 그야말로 지옥과
도 같았다. 한편 구석에서는 머리에 붕대를 감고 한 눈을
처맨 고야마가 관순을 취조하고 있다. 관순의 헝클어진
머리와 찢겨진 옷자락, 피가 말라붙은 왼쪽 어깨 뒤로 만
세를 부르던 사람들이 끌려와 앉아있다.

분견소장 고야마가 그들을 처연히 보는 관순의 눈길을

따라잡다 비아냥거린다.

"만세를 부르다가 죽는 사람들을 보았지?"

관순은 악에 받쳐 대답한다.

"그래, 보았다!"

고야마가 콧방귀를 뀐다.

"흥… 너도 죽고 싶으냐?"

관순은 입술을 바르르 떨며 분노에 찬 얼굴로 고야마를 똑바로 노려본다.

"죽이고 싶거든 죽일 것이지 웬 잔소리냐?"

소장 고야마가 기가 차는지 잠시 관순을 바라보다 책상 위의 태극기를 집어 든다.

"허! 성깔이 매서운 계집애로구나! 이건 누가 그렸느냐?"

관순은 태극기를 바라본다. 두 눈이 이글거렸다.

"내가 그렸다!"

소장 고야마가 버럭 화를 낸다.

"네까짓 계집애가 이런 걸 그릴 줄 알아?"

관순 역시 버럭 소리를 지른다.

"너는 일장기를 그릴 줄 모르느냐!?"

관순의 말에 소장 고야마가 당황한다.

"흠! 여기 있는 많은 부락에 누가 연락했느냐?"

관순은 한 치의 망설임도 없이 대답한다.

"내가 직접 찾아다녔다."

눈에 힘을 주며 고야마의 태도가 변했다.

"며칠 동안?"

"이레 걸렸다."

"그런 일을 누가 시키더냐?"

"내 마음이 시켰다!"

"음! 그럼 네가 이 사건에 주모자란 말이냐?"

"그렇다!"

긴장감이 팽팽한 가운데 잠시 침묵이 흘렀다. 소장 고야마는 관순에게 한 발짝 다가가 낮은 목소리로 위협한다.

"거짓말하면 어떻게 된다는 걸 알지?"

취조실은 다시 또 숨소리만 들릴 뿐이다.

"배후를 대라!"

관순은 두 눈이 튀어나올 정도로 고야마를 노려본다.

"믿지 못하겠거든 증거를 보여주마!"

그리고 벌떡 일어나서 책상 위에 태극기를 들고 외친다.

"대한 독립 만세! 대한 독립 만세!"

소장 고야마는 눈을 부라린다.

"이런 지독한 계집년 같으니라구!"

고야마는 관순을 후려친다. 관순의 입에서 피가 흐르기 시작하자, 그 피를 입안에서 모아 고야마의 얼굴에 뱉어버린다. 피와 침에 범벅이 된 소장 고야마는 칼을 뽑아 관순을 다시 한 번 후려친다. 이성을 잃어버린 고야마는 쓰러진 관순의 어깨를 잡아 흔든다.

"똑똑히 보여 주마! 나한테 한 짓의 대가가 무언가를!"

고야마는 관순의 머리채를 끌고 뒷문으로 나간다. 뒤뜰에는 대여섯 명의 남녀가 십자가에 매달려 있고 헌병들은 가죽 채찍을 마구 휘두르며 고함을 친다. 그 속에 관순의 어머니의 비참한 모습이 보인다. 뒷문으로 막 끌려 나온 관순은 그 모습을 보고 순간 이성을 잃고 만다. 소장 고야마도 순간 관순의 힘에 못 이겨 손을 놓치고 만다.

"어머니!"

관순은 한달음에 달려가서 어머니를 껴안는다.

"관순아!"

"오! 어머니!"

관순은 실성한 사람처럼 미친 듯이 흐느낀다. 소장 고야마가 관순에게 다가와 머리채를 움켜잡는다.

"시킨 놈이 누구냐? 대라! 대지 않으면 네 어미도 총살이다!"

관순에겐 소장 고야마의 말이 들리지 않는다. 여전히 어머니를 바라보며 흐느낀다.

"어머니!"

고야마가 고함을 친다.

"자백을 할 테냐? 네 어밀 죽일 테냐?"

그 순간 이소제가 악에 받쳐서 고함을 친다.

"관순아! 어미도 죽을 작정이다! 아무 걱정 마라!"

관순은 어머니의 절규에 오열을 한다.

"오! 어머니!"

고야마는 끈질기게 관순을 추궁한다.

"시킨 놈이 누구냐? 대라!"

이소제는 두 눈을 부릅뜨고 소장 고야마에게 소리친다.

"그래, 내가! 내가 시켰다!"

관순도 고야마를 올려다보며 소리친다.

"아니다! 백번 죽어도 주모자는 나 외엔 없다!"

화가 머리끝까지 치민 소장 고야마는 관순을 팽개치고는 허리춤에 손을 올리고선 명령한다.

"저 어미를 쏴라!"

고야마의 말이 떨어지기가 무섭게 헌병 셋이 일제히 이소제를 향해 총구를 겨눈다. 관순의 온 몸이 부들부들 떨리기 시작한다.

"어머니!"

관순은 절규한다. 어머니를 붙들려고 발버둥 치지만 고야마와 헌병의 손에 잡혀 꼼짝달싹 못 하고 있다.

"저놈들에게 목숨을 구걸하지 마라. 너는 자랑스러운 대한의 딸이다. 관순아!"

어머니 이소제는 마지막 한마디를 남기며 요란한 총성과 함께 쓰러진다.

"어머니!"

그 모습에 관순은 온 몸에 힘이 풀려 쓰러지고 만다.

그날 아우내 장터에서 벌어진 독립만세 운동은 일본인에 대한 보복이나 살인 방화가 없는 평화적 비폭력 시위였음에도 불구하고 일제는 무자비하게 폭력적인 진압을 했다. 아우내 장터에서만 19명이 사망하고, 30여명이 중태에 빠졌으며 많은 사람들이 큰 부상을 당했다. 관순의 부친 유중권과 어머니 이소제는 취조도 재판도 없이, 현장에서 무자비한 순국의 제물이 되었다. 또한 관순을 비롯하여 수많은 사람들이 끌려가서 잔혹한 고문과 말할 수 없는 학대를 받아야만 했다.

천안 헌병대 취조실의 밤은 냉기가 흐른다. 하나오까는 집게를 들고 관순의 손톱을 빼고 있다. 관순은 애써 비명을 지르고 싶지 않은 것인지, 그럴 여력이 없는 것인지 마치 시체처럼 멍한 눈으로 바닥만을 바라보고 있을 뿐이다. 헌병 하나가 눈을 부릅뜨고 관순의 얼굴을 손으로 치켜세운다.

"이래도 못 대겠느냐? 이래도…."

다른 헌병이 다시 관순의 손톱을 뺀다. 순간 관순이 얼굴을 번쩍 든다. 사방으로 핏발이 솟구친다.

"앗! 어머니…."

어머니가 눈앞에 스쳐 지나갔는지 관순은 취조실을 멍한 눈으로 두리번거린다. 관순의 얼굴에는 비가 오듯 땀방울이 흘러내린다.

취조실의 밤은 길었다. 천정에 매달린 채로 관순의 눈은 창살 밖의 달을 똑똑히 지켜보고 있다. 순간 헌병이 화로에서 시뻘건 쇠꼬챙이를 들고 관순에게 다가선다.

"자! 대라! 배후는 누구냐? 대라!"

헌병이 쇠꼬챙이를 관순의 등에다 지진다. 피시시… 살타는 소리와 김이 취조실의 천장으로 피어오른다. 관순은 입술을 꼭 깨물고 버틸 만큼 버티다 결국 기절을 하고 만다.

관순은 그렇게 천안 헌병대에서 10일간 갖은 고문을 받고 그녀의 일건 서류와 함께 지방법원이 있는 공주 헌병대로 이송된다. 고갯길 위로 공주 헌병대로 끌려가는 사람들이 보였다. 관순과 남동순 그리고 헌병의 총격으로 부상당한 조인원 등 시위 주도자들은 연신 뒤를 돌아보며 아쉬움을 남긴다.

관순은 한숨을 짧게 내쉰다.

'나를 낳아주고 길러준 내 고향도 이제가면 언제 다시 돌아올는지…. 다리가 떨리고 눈앞이 아찔해 진다….'

'공주 헌병대'란 간판이 붙은 정문을 입초 헌병이 관순을 앞세우고 들어간다. 이 때 안에서 7, 8명의 피고들이 한 줄에 묶여 헌병에게 끌려 나오고 있다.

"관순아!"

그 소리에 걸음을 멈춘 관순은 소리 나는 쪽을 바라본다. 오빠 우석이었다. 유우석이 헌병에게 끌려 나가다가 돌아본다.

"아… 오라버니!"

관순은 자기도 모르게 우석에게 한 발 한 발 다가선다. 우석은 담담한 태도다.

"부모님은 안녕하시냐?"

관순은 할 말이 없는 듯 고개를 숙인다. 무슨 말을 해야 좋을지 눈물이 앞을 가린다. 우석은 눈을 지그시 감는다.

"인석이, 관석인?"

관순은 고개를 천천히 가로 저으며 차오르는 울음을 참아본다. 헌병이 우석의 등을 떠민다. 우석은 끌려가면서 외친다.

"관순아! 부디 몸조심해라! 관순아, 죽지만마라!"

절규하는 우석을 바라보며 결국 관순은 울음을 터트리고 만다.

"오빠! 몸조심해요. 제 걱정은 마시구요!"

관순은 비통함을 참을 수 없어 입술을 깨문다. 하지만

흘러내리는 눈물은 멈춰지지 않는다. 그 때 헌병경찰이 턱으로 어서 들어가라고 재촉한다.

✻ 공주 감옥

기미년 5월 9일.

공주의 유치장 안은 비좁았다. 다른 여성 피고들과 함께 앉아있는 관순에게선 핏기를 찾아 볼 수가 없다. 간수가 유치장 안을 들여다보며 관순을 찾는다.

"유관순! 유관순이 누구냐?"

관순이 고개를 든다.

"나요."

"경성에서 변호사가 널 면회 하러 왔다."

관순이 일어서며 눈을 잠깐이나마 빛낸다.

"쓸데없는 말은 말고… 알지?"

간수는 관순에게 주의를 주며 변호사에게 관순을 가리킨다.

"저 애가 유관순입니다."

변호사는 창살 앞으로 다가선다.

"나는 경성에서 온 정대석 변호사라고 해. 신문에서 유관순, 네 소식을 보고 변호하러 왔다."

정대석 변호사는 일본인 인권변호사 '후세 다쓰지'의 영향을 받은 사람으로 특히 미성년자들의 무죄를 주장하고 인권을 보호하기 위하여 관순의 변호를 맡은 것이다.

말없이 서있는 관순은 정대석 변호사를 보자 입술이 떨리기 시작한다. 정변호사는 손톱이 다 빠진 관순의 손을 보고 두 손으로 그녀의 손을 꼭 감싸준다.

"유관순. 재판정에서 너무 항변하지 않았으면 좋겠다. 고생만 더 될 거니까."

관순은 두 손을 스르르 푼다.

"전 죽음이 두렵지 않아요…. 끝까지 싸우겠어요."

"하루 속히 광명한 세상에 나와야지…."

정 변호사는 그렇게 말을 하면서도 관순의 결심을 바꿀 수 없음을 직감한다. 관순의 눈빛이 순간 더 빛난다.

"나라를 잃어버리고 사랑하는 부모까지 잃어버린 몸이 살면 뭘 합니까?"

정 변호사는 다부진 관순을 보며 한 숨을 짧게 내쉰다.

"그래도 감옥에 있다고 무슨 일이 되는 건 아니지."

관순은 자신의 가슴을 두드리며 외친다.

"삼천리 금수강산이 온통 감옥 인걸요! 어떻게 하면 부끄럽지 않은 최후를 마칠까 그게 걱정입니다."

정대석 변호사는 난감한 표정을 짓고 만다. 아우내 만세

시위 주동자로 붙잡힌 관순과 동순은 미성년자라는 점을 감안하여 범죄를 시인하고 수사에 협조하면 선처하겠다는 제안을 거절한다. 그들은 고문을 받으면서도 협력자와 시위 가담자를 전혀 발설하지 않았을 뿐만 아니라 관순은 더욱 일제에 항변했다. 그래서 혹독한 고문을 더욱 심하게 받았던 것이다. 정 변호사는 관순을 달랠 더 이상의 방법을 찾지 못했다.

공주지방법원에서 열린 재판에서 관순은 당당하게 외친다.

"나는 대한민족의 백성이다. 너희들은 우리 땅에 와서 우리 동포들을 수 없이 죽이고, 나의 아버지와 어머니를 죽였으니 죄를 지은 자들은 바로 너희들이다. 너희는 불구대천(不俱戴天)의 원수다. 우리가 너희들을 징벌할 권리는 있어도, 너희들이 우리를 재판할 그 어떠한 권리도 명분도 없다."

재판장은 관순에게 징역 5년을 선고한다.

"유관순은 소요죄와 내란죄를 적용하여 5년을 선고한다."

정 대석 변호사는 다시 경성복심법원에 상고 한다. 유관순이 받은 소요죄는 집단으로 공공기물을 파괴 또는 폭행한 범죄이고 내란죄는 재판관을 향해 의자를 던지고, 국가보안법을 위반한 죄에 해당되는 중형이다.

✼ 회상

1919년 6월 30일. 관순은 서대문 감옥으로 가고 있었다. 유난히 달이 밝아서인지 지나간 학교 시절이 눈앞에 떠올랐다.

달리는 기차 속, 사람들은 모두 잠들어 있었다. 창가에 앉아 있는 관순은 옆 좌석에 앉은 동순을 바라본다. 그녀의 얼굴을 어루만지듯 스쳐지나가는 달빛 때문인지 아니면 관순의 시선이 느껴졌는지 동순은 감았던 눈을 잠깐 떴다가 다시 감는다.

그녀 옆에 앉아 있던 헌병이 앉아 졸다가 그녀의 시선을 느꼈는지 늑대 같은 눈을 홉뜨고는 관순을 쏘아보는 바람에 그녀도 얼른 창밖으로 시선을 돌린다. 멀리서 울려오는 기적소리와 함께 어머니의 마지막 음성이 들려온다.

"관순아, 저놈들에게 목숨을 구걸하지 마라. 너는 자랑스러운 대한의 딸이다. 관순 내 딸아…."

관순은 갑자기 온몸이 부들부들 떨린다. 잠시 후 그녀는 안정을 되찾고 다시 어린 시절 친구들과 고향의 산과 들에서 뛰어 놀던 추억을 떠올린다. 연이어 이화학당과 친절하고 자상하게 보살펴 주었던 언니들, 존경하는 하란사 선생이 어떻게 되었는지 걱정이 된다.

관순의 눈에 비친 하란사 선생은 대한에서 제일 아름다운 여성이었다. 옷 입는 맵시와 악세사리, 핸드백, 롱부츠 등 모든 것이 관순에겐 신선한 충격이었다. 시골에서 자란 관순은 본적이 없는 세련된 감각의 패션과 헤어스타일, 서양의 매너가 가미된 예의 바른 말씨 등 선생의 행동 하나하나가 떠올랐다.

또한 하란사 선생은 이화학당에서 대한의 독립운동을 위한 비밀결사대인 이문회(以文會)를 만들어 나라를 사랑하는 마음과 심신의 훈련을 시켰다. 또 그런 과정에서 봉사활동도 자주 다녔는데 여기에 관순도 적극 참여하였다. 이문회가 주최하는 여름 성경학교에서 모닥불을 피워놓고 하란사 선생은 기독교 최초의 순교자 스데반의 이야기를 진지하게 들려주었다.

"오늘은 기독교 태동의 결정적인 역할을 했던 스데반이라는 첫 순교자의 이야기를 여러분들에게 해줄게요. 많은 돈을 주고 로마로부터 유대의 분봉왕이 된 헤롯은 먼저 유대인들의 환심을 사기 위해 예루살렘 성전을 보수 합니다. 성전을 46년간 보수를 하지만 그 기간 동안 유대인들의 재산을 갈취하고 많은 유대인들을 죽였죠. 당시 예루살렘 성전을 '헤롯 성전'이라고도 불렀는데 유대인들은 주인 되신 하나님을 믿지 않고 불신과 타락으로 만들어진 성전을 유대인들의 신앙의 중심으로 생각했던 것이죠. 그래서 스데반은 이미 타락하고 부패한 예루살렘 성전에 모인 유대인들에게 당부를 합니다. 스데반은 유대인들이 생각하는 성전은 건물과 같은 공간의 개념이 아니라, 그 곳이 어디든 어떤 곳이든 하나님이 함께 하시는 곳이 성전이라고 설교를 합니다. 하나님은 아브라함을 부르셨고 아브라함은 하나님의 약속에 따라 갈대아우르(메소포타미아)에서 하란으로 그리고 가나안으로 이동하였죠. 그 때 하나님이 섭리하신 모든 곳이 하나님의 성전이라고 주장합니다. '야곱이 벧엘에서 돌베개를 베던 곳도 하나님의 성전이었고, 요셉과 모세, 솔로몬에게 나타나신 곳도 성전입니다.'라고 말입니다.

예루살렘만이 성전이 아니라 하나님이 임재하시는 모든 곳이 하나님의 성전이라는 강력한 메시지에 유대인들은 회개하지 않고 성전을 모독했다는 이유로 도리어 스데반에게 돌을 던졌지요.(사도행전 6~7장) 그 자리에서 스데반은 순교했지만 그 한 사람의 진리는 기독교가 새로운 출발을 할 수 있는 계기를 마련했던 것입니다. 우리도 스데반처럼 씨앗 하나가 땅에 떨어져 썩는다면 그곳에서 새로운 생명이 출발하듯 이 민족을 위해 한 생명이 희생을 한다면 이 민족도 새롭게 출발할 수 있습니다. 할 수만 있다면 우리 이문회가 그러한 길을 가야합니다."

하란사 선생의 열정적인 이야기에 빠져들었던 관순은

스데반처럼 자신의 한 몸을 받쳐 나라의 독립을 이루겠다
고 결심했던 자신의 모습을 되새겨 보게 되었다.

목숨이란, 오직 하나뿐이다. 저들에게 목숨을 구걸하지
말라하시던 어머니 이소제의 모습과 피투성이가 되어 쓰
러지던 아버지 유중권의 모습이 새롭게 눈앞에 선연하다.
쓰러진 부모와 대한제국 나라를 위하여 바칠 몸은, 오직
붉은 목숨 하나뿐이었다. 그 사실이 관순은 새삼 서러웠다.

제 5 장
서대문 형무소

❈ 투옥

　유관순과 남동순이 이감된 서대문 감옥은 처음에는 경성감옥이라 불렸다. 식민통치에 저항하는 대한의 독립투사들을 감금, 투옥시키기 위한 시설이었고 1919년에는 독립 만세의거로 수감된 민족대표 33인을 비롯하여 애국지사와 학생 등 3000여명이 수용되어 있었다.

　유관순과 남동순은 처음에 형이 확정되기 이전의 대기자 신분인 미결수로 청색의 수인복을 입었다. 대부분의 독립 운동가들은 이곳에서 심한 고문을 받게 된다. 고문방법은 다양했고 또 잔인했다. 가늘고 날카로운 송곳으로 손톱 밑을 찔러 고통을 주었고, 심할 경우 손톱을 뽑거나 손등을 찍어 고통을 주기도 했다. 또한 '벽관고문'이라 하여 마치 관을 세워 놓은 것 같은 좁은 공간에 사람을 가두고 앉을 수도 움직일 수도 없게 하여 고통을 주거나 바늘 끝이 안으로 튀어나온 상자 속에 사람을 넣고 고문을 하기도 했다.

지하 고문실에서는 전기고문, 성고문, 고춧가루를 탄 물고문, 공중에 매달아 때리는 일명 '비행기고문' 등 관순을 비롯하여 이곳에 들어온 대부분의 애국지사들은 잔혹한 고문에 시달려야만 했다.

유관순과 남동순이 푸른 수의를 입고 용수를 쓴 채 포승줄에 묶여 법정 문으로 들어섰다. 법정은 삽시간에 조용해지고 관순과 남동순이 자리에 앉는다. 간수가 용수를 벗기자 관순은 얼굴을 돌려 뒤를 본다. 그리운 얼굴들이 꿈결처럼 눈에 선연히 박힌다.

방청석을 메운 월터 교장이하 선생들과 학생들은 얼굴이 부어오른 관순을 안타깝게 바라본다. 그들의 입에서 흘러나온 탄식과 분노와 안타까움은 방청석을 술렁거리게 만들었다.

얼마나 그리워하던 얼굴들인가…. 관순은 방청석을 둘러보며 고개를 숙여 인사를 한다. 학생들은 목이 메어 운다. 여기저기서 흐느끼는 소리가 법정 안을 가득 메운다. 신문기자, 변호사, 판사, 배심원들, 서기들이 속속 입장한다.

"일동 기립!"

"경례!"

경례에 이어서 모두 착석하고 법정은 다시 엄숙해진다. 관순과 남동순이 피고석에 천천히 걸어 나온다.

재판장이 관순과 동순 그리고 법정 안의 사람들을 거만하게 훑어본다.

"이제부터 피고 유관순에 대한 심리를 시작한다."

관순은 재판장 말이 끝나기가 무섭게 따진다.

"나는 당신들에게 심리를 받을 필요가 없소!"

재판장이 잠시 머뭇거린다.

"피고가 심리를 거부하고 있으니, 이 법정에선 검사의 논고를 듣기로 한다."

검사는 곧장 종이 한 장을 들고서 일어선다.

"피고의 죄상을 보면 아우내 장터에서 만세 사건을 주모한 자로써 우매한 농민들을 속이고 순박한 백성들에게 불온사상을 심어 주었으며 귀중한 일본인 목숨을 위협한 것은 과연 대역무도한 죄라 하겠으며 더욱 헌병대에서나 법정에서 끝까지 반항한다는 것은 도저히 개선할 희망이 없다고 생각하여 소요죄 및 내란죄를 적용하여 징역 5년을 구형합니다."

방청석은 삽시간에 물을 끼얹은 듯 조용하다가 작은 소요가 일기 시작하더니 금방 술렁이고 재판장이 봉을 쳐서 소란을 잠재운다.

"변호인의 변론을 듣기로 한다."

관순의 변호사 정대석이 일어선다.

"본 변호인은 사건의 진상을 변호하기 전에 먼저 피고의 성격과 습관, 자란 환경을 잠깐 소개 하겠습니다. 피고는 어렸을 적부터 성격이 활달하고 용맹스럽고 효성도 지극하였거니와 자기가 한 번 옳다고 생각하는 일은 태산이 무너져도 우기고 나가는 그런 특이한 개성의 소유자입니다. 그런데다가 피고의 부친이 종교인이요, 교육자였고 더구나 피고가 공부하던 이화학당은 종교계통의 학교입니다. 이번 만세사건의 주모자가 다 종교계의 인물이었고, 피고도 그 속에서 교육을 받았기 때문에 이 일에 참여했던 것입니다. 그러나 피고는 나이가 열일곱 밖에 되지 않은 미성년이라 세상 사물에 대한 비판력이 아직 없습니다. 그러한 피고의 집에 불을 지르고 부모를 눈앞에서 살해하고 피고의 발톱 손톱을 뽑고 어린 몸을 불로 지지고… 이러한 차마 눈뜨고 볼 수 없는 비인도적 고문을 당하였습니다.

그런 까닭에 피해 의식적 감정을 가진 피고는 법에 대한 반항이 맹렬할 수밖에 없습니다. 더구나 5년이라는 가혹한 언도를 받았으니 법정을 신성하다고 할 수도 없고 판사나 검사의 심리를 옳게 받을 리가 없다고 생각합니다. 판사, 검사, 배심판사 여러분은 이 점에 있어서 깊은 사려가 있기를 바랍니다. 그리고 피고를 아우내 장터에 주모자라고 하나, 본래 만세운동의 주동자는 경성에 33인으로 따로 있지 않습니까? 단지 피고는 2천만 형제가 다 같이 만세를 부르는 그 틈에 끼인 한 소녀에 불과합니다.

새벽에 닭 한 마리가 울면 온 마을 닭들이 따라서 울게 마련입니다. 손병희 선생이 먼저 독립선언문을 낭독해서 동포들 가슴에 불을 질렀습니다. 그러므로 이 사건에 대하여 피고는 아무런 죄도 없습니다. 만일 어떤 부분적으로 잘못이 있다 하더라도 그의 특이한 성격을 참작하시고 나이 어린 미성년의 장래와 사고무친(四顧無親, 사방을 둘러보아도 친척이 없음)한 피고의 정상을 보살피시어 무죄로 판결하여 주시기를 바라는 바입니다."

재판장은 잠시 관순을 바라본다. 그리고는 곧 무거운 표정으로 입을 연다.

"피고 유관순은 방금 변호인이 말한 대로 네 죄를 용서한다고 하면 차후로 그 전의 죄를 회개하고 다시 선량한 사람이 될 각오가 되었는가?"

관순은 재판장의 눈을 강렬하게 바라보며 대답한다.

"나라와 민족의 선량한 사람이 되기 위하여서 목숨을 걸고 싸운 것이었거늘, 내가 무슨 죄가 있다 하시오!"

재판장은 순간 욱한다.

"뭐야?"

관순은 더욱 더 맹렬한 어조로 따지고 든다.

"남의 나라에 무단으로 침입한 도적을 내쫓고 내 나라를 찾겠다는 게 어째서 죄가 된단 말이오!"

"누가 도적이란 말이냐?"

관순의 눈엔 핏대가 선다.

"바로 당신네들이지 누구요?"

재판장의 숨소리가 거칠어진다.

"황공하옵게도 천황 폐하의 뜻을 받들어 법을 집행하는 내 앞에서 무슨 불경한 말이냐!"

관순은 지지 않는다.

"당신네 천황이 나와 무슨 상관이 있단 말이요?"

법복의 재판장이 호통을 친다.

"무엄한 것! 네까짓 것들이 독립을 하면 어쩌겠단 말이냐!"

이대로 재판이 진행되면 불리하겠다 싶었던 변호사는 재판장에게 다급히 다가가 상고를 포기하는 조건을 걸었고 관순은 징역 3년을, 동순은 2년 6개월의 형을 선고 받았다. 방청객들의 고개가 무겁게 내려앉는다.

✿ 상하이 임시정부

한편 일제의 대한제국 침탈과 식민통치를 반대하는 항일 독립운동을 주도할 목적으로 1919년 4월 13일, 중국 상하이에서 임시정부가 설립되었다. 상하이는 교통이 편리하고 쑨원이 이끄는 광동정부의 지원을 받을 수 있는 곳이었다. 또한, 영국, 프랑스, 독일, 미국의 관할 조계(외국인이 행정자치권, 치외법권을 가지고 거주하는 곳)가 있어 일본의 영향력에서 벗어날 수 있는 조건도 갖추고 있었다. 독립지사들은 자신들에게 가장 우호적인 프랑스 인사들의 도움을 받아 프랑스 조계에 살면서 활발한 활동을 펼쳐나갈 수 있었다. 이런 여러 가지 이유로 대한의 독립지사들은 상하이로 몰려들었던 것이다.

상해 임시정부 내무총장 안창호의 주도하에 회의가 진행된다.

"우리의 국호를 먼저 정해야 하겠습니다."

신석우가 먼저 일어섰다.

"대한민국(大韓民國)으로 국호를 정합시다."

여운형도 일어섰다.

"대한이라는 이름으로 나라가 망했는데 또 다시 대한을 쓸 필요가 있습니까?"

신석우가 더욱 당찬 목소리로 여운형을 반박했다.

"대한으로 망했으니 대한으로 다시 흥해 봅시다. 대한 제국의 '제국'을 공화국을 뜻하는 '민국'으로 바꾸어 '대한민국'을 국호로 부르면 어떻겠습니까?"

모두들 고개를 끄덕였다.

"그것 좋습니다. 고종황제께서 창안한 '대한'의 이름을 그대로 사용한다면 많은 사람들이 공감할 것입니다."

대부분의 요인들이 찬성함에 따라 국호를 '대한민국'으로 결정을 하게 된다. 뒤이어 도산 안창호는 세계 언론이 보도한 내용을 임정 요인들에게 보고한다.

"여러분, 일제의 침략주의를 세계열강에게 알리고 그들의 힘을 얻기 위해 대한족의 작가 춘원 이광수가 세계 언론사에 기고를 하였습니다."

자리에 앉은 임정 요인들이 일제히 박수를 친다. 그 소리가 잦아지자 안창호는 계속해서 보도된 내용을 보고한다.

"다음은 3월 13일 뉴욕 타임즈가 '조선인들이 독립을 선언했다.'고 보도했습니다. '알려진 것 이상으로 3·1 독립 운동이 널리 퍼져나갔으며 수천여 명의 시위자가 체포되었다'는 기사입니다. AP통신에서도 '독립선언문은 정의와 인류애의 이름으로 2천만 동포의 목소리를 대표하고 있다. 대한제국의 2천만 민중들은 평화적 시위인 기미독

립 만세의거를 계속해서 벌이고 있다.'라고 자세히 보도를
했습니다. 또한 대한민국 임시정부의 출범으로 만주에서
활동하는 수만의 독립군 투사들에게도 큰 희망을 주고 있
습니다."

임정 요인들은 모두 일어나 힘찬 박수를 친 다음 다시
자리에 앉았다. 임정 회의는 계속해서 진행되었다. 국내의
비밀행정조직망인 연통제와 교통국(임시정부 통신 기관)을 조
직하는 한편 독립신문을 발행하고 각종 외교 선전활동 등
을 힘차게 전개할 것을 결의했다.

그러나 임시정부의 운영자금을 어떻게 조달해야 할지에
대한 의견이 나오자 잠시 침묵이 흘렀다. 그 일에 대해
심각하게 고민했던 춘원 이광수가 자리에서 일어났다.

"대한의 지식인들과 유지들이 더욱 적극적으로 행동에
참여해야 합니다. 지금 대한의 어린 여학생들도 행동하
고 있는데 실천도 행동도 하지 않는 지식인들은 선량한
자들만도 못합니다. 그러니 각 지역 대표들은 지역의 유
지들이 더욱 활발하게 동참할 수 있도록 더욱 촉구해야
합니다."

한 요인이 손을 들고 일어났다.

"그러나 지금 상황으로서는 일제의 막강한 군사력과 감
시망을 뚫고 국내에 잠입하여 임정의 운영자금을 융통하
기란 쉽지 않습니다."

곧이어 여운형이 일어나 임정 요인들에게 제안을 한다.

"여러분들도 아시다시피 기미독립 만세의거는 비폭력 평화 운동이었습니다. 다른 국가의 언론들은 좋은 평을 하고 있지만 그것만으로는 무력을 사용하는 일제로부터 독립을 쟁취하기 어렵습니다. 임정도 하루 빨리 무장 투쟁하여 대한의 독립을 쟁취해야 합니다."

"일제와 전쟁을 하자는 겁니까?"

"그렇습니다. 우리도 무장하여, 무력으로 천하무도한 일제와 싸워서 죽더라도 이겨야 합니다."

이에 많은 사람들이 박수를 치며 찬동했다.

기미 독립 만세의거는 많은 나라에 영향을 주었다. 먼저 중국의 5·4 운동(1919년 5월 4일)에 영향을 주었다. 북경의 천안문에서 일어난 이 운동은 중국의 신민주주의의 혁명의 출발점이 되었다. 또한 마하트마 간디의 비폭력 평화운동으로 유명한 인도의 반영운동에도 영향을 주었다. 그리고 베트남, 필리핀, 터키와 이집트까지 강대국으로부터 독립을 원하는 나라에 희망을 주었던 것이다. 이에 힘을 얻은 임시정부는 도산 안창호를 중심으로 다른 나라와 연합전선을 형성하여 강대국의 침략주의를 배격하기 위한 운동을 활발히 전개했다.

대한민국 임시정부 수립 소식이 국내에 전해지자 대한

제국 고종황제의 다섯째 아들이자 한 때 황태자 후보로 거론되었던 의친왕 이강이 임시 정부에 밀서를 보내 직접 참여 의사를 표시하였다. 그의 밀서는 크나큰 감동을 불러 일으켰다.

의친왕은 1919년 11월 대한민국 임시 정부로 탈출하기 위하여 상복 차림으로 변복하고 만주 안동현까지 갔으나 일본군에 발각되어 강제 송환되었다. 그가 임시 정부에 보낸 밀서에는 '나는 차라리 자유 대한의 한 백성이 될 지언정 일본 정부의 친왕이 되기를 원치 않는다는 것을 우리 한인들에게 표시하고 아울러 임시정부에 참가하여 독립운동에 몸 바치기를 원한다.'라고 진솔하게 적혀 있었다.

‡ 하세가와 총독의 해임

한편 일본제국의 극우 신문이었던 요미우리와 아사히 신문은 '3·1 만세 사건'과 4월 1일 '아우내 장터 만세 사건' 그리고 4월 15일 발생한 '제암리 학살사건(提巖里 虐殺事件)'등을 다루며 조선총독부의 의도대로 축소 보도를 한다. 그러나 아우내 장터 사건에 뒤이어 이어진 제암리 학살사건의 만행은 일본인 기독교 신자들을 더 이상 참을 수 없게 만들었다. 일본인들마저 일본 제국의 헌병경찰의 강경 진압과 하세가와 총독의 폭력적 무단통치에 불만을 품게 된 것이다.

하지만 총독 하세가와는 조선총독부 간부들을 모아놓은 자리에서 감옥의 유관순을 거론했다.

"지금까지 조센징들이 더 이상 일어설 수 없도록 철저히 짓밟았는데도 어떻게 그렇게 쉽게 다시 일어설 수 있단 말인가? 하긴 유관순이란 어린 계집을 보면 이들은 별종들이야. 그들은 어디에서 그런 힘이 나오는지 모르겠어, 도대체 그것이 무엇인지 모르겠단 말이야."

"제 생각에는 일본 사람들은 존엄하신 천황폐하로부터 정기를 받는다고 생각하는 사람들이 많습니다. 그래서 천황폐하를 신으로 생각하고 있죠. 그러나 조센징은 땅으로부터 기를 받는다고 일반적으로 생각을 합니다. 그래서 강산과 땅에 대한 애착이 강합니다."

"땅에서 기운을 받는다고?"

"조선의 지도를 보십시오. 호랑이 형상입니다."

"호랑이라?"

"그래서 호랑이를 잡아 죽이고 있습니다."

"그런 방법으로 기를 죽일 수만 있다면⋯ 그렇군, 호랑이를 잡아 죽이는 방법이 있어. 이번 기회에 호랑이를 완전 멸종시켜버려!"

"그렇게 하는 중입니다."

총독 하세기와는 당장 풍수지리를 잘 아는 사람을 불러오라고 했다. 그리고 그를 불러 조선에 있는 명산과 지기가 나오는 모든 곳에 철심을 박으라고 명령했다.

"철심입니까?"

"그래, 철심이야, 대못박듯 쾅쾅 박으란 말이야. 그놈의 지기(地氣)가 무엇인지 모르지만, 더 이상 그 기가 살아나오지 못하도록, 조선의 정기를 끊어버리란 말이야. 다시는 나오지 못하도록 즉시 시행하라!"

하세가와의 명령은 즉시 실행에 옮겨졌다. 제주도에서 만주까지의 명산과 주요 지역에 쇠말뚝을 박았다. 더 나아가 광개토대왕비를 파괴하고, 중요 문화재의 글자를 지우거나 바꾸어 역사를 왜곡했다.

모든 수단과 방법을 동원하여 조선의 정기를 끊으려 했던 하세가와 총독의 악행은 본토 일본에서까지 거론되기 시작했으나 그는 멈추지 않았다.

하지만 아우내 장터 사건을 통해 만세운동은 불꽃처럼 사방으로 튀어 곳곳에 또 다른 횃불로 피어올랐다.

1919년 3월 31일 경기도 화성시(당시 수원군) 향남면 제암리 발안 장날. 천도교의 이정근이 장터에 모인 사람들

앞에서 '대한독립만세'를 선창했고 그곳에 모인 천여 명이 한 목소리로 만세를 불렀다. 그러나 일본 경찰들이 총을 들고 나타나 위협사격을 하는 바람에 장터는 순식간에 아수라장이 되었다. 일본군에게 쫓기던 시위대가 인근 일본인 소학교에 불을 지르고 달아나자 일본군 헌병대는 주재소로 다가가는 군중들에게 마구잡이로 총을 쏘고 칼을 휘둘러 그 자리에서 이정근과 서너 명이 칼과 총에 맞아 그대로 숨을 거뒀고 그것을 본 군중들은 울분을 토하며 일본인 가옥과 학교 등을 태우고 파손하였다. 이를 보고 겁에 질린 일본인 정미업자 사사카(佐板) 등 43명이 3리 밖삼계리 지역까지 피신하는 일이 벌어졌다.

보고를 받은 하세가와 총독은 보복을 하기 위해 4월 13일, 육군 보병 79연대 소속 중위 아리타 도시오(有田俊夫)가 지휘하는 보병 11명을 발안으로 보냈다.

아리타 부대는 발안에 살던 일본인 사사카와 조선인 순사보조원 조희창을 내세워 마을 주민들을 교회로 불러들였다.

"만세운동의 강경진압과 이제까지 심한 매질을 한 것을 사과하려고 왔으니 교회에 모두 모여주시기 바랍니다."

제암리 주민 가운데 성인 남자들 대부분이 교회로 모여들었다. 부대원 한 명이 명단을 대조해보더니 몇 사람 빠졌다고 순사보조를 부른다.

"홍순진과 노경태 등이 아직 안 왔으니 빨리 가서 불러 오시오."

잠시 후 두 사람이 더 나타난 걸 확인한 아리타 중위는 모여있는 남자들에게 질문을 했다.

"기독교의 가르침은 무엇이요? 누군가 대답해 줄 수 있소?"

안종후 권사가 손을 들었다.

"말해보시오."

"본래 인간은 하나님과의 관계를 가지도록 창조되었습니다. 그러나 인류 조상의 타락으로 인하여 하나님과의 관계가 끊어졌습니다. 그래서 하나님은 독생자 예수 그리스도를 이 땅에 보내셨고 그분을 믿음으로 영접하면 구원을 얻는다는 가르침을 주셨습니다. 그 분을 통해서만이 하나님과의 관계를 회복할 수 있는 것입니다. 다른 종교는 '하라', '말라' 는 금기가 많지만 기독교는 하나님과의 관계를 회복하는 종교입니다. 예수님이 이 땅에 사랑과 자비를 베푸신 것처럼 우리도 사랑과 자비를 베푸는 일을 할 때 온전한 사람이 되는 것입니다."

안 권사의 말이 끝나자 아리타 중위는 아무 말 없이 교회 문을 향해 밖으로 나가면서 부하를 불렀다. 부하 한 명이 쏜살 같이 중위 앞으로 달려왔다. 아리타 중위는 주민들을 돌아보더니 입가에 쓴 웃음을 지으며 밖으로 나와 큰 소리로 외쳤다.

"저들은 가르침과 행동이 달라. 일단 꼼짝 못하게 문부터 못질을 해. 그리고 모두 쏴버려!"

교회를 포위하고 있던 군인들은 못질이 끝나자마자 창문을 통해 안으로 사격을 하고 짚더미와 석유를 끼얹어 불을 붙였다. 교회는 금방 불길에 싸이고 창문을 통해 뛰쳐나오는 사람들도 있었으나 그들을 향한 사격은 멈추지 않았다. 총소리와 불길을 보고 달려 나온 마을사람들은 영문도 모른 체 총탄에 쓰러졌다. 그 뿐이 아니었다. 조선 총감의 하명 지휘 아래 군인들은 온 마을을 쥐 잡듯 사람들을 찾아내어 함께 몰살시킨 다음 인근 고주리로 달려갔다.

"김흥렬 일가부터 찾아내라!"

시위의 주모자인 천도교 김흥렬 일가 여섯 명이 한 자리에서 몰살되었다. 일본군은 그래도 분이 안 풀린 듯 고주리 주민들까지 모두 학살하고 돌아갔다.

3·1운동 시위로 인하여 수촌리 감리교회와 마을이 피해를 입었다는 소식을 듣고 세브란스 의료 전문의인 스코필드 박사(한국명 석호필)가 만세운동의 현장을 찾아가던 중 제암리 마을의 참상을 보고 일제의 잔학함을 국제사회에 알렸다.

이에 일본인 기독교 신자들도 '그것은 너무나 잔인한 행동이었다.'라고 흥분했고 하세가와 총독을 해임해야 한다는 여론이 거세게 일어나면서 결국 하세가와 총독은 1919년 8월 12일 해임을 당했고, 일본 내에서도 다시 등용 되지 않았다.

1919년 9월 초, 조선 제 3대 총독으로 부임한 사이토 마코토(齋藤實, 1919~1927 제3대, 제5대 총독역임)총독은 조선에 처음 부임하던 날, 남대문 역에서 내리다가 강우규(姜宇奎)의 폭탄 습격을 받았으나 구사일생으로 죽음을 면했다.

일주일 후 소식을 들은 일본 외무성 소속 러시아 대사인 시오타니가 급하게 조선총독부를 찾아왔다.

"사이토 마코토 총독, 일주일 전 경성의 남대문 역에서 폭탄이 터졌다면서요? "

"예. 죽다가 살아났습니다. 환영 행사가 폭탄이라니…."

"그래서 제가 왔습니다. 러시아의 상황을 들으시면 조선 통치에 도움이 될 것입니다. 그래서 존엄하신 천황제폐하의 윤허를 얻어 이렇게 급하게 찾아왔습니다."

"고맙소. 어떤 말씀인지 들어봅시다."

사이토 총독은 20대에 미국에서 유학을 한 자수성가형 인물이었다. 그래서인지 여유가 있는 환한 미소로 러시아 대사를 맞이하였다. 잠시 후 기모노를 입은 접대인들이 한국의 전통 차와 맛있는 과일 접시를 각각 테이블에 가지런히 올려놓고 뒷걸음으로 나간다. 잠시 후 시오타니 대사가 먼저 정중하게 입을 연다.

"3·1 만세운동과 관련된 이야기입니다만… 최근에 러시아의 제정(帝政)이 붕괴되었다는 소식은 들어보셨습니까?"

"그 말은 나도 들어보았소."

"러시아도 처음엔 작은 시위로 시작하였습니다. 그러나 결국 러시아 혁명으로 이어졌고 차르(황제) 니콜라이 2세가 작년 7월에 폐위되면서 러시아의 제정 체제까지 붕괴되었습니다."

"그런데 도대체 어떻게 그 짧은 시간에 강대국 러시아가 붕괴될 수 있단 말이요?"

"그것은 제 1차 세계대전이 장기화됨에 따라 러시아 군중들의 생활이 더욱 어려워졌기 때문입니다. 민중들도 처음엔 생존권을 쟁취하기 위하여 시위를 벌였습니다. 당시 페트로그라드의 군중들은 밀가루 반입량이 절반으로 줄어듦에 따라 돈이 있어도 빵을 살 수 없었고 어린이들에게 먹일 우유도 절반으로 줄었습니다. 그런데 우연하게도 3월 8일이 국제 여성의 날이었는데, 그날 여성들도 빵과 우유를 달라며 노동자들과 합세하여 시위를 벌였던 겁니다. 그때 광장에는 수백만 명의 사람들이 몰려들었고 군인들은 그들을 막아내야 했고 그 와중에 한 젊은 장교가 기병대을 지휘하면서 민중들을 거칠게 해산시키려 했습니다. 그 걸 본 민중들이 거세게 저항하며 시위를 계속하자 기병대가 밀리는 걸 본 2열 횡대의 근위병들이 일제히 총을 발사했습니다. 그러나 노동자들의 열기는 분노로 폭발되어 총에 맞고 쓰러지면서도 물러서지 않았습니다. 그들은 혁명가를 부르고 자유를 외쳤으며 시민의 행복과 조국 러시아의 부흥을 외쳤던 것입니다. 민중들의 시위가 더욱 확산되면서 걷잡을 수 없게 되자 차르 니콜라이 2세는 대장 하발로프에게 군대를 보내어 진압하도록 명령했습니다. 하지만 진압하러 간 그 군대가 노동자들 편에 섰던 것입니다. 그 열기로 1917년 10월 혁명이 일어났으며 최초로 마르크스 주의에 입각한 공산주의 국가인 소련 정권이 탄생하게 되었던 것입니다."

시오타니 대사의 설명을 듣던 사이토 마코토 총독은 심각한 얼굴이 되어 입을 꾹 다물고 있다.

"방법이 전혀 없는 건 아니니 너무 염려는 마십시오. 그저 제 우려입니다만, 사실 지금의 조선의 상황이 그 당시 러시아의 상황과 비슷하게 전개될 가능성이 높기 때문에 말씀드리는 겁니다. 미리 주의하는 게 좋을 것 같아서 말입니다."

"방법이라니? 묘안이 있단 말이오?"

"묘안이라기보다는, 지금의 헌병 경찰의 강압적 통치 정책에서 방향을 바꿔보시는 게 어떠하실지…."

사이토 총독은 고개를 끄덕인다.

"지금의 체제가 대일본제국에게도 결코 득이 되는 것이 아닐 것입니다."

"그렇군요. 시오타니 대사, 정말 좋은 조언 잘 들었습니다."

사이토 마코토 총독은 시오타니 대사를 배웅한 다음 책상에 앉아 깊은 생각에 빠진다.

기미독립 만세운동을 통해 표출된 대한 민중의 독립의지와 반일감정은 전 국민을 하나로 뭉치게 만들었다. 전국 각지에서 벌어진 비폭력 평화주의 운동과 일제의 무력적인 진압과 보복 학살은 국제여론을 들끓게 만들면서 일본에게 불리한 상황이 되었던 것이다. 그 때문에 일제는 여론을 무마시킬 수 있는 다른 정책이 필요했다. 일본제국의 내각 수상을 중심으로 한 모든 대신들도 무단통치인 강압적 헌병경찰 통치 정책에 한계를 깨닫고 국제정세의 위기를 극복하기 위한 회유적 문화 정책 통치의 필요성을 인지했던 것이다.

새로운 총독 사이토 마코토의 파견을 통해 기존의 무단통치에서 회유적 문화 통치로 대한의 식민통치의 방향성을 급선회하게 된 것이다. 그렇게 시작된 문화 통치는 겉

보기에는 대한인에 대한 차별을 완화하고 자유를 인정하는 듯 보였지만 실제로는 지하 조직으로 연결된 독립투사들과 지식인들의 지하 활동을 수면 위로 끌어올려, 그들이 누구인지 어떤 활동을 구체적으로 벌이고 있는지를 철저하게 감시 통제하기 위한 방책에 불과했다. 실로 간교한 식민지 회유정책이었다.

그러한 정책으로 일부 시민 단체 활동 및 언론 출판 활동이 제한적으로 나마 허용되기 시작하였지만 아주 기초적인 초등 교육과 농업 교육만이 확대될 뿐이었다. 더구나 조선총독부는 동아일보와 조선일보의 창간을 통해 언론, 출판 등 문화 사업을 지원하는 척하며 자신들이 원하는 방향으로 언론을 통한 여론몰이를 할 계책을 세웠던 것이다. 또한 한일 양국인의 혼인을 장려하여 한국과 일본의 동화 수준을 높여야한다는 일본 내 정치인들의 목소리도 있었다. 혼혈 일시동인의 시작이었다.

일제의 문화정책은 실질적으로 민생 안정보다는 회유를 가장한 기만전술이었다. 문화통치 시작부터 해방 전까지 4,776명의 지식인을 이용한 친일 활동을 적극적으로 시켰으며 민족 분열을 획책하였다.

또한 공산주의자들과 민족주의자들은 서로 독립운동의 방식이 달랐기에 일제는 둘 사이를 이간질하여 같은 민족끼리 적대적 감정을 일으키게 만들었다. 독립투사들은 일제의 심리전에 이용당했으며 한민족은 사분오열되어 같은 민족끼리 치열한 싸움을 하게 되었다. 일제의 농간은 여기에 그치지 않았다. 싸움을 붙여 놓고 뒤에서 부채질까지 해댔다. '한민족은 동족끼리 서로 죽이는 열등민족'이라고 비난하는 등 민족말살 정책으로 유도하였다. 일제가 원했던 문화정책의 숨은 의도는 한반도 내에서 식민 통치를 강화하기 위한 기만정책이었던 것이다.

✸ 8호 감방

서대문 감옥으로 이감된 관순은 3년형을 확정 받았기 때문에 미결수의 청색 수인복을 벗고 기결수의 옷인 적색 수인복으로 갈아입었다. 관순의 적색 수인복 왼쪽 가슴에는 흰색 글자로 三七一 이라는 커다란 수인번호가 쓰여 있었다.

기결수가 되면서 관순에게 가해지는 고문은 날로 심해져 갔다. 그날도 혹독한 고문에 지쳐 쓰러질 것 같은 관순을 여자 간수가 끌고 와 8번 감방 문을 열고 집어던지듯 밀어 넣는다. 감방 안에는 신관빈, 심명철, 임명애, 권애라, 개성에서 기미독립 선언서 80여 매를 배포한 혐의

로 체포된 어윤희, 수원기생 독립운동 주동자 김향화 등
이 같이 수감되어 있었다. 그들은 막 던져진 관순을 보듬
어 안아서 바로 눕힌다. 그 전날도 옥중에서 만세를 부르
다 끌려가 밤새 고문을 당한 터여서 그들의 안타까움은
더 했다.

"어머머… 이거 봐…. 전신에 시퍼런 멍뿐이야."

임명애는 관순의 어깨를 주무르고 다른 여수감자들도
팔과 다리를 주무른다. 관순이 괜찮다며 몸을 일으키려하
자 모두들 그녀를 그대로 누워있도록 다독인다.

"모두들, 감사 합니다…."

관순이 힘없는 인사를 하고 옆자리에 앉아 있는 임명애
의 불룩한 배를 보면서 그녀의 손을 더듬어 꼭 쥔다. 관
순과 함께 8호 감방에 수감되었던 임명애는 구세군 사령
관의 부인으로 임신 중에 체포되었다.

임명애는 후일 출산이 임박하여 1919년 10월 보석으로
풀려났다가 출산하고 11월에 어린 신생아와 함께 다시
감방으로 들어와 수감 생활을 하게 된다.

한겨울 추위에 난방도 되지 않는 감옥은 기저귀가 얼어
붙을 정도로 추워서 갓난아이를 키우기에는 너무도 힘든
곳이었다. 같은 감방 생활을 하게 된 관순은 산모에게 자
기 밥을 덜어주고 오줌 싼 기저귀를 손으로 짜서 허리에
감싸 자기의 체온으로 기저귀를 말려주었다. 그런 17세

소녀의 따뜻한 마음은 같은 수감자들에게 깊은 감동을 주었다.

8호 감방은 좁고 추웠지만 관순의 뜨거운 애국심은 줄어들거나 식을 줄 몰랐다. 그녀는 매일 밤마다 옥중에서 대한독립만세를 불렀던 것이다. 겨울바람이 서대문 감옥의 창살 틈으로 스쳐 들어올 때 수원기생 운동주동자 김향화는 혀를 끌끌 찬다.

"어유, 매일 밤마다 만세를 부르다가 이지경이지 뭐야…."

옆에 여수감이 하소연 하듯 관순을 달랜다.

"이젠 제발 밤마다 부르는 만세는 그만해줘요. 이러다가는 제 명에 못 살겠어요."

관순은 희미하게 웃는다.

"나는 대한의 독립을 절대로 포기할 수 없어요."

관순은 창살 밖에 내리는 눈을 바라보고 있다.

"371번 유관순, 나와. 면회야!"

관순은 간수를 따라 면회실로 들어갔다.

"관순아!"

"애란언니! 어떻게… 여긴…."

관순과 이애란은 서로 손을 마주 잡았다.

"귀엽고 예쁘장했던 우리 관순이 얼굴이… 이렇게 상하

다니…."

"이것이 나라 없이 살아야 하는 사람들의 서러움이에
요."

"말조심해. 그러다 또 혼나면 어쩌려고…."

"내 한 목숨 잃는 건 두렵지 않아요. 나는 살아도 독립,
죽어도 독립이에요. 그런데 예도 언니는 잘 있어요?"

"그래, 잘 있어. 어제 만났거든. 네 소식을 물었더니 여
기 있다고 해서 온 거야. 동순도 같이 들어와 있다며?"

"예, 다른 방에 있어요."

"이렇게 만나니 무슨 이야길 해야 할지 모르겠다. 정
말…. 할 말이 없네."

애란은 관순의 두 손을 움켜잡고 눈물을 글썽인다. 옆에
서 지켜보던 간수가 면회시간이 끝났다고 알려준다.

"371번, 감방으로 돌아가자."

애란은 간수에게 끌려가는 관순을 보면서 흐느끼다 면
회소를 나온다. 마침 감옥소 소장이 슬픔에 젖어 흐느끼
며 나가는 애란을 보다가 옆에 간수에게 누굴 면회하고
가는 여자냐고 묻는다.

"유관순입니다."

"그래? 어떻게 된 관계야?"

"유관순과의 관계는 잘 모르겠지만 저 여자는 이광수의
동생이랍니다."

"저 계집애가 조선 작가 이광수의 동생이라고?"

"예. 그렇습니다."

감옥 소장의 눈이 커진다. 그는 고개를 돌려 애란의 뒷모습을 노려본 다음 바로 전화기를 들어 가와하라 헌병대장에게 보고를 한다.

"이광수의 여동생이라… 아주 잘됐군. 이제야 고삐 풀린 망아지처럼 날뛰는 조선 이광수의 목을 죌 수 있겠어. 이거 재미있게 되겠는데. 잘만 엮는다면 이광수를 옴짝달싹 못하게 만들 수 있겠어. 독립운동을 하는 놈들, 치를 떨게 만들어 놓을 테다. 이광수 이놈, 독 안에 든 쥐새끼로 만들어 놓고 말겠어! 제 놈이 아무리 머리를 굴려도 대일본제국을 이길 수는 없지. 하하하!"

감옥 소장의 보고를 받은 가와하라 헌병대장은 통쾌한 웃음을 거두고 간부들을 모이게 한 다음 이광수를 이용하여 조선민족을 분열시킬 수 있는 계획을 세우고 서대문형무소 소장에게 전화를 걸어 유관순 면회자들을 특별히 감시하고, 보고하라는 특별 지시를 내린다.

밤새 내린 하얀 눈으로 형무소 마당이 새하얗게 변했다. 하지만 감방 안의 분위기는 어두운 기운으로 가라앉아 있다. 병약한 관순을 남기고 석방되는 신관빈과 심명철, 권애라는 연연한 정에 발을 떼지 못한다.

"관순아, 잘 있어."

"관순아, 제발 몸조심해!"

보다 못한 간수가 큰소리로 호통을 친다.

"이것들이, 왜들 이러고 있는 거야? 그동안 감방에서 정이라도 들었다는 거야 뭐야, 이것들이… 여기서 나가기 싫어? 당장 나와!"

그들은 간수의 부릅뜬 눈을 피하면서 하나 둘, 슬금슬금 밖으로 나간다. 마지막 발을 떼던 임명애는 관순의 손을 잡고 억장이 무너지듯 목이 멘 목소리로 관순을 부른다.

"관순아, 나는 오늘 나가지만, 넌 어떡하니? 그래도 너의 친구 동순이 옆방에 있으니 조금은 안심이 된다. 그리고 네가 지난번 말한 하란사 선생에 관하여 내가 나가서 알아볼게. 관순아, 주께서 너와 함께 하실 거야. 힘내, 꼭 다시 만나자!"

관순은 임명애의 품에 안겨 있는 갓난아이의 손을 잡는다. 순간 한 방울의 눈물이 볼 위로 툭 떨어진다. 그 순간 명애가 울음을 참지 못하고 흐느끼며 관순의 가슴에 쓰러지듯 기댄다.

"임명애! 당장 나오지 못해!"

여간수의 불호령에도 임명애가 꼼짝 않고 관순을 안고 있자 간수들이 불같이 감방으로 뛰어 들어가 임명애를 잡아챈다.

"이것들은 석방을 시켜줘도 말썽이군. 빨리 빨리 나와!"

임명애는 간수의 손에 이끌려 나오고, 즉시 감방문이 닫힌다. 그 소리에 관순은 두 손으로 얼굴을 감싸며 마룻바닥에 쓰러진다. 그러나 관순은 바로 일어나 앉고 두 손을 모아 입 속으로 읊조린다.

'주님! 저는 어떤 고난을 당해도 괜찮습니다. 이 한 목숨 바쳐 이 나라를 다시 찾을 수만 있다면 어떤 형벌도 참아내겠습니다.'

관순은 옆에 있는 이신애의 손을 잡는다. 두 사람은 아무 말 없이 서로의 눈빛만 보면서 고개를 끄덕인다.

감방의 밤은 더 깊고 어둡다. 달빛이 아무리 밝아도 감방을 감싸는 어둠만은 걷어내지 못했다. 관순은 감방 창살 위로 소복이 쌓인 눈을 지그시 바라본다. 눈부시도록 새하얗게 쌓인 눈은 그녀의 마음을 위로하는 것 같았다. '주님의 은총이구나!' 어려서 듣던 할아버지 목소리가 들리는 것 같아 관순은 일어나 앉는다. 할아버지! 그녀는 두 손을 모으고 눈을 감았다.

집 마당에 눈이 소복이 쌓인 겨울날이었다. 오빠와 술래잡기를 하다가 이불 속에 숨었는데 그대로 잠이 들었다. 얼마나 잤는지 눈을 부비고 일어난 관순은 엄마부터 찾으며 안방으로 갔으나 아무도 없었다. 부엌으로, 오빠 방으로 식구들을 찾아다녔으나 집안은 텅 비어있었다. 늘 아랫목에 누워있던 동생도 보이지가 않았다. 덜컥 겁이 난 관순은 가족들을 찾아다녔다. 먼저 작은 아버지 집을 찾아갔으나 그곳 식구들도 보이지 않고, 당숙네도 가봤으나 그곳 역시 아무도 없었다. 다른 친척집 몇 군데를 돌아보고 나오는 길에 어디선가 울려오는 찬송가소리에 교회가 생각났다. 언젠가 할아버지 손을 잡고 따라갔던 길을 생각해 낸 관순은 교회로 달려갔다.

찬송가 소리는 더 이상 들리지 않고 사방은 조용했다. 그녀는 교회 문을 가만히 열었다. 제일 먼저 눈에 띄는 당숙의 모습에 관순은 반가웠다. 순간 당숙의 힘찬 목소리가 흘러나왔다.

"주님! 불쌍한 우리나라 민족을 구원해 주시옵소서!"

"아멘!"

교회 안에 있는 모든 사람들이 합창을 하듯 한 목소리를 냈다. 어린 관순은 교회당 문을 닫고 어른들처럼 '아멘!'을 따라 해 본다. 크리스마스 날 할아버지를 따라 당숙모 옆에 앉아서 어른들이 하는 걸 호기심어린 눈으로 지켜봤었다. 그러다 앞자리에 앉아있는 동네어른의 구멍 난 양말을 보고 웃음이 나와 킥킥거렸다. 당숙모가 손가락을 관순의 입술에 댔다. 관순은 깜짝 놀라 입을 꾹 다물었지만 앞자리에 앉은 아저씨의 양말에 난 구멍으로 삐죽이 빠져나온 엄지발가락이 너무 우스웠다. 관순은 웃음을 참다못해 발가락을 잡아당기고 말았다. 앞자리 어른이 휙 뒤를 돌아보며 그녀에게 눈을 치켜떴다. 당숙모가 얼른 고개를 숙여보이고는 그녀의 허벅지를 꼬집었다. 갑자기 관순이 벌떡 일어나며 소리를 질렀다.

"왜 꼬집어요?"

갑자기 모두의 시선이 관순에게 쏠리자 그녀는 도망치고 말았다. 그 뒤부터 집안 식구 누구도 관순에게 교회가자는 말은 하지 않았다. 관순은 문 밖에 나와 어른들이 나오기를 기다렸다. 조금 기다렸는데도 지루하고 심심하던 차에 안에서 찬송가가 흘러나왔다. 관순은 문을 조금 열고 안을 들여다봤다.

"신발 벗고 들어와!"

누군가 속삭이는 말로 관순의 손을 잡아 당겼다. 얼결에 그녀는 신발을 벗고 교회당 안으로 들어갔다. 처음 보는 아주머니인데 퍽 친절하게 자리를 만들어 앉혔다. 관순은 양 옆에 앉은 사람들을 봤다. 안면이 있는 얼굴들이었다. 그들은 관순을 보더니 환하게 웃었다.

찬송이 끝나자 모두들 두 손을 모으고 눈을 감는다. 단상에 오른 작은 아버지가 기도를 한다. 가끔 사람들은 '아멘'을 한다. 그녀도 그들을 따라 '아멘'을 한다. 그리고 다른 사람들처럼 두 손을 모으고 눈을 감았다. 관순은 눈을 깜박거리면서 다른 사람들이 눈을 뜨는 걸 보고 같이 떴다. 찬송을 부르고 당숙이 설교를 했다. 당숙이 단상에서 내려오자 그 자리를 외국인 선교사가 올라가 기도를 한다.

그날 이후부터 주일이면 할아버지가 관순의 손을 잡고 교회를 데리고 다녔다. 할아버지는 기도하는 법을 가르쳐 주었고 찬송가도 가르쳐 주었다. 어떠한 어려움도 하나님께 기도하면 다 들어주신다고 했다. 그런 할아버지의 말은 다 맞는 것 같았다.

잠시 어린 시절로 돌아가 있었던 관순은 흠칫 어깨를 털고 꿈에서 깨어나듯 눈을 깜박이며 주위를 돌아본다. 아! 이곳은 감옥이구나. 할아버지! 그녀는 입속으로 가만히 할아버지를 부른다. 그리고 이어서 입속으로 기도를 한다. '하나님! 저에게 힘을 주세요. 어떤 고난과 시련에도 굴복하지 않을 힘을 주세요!'

그날 밤 관순은 꿈에 할아버지를 다시 만난다.

8호 감방문이 열리고 고문을 심하게 받은 이신애(李信愛, 1891~?)가 들어온다. 관순과 어윤희는 쓰러질 듯한 이신애를 옆으로 눕히고 팔다리를 열심히 주물러 주자 이신애가 의식을 차린다.

"이름이 어떻게 되세요?"

"이신애라고 합니다."

"언니 말씀을 낮추세요. 저는 아직 열일곱이에요. 우리 이곳에서 언니 동생하면서 지내요."

그렇게 말한 관순은 한결 마음이 편해진다. 관순은 팔다리를 거쳐 어깨를 주무른다. 잠시 후 어윤희가 이신애에게 물어본다.

"그런데 이곳에 어떻게 들어오게 되었어요?"

"예, 나는 안국동 광장에서 깃발을 들고 '대한독립만세'를 불렀다가 체포되어 들어왔어요."

"그런데 이렇게 혹독한 고문을 한단 말이에요. 언니 가슴에서 아직도 피가 나와요. 나쁜 놈들, 도저히 용서가 안 돼요."

관순은 벌컥 화를 내며 흥분한다.

"사실은 의친왕을 도와 중국 상하이로 망명시키려다가 종로경찰서 김태석이 조직한 수사망에 걸려들어 만주 안동역(현 단동역)에서 체포되었는데 그때 몰래 빠져나왔어요. 그 후 다시 붙잡히게 된 거에요. 일경은 나에게 배후를 자백 받으려고 내 가슴을 칼로 도려냈어요."

어윤희와 관순이 흠칫 놀라며 윤희는 이신애의 다리를 잡고 관순은 주무르던 윤희의 팔을 잡은 채 그대로 어윤희의 몸에 얼굴들을 묻는다.

"이럴 수는 없어, 사람도 아니야, 언니!"

관순이 글썽한 눈을 들어 어윤희를 쳐다본다.

"정말 장하세요. 정말 잘 참으셨어요."

어윤희가 관순의 손을 잡는다.

"나는 이미 조국에 이 한 몸을 바친 사람이에요. 내가 죽는다 해도 말할 수 없지요."

"언니의 그 말에 저는 더 힘이 솟아요. 그래서 의친왕께 서는 어떻게 되셨어요?"

"알 수 없지만 아마도 다른 곳에 감금되셨을 겁니다."

8호 감방에 있는 모든 사람들은 그녀의 말에 고개를 끄덕였다.

처음 이신애는 상하이 임시정부의 군자금 모금에 주력 하였다. 그 후 조선총독 사이토 마코토를 암살하기 위해 강우규를 자신의 집에 은닉시키기도 하였다. 그녀는 의친 왕 이강의 망명을 도왔으나 실패한 책임을 지고 안국동에 서 대한독립만세를 불렀던 것이다. 독립만세는 조선 아들 딸들의 숨통이었다.

"신애 언니, 나는 여기서 매일 만세를 불러요. 조금 시 끄러울 텐데 괜찮겠어요?"

"그래? 그럼 나도 같이 부르자."

관순은 자신의 당찬 마음을 알아주는 동료가 늘어났음 을 기뻐한다. 순간 이신애는 눈물을 주르륵 흘린다. 관순의 따뜻한 마음과 8호 감방에 함께한 여수감자들의 애국심이 느껴졌을까, 그녀는 서대문 감옥에 들어와 관순과 여수감자들을 만날 수 있었던 것을 하늘에 감사했다. 그들은 그날 저녁에도 관순의 주도로 다함께 힘차게 만세를 불렀다.

"대한 독립 만세! 대한 독립 만세!"

서대문 감옥의 간수들에게 또다시 비상이 걸렸다.

❖ 그리운 동생들

며칠 후 8호 감방의 방문이 다시 열렸다.

"371번 면회다. 빨리 나와!"

관순은 찢기고 터진 참혹한 안색에도 면회라는 말에 놀란 빛이다.

"누가 왔어요? 어른이에요?"

"가보면 알아!"

정대석 변호사가 관순의 마음을 돌리기 위해 보낸 인석과 관석이었다.

"어마나! 우리 동생들이네. 인석아! 관석아!"

관순이 냉큼 앞으로 달려와 구멍으로 손을 내민다. 인석과 관석은 누나의 참혹한 얼굴에 선뜻 다가가지 못하고, 아연실색하며 머뭇거리고 만다.

"관석아, 이리 온, 누나야, 이리 와, 왜 인석이까지 그러고 서있어?"

관순은 슬픔에 목이 메어 손을 흔들며 부른다. 온 몸의 통증이 온몸을 엄습하지만 관순은 의연한 척 버티고 서 있다. 관석이 먼저 한 걸음 다가온다.

"누나…"

목이 메는지 관석은 더 이상 말을 잇지 못하고 두 손을 내밀어 누나가 잡아 준 손을 움켜잡고는 그만 눈물을 왈칵 쏟는다.

"누나…!"

관석은 더 이상 참지 못하고 엉엉 울음소리를 내고, 인석도 누나를 부르며 손을 잡고 울기 시작한다. 일본 간수장이 뒤에서 그들의 모습을 보고 재촉을 한다.

"울지만 말고 빨리들 말을 해야지! 면회시간 곧 끝나는데 울고만 있을 거야?"

관순이 먼저 동생들을 달랜다.

"그래, 어떻게 왔니? 어떻게든 용하게 죽지 않고 살았구나. 오빠는 어떻게 됐니?"

인석이가 울음을 그친다.

"형은 아직도 감옥에…"

인석이의 한 마디에 관순의 뺨에 주르륵 눈물이 흐른다. 동생들도 눈물을 멈추지 못하고 계속 훌쩍거린다.

"누나! 나 여기 못 들어오게 해서 막 울어버렸어, 그래서 형 따라 들어온 거야."

"관석아! 누나가 없더라도 인석이 형 말 잘 듣고!"

관석은 기다렸다는 듯이 일러바친다.

"형이 작년에 날 버리고 혼자 달아났어!"

관순이 놀란다.

"저런! 어째서 그랬니?"

형은 동생을 째려보고, 관순은 그런 동생들이 귀엽고 안쓰러워 또 다시 눈물을 흘린다.

"관석이가 그 때 너무 귀찮게 하길래 잠시 피했을 뿐이야."

"내가 언제 그랬어?"

관순은 두 동생들을 달랜다.

"인석아, 관석아! 우애가 있어야지. 형은 동생을 동생은 형을 서로들 위해야지. 내 목숨처럼 서로를 아끼며 사랑해야 돼. 알았지?"

동생들이 고개를 끄덕거리는데 간수장이 관순에게 다가간다.

"자, 시간이 지났다. 그만!"

간수에 끌려 나가는 관순은 동생들을 향해 미소를 지어

준다.

"인석아 관석아, 누나 말을 꼭 명심해야 돼. 알았지? 눈나 걱정 말고…."

면회실 창살 밖에서 들려오는 동생들의 울음소리에 관순은 애간장이 탄다. 가슴을 쥐어뜯는데 동생들의 목소리가 들린다.

"누나! 누나야!"

관순이 발을 멈추자, 간수장이 관순을 잡아끈다. 하지만 관순은 동생들 이름을 부른다.

"인석아! 관석아!"

간수장이 이번에는 사정없이 잡아끌고 누나를 부르는 동생들 목소리는 점점 잦아진다. 관순의 마음은 더욱 분개하고 더욱 단단해진다. 저녁이 될 때까지 꿈쩍 않던 관순이 저녁이 되자 일어선다.

저녁 9시, 매일 똑같은 시간에 관순은 만세를 외쳤고 감옥에 있는 모든 수감자들도 관순의 목소리를 이어 만세를 불렀다. 이 소문은 서대문 형무소 부근에 널리 퍼져 그 시간대에 지나가던 차량들이 만세소리에 차를 멈췄다고 한다.

형무소장실에서 간수장이 소장에게 경례를 붙이고 나간다. 시계는 8시 50분을 가리킨다. 곧 소장실 벽시계가 아홉시를 친다. 이어서 감방 쪽에서 폭발하는 만세소리에 소장은 벌떡 일어난다.

관순과 함께 어윤희, 이신애, 남동순 등은 매일 같은 시간에 멈추지 않고 만세를 불렀다. 감방 복도에는 감방마다 떠나갈 듯 외치는 만세소리가 이어진다. 이 방, 저 방에서 양동이로 물을 끼얹는 간수들은 늘 하는 일이지만 또 늘 바쁘기만 하다.

다음날 술을 마시고 행패를 부리다가 사복경찰을 두들겨 때린 죄로 서대문 감옥에 잡범 하나가 들어왔다.

"요즘에 하도 사기를 치는 놈들이 많아서 진짜 형사나 리인줄 몰라 뵙고 한대 때렸을 뿐입니다."

"이젠 내가 진짜 형사인지 알겠지. 며칠 들어갔다가 나오면 세상이 달라 보일 거야."

"그땐 제정신이 아니었으니, 한번만 용서해주십시오. 제발. 한대 때린 것 가지고…. 여기는 가장 흉악범들만 들어간다는 서대문 감옥이 아닙니까? 저는 무서워서 이런 곳에 못 들어갑니다. 저를 제발 살려 주십시오. 제발 부탁입니다."

그렇게 서대문 감옥으로 들어온 그 잡범은 민족대표 손병희가 있는 방으로 수감됐다. 사실 그는 잡범이 아니었다. 수감된 그는 독립 운동가들에게 '통방(타벽통보법)'으로 벽을 두드리며 암호로 독립 운동 소식을 전했다. 그의 구금으로 수감자들 사이에서 의사소통이 이루어졌다. 그는 손병희 선생님에게 이제까지 있었던 일들을 자세하게 보고한다.

"선생님, 도산 안창호 선생을 중심으로 상하이에서 임시정부가 당당하게 출범했습니다."

"그래요. 오랜만에 좋은 소식이군요."

"그리고 만주에서 홍범도가 이끄는 부대와 김좌진 장군이 이끄는 독립군 부대가 10여 차례 전투에서 대제국 일본군과 싸워 크게 승리를 했습니다."

그 소식을 들은 손병희와 민족대표들 그리고 서대문 감옥에 수감된 독립투사들은 힘든 시기에도 다시 대한 독립의 새로운 투지와 희망을 느끼게 된다.

1920년 2월 당시, 간도와 만주 연해주의 조선 동포들을 기반으로 조직된 항일 무장단체들은 3·1운동을 계기로 평안북도 갑산과 함경남도 혜산 일대, 압록강과 두만강을 중심으로 한 국경 지방에서 격렬한 무장투쟁을 벌였다. 일제는 국경 지방의 독립군을 뿌리 뽑지 않고서는 조선을 지배할 수 없다고 판단하고 대규모로 군대를 동원하여 독립군 토벌에 나섰다. 이때 홍범도 부대는 북간도 왕청현 봉오동에서 매복하고 있다가 쳐들어오는 일본군을 전멸시켰다(1920년 6월). 또 김좌진(金佐鎭)과 홍범도 등이 지휘하던 독립군 연합부대도 작전상 후퇴를 거듭하면서도 북간도 화룡현 청산리에서 매복하여 일본군 1,500여 명을 살상하는 초유의 전과를 올렸던 것이다. 이를 청산리 대첩이라고 했다.

✲ 옥중 투쟁

새해 1920년 2월 28일.

관순은 3·1 독립 만세운동 1주년이 다가오자 개성에서 독립선언서를 배포하다 체포된 어윤희와 중국 망명을 시도한 의친왕 이강을 도왔다는 혐의로 붙잡힌 이신애 그리고 7호 감방에 있는 남동순과 그 옆방에 있는 이화학당 스승이었던 박인덕 등과 민족대표와 독립 운동가들이 협조하는 가운데 서대문 감옥과 감방 전체에서 '1주년 기념 대한독립 만세 의거'를 벌이기로 계획한다. 통방은 날마다 은밀하고도 부산했다.

1920년 3월 1일 새벽. 진한 어둠이 걷히고 아침 해가 밝아올 때, 관순은 먼저 8호 감방의 창살을 붙잡고 여감방 전체가 들리도록 힘차게 외친다.

"저는 이번 일로 확실히 알았습니다. 일본은 대한제국을 두려워합니다. 우리는 맨 손 뿐입니다. 그런데도 저들은 우리를 겁내어 총과 칼로 법석을 떨었습니다. 여러분! 우리 모두 깊은 잠에서 깨어납시다. 대한의 해방이 눈앞에 다가왔습니다. 용기를 가지고 다 함께 일어납시다. 하나님도 우리를 도울 것입니다. 뭉칩시다. 그래야 왜놈들을 이 땅에서 몰아낼 수 있습니다. 여러분 힘을 냅시다!"

관순은 자신의 옷을 찢어 펼치고 단지(斷指)를 하여 혈서로 그린 태극기를 들고 다시 외친다.

"우리 이천만 동포는 한겨레 입니다. 우리나라는 4천년의 역사를 이어온 자랑스러운 민족입니다. 그런데 왜놈들이 우리나라를 강제로 빼앗아 10년 동안 우리를 못살게 굴었습니다. 우리나라는 우리가 찾아야 합니다. 다 같이 함께 힘차게 외칩시다. 대한 독립 만세! 대한 독립 만세!"

관순의 선창에 따라 8호 감방에서 먼저 '만세' 소리가 터져 나왔다. 관순이 주도한 이 옥중 독립만세는 서대문 감옥 옥사 전체로 퍼져나가 3,000여 명이 넘는 수감자들이 모두 독립만세 시위에 참여하였다.

이에 민족대표 손병희, 권동진, 최린, 박희도, 정재용, 그리고 신한청년당의 선우혁과 이승훈 등이 크게 호응하였으며, 3,000명의 수감자들이 일제히 독립만세를 감옥에서 불렀다. 만세소리는 감옥 밖까지 퍼져 나갔다. 태풍을 막을 수 있는 무기는 이 세상 어디에도 없다는 걸 증명해 준 날이었다.

만세소리를 들은 민중들이 서대문 감옥으로 몰려와 같은 목소리로 독립만세를 부르자 전차가 멈춰 섰고 교통이 일대 마비되었다. 그러자 일제의 기마병들이 출동하여 총을 쏘고 칼을 휘둘러 부상을 당하는 사람들도 많았다. 이는 일제와 세계 앞에 다시 한 번 대한의 자주적 독립 의지를 알리는 계기가 되었다.

창살을 붙들고 만세를 외치던 관순은 고문으로 쇠약해진 몸 탓에 숨이 차 헐떡거렸다. 그 때 간수장과 간수들이 급히 달려와 8호 감방 문을 세차게 열었다.

"371번! 나와!"

간수에게 무참히 끌려 나가는 중에도 관순은 이미 목이 잠겨버린 상태에서도 쉼 없이 만세를 외쳤다. 복도에서 간수장과 간수들에게 질질 끌려가는 관순을 바라보는 동순과 다른 동료들은 그 모습을 보고 소리친다.

"관순아! 조선의 딸 관순아!"

"유관순! 유관순! 유관순!"

다른 죄수들도 관순을 외치며 손을 내민다.

간수장이 죄수들의 손을 곤봉으로 친다.

"모두 시끄럿! 조용히 못해!"

간수장이 아무리 소리 지르고 손등을 내리 찍어도 유관

순을 외치는 소리는 멈추지 않았다.

3월 1일 독립선언문을 발표한지 일 년, 관순은 1주년을 잊지 않고 그날의 기상을 서대문형무소에서 다시 펼친 것이다.

대한독립만세를 다시 힘차게 외친 관순을 끌고 가는 간수의 곤봉은 어린 관순의 몸을 사정없이 내리친다. 그래도 끝까지 포기하지 않는 관순의 혈기에 화가 머리끝까지 오른 간수들은 고문실로 데려가 두 손을 쇠사슬로 묶어 관순이 기절할 때까지 분풀이를 한다. 그때마다 그들은 관순에게 찬물을 끼얹고 관순이 정신을 차리는 것 같으면 더 두꺼운 포승줄로 내리쳤다가 그래도 분이 풀리지 않으면 쇠사슬로 내려쳐 완전 혼비백산이 된 어린 소녀의 몸을 짓밟아 놓고 통쾌한 웃음을 풀어냈다. 그들의 횡포와 비인간적인 고문에도 굴하지 않은 관순의 정신은 영원히 잠들지 않고, 아니 잠들 수 없는 듯 다시 깨어나 그들을 더욱 질리게 만들었다.

일제의 고문에 망가진 관순의 모습은 지하 감옥에 들어가기 전, 1920년 3월 초순 무렵 촬영된 관순 열사의 수형기록표 사진을 통해 잘 알 수 있다. 관순에 의해 만세 소리가 끊이지 않자 소장과 간수장은 지하 고문실에 가두고 갖은 만행을 저질렀다.

지하 감옥의 방은 채 1평도 안 되는, 가로 세로 각 1m 도 되지 않았고 높이는 1.4m로 똑바로 설 수도 없는 공간이었다. 빛 한줌 들어오지 않는 그 곳에 감금되어서도 그녀는 '대한 독립 만세!'를 더욱 끊임없이 외쳤다. 그러나 관순의 만세소리는 더 이상 감방의 어느 누구에게도 들리지 않았다.

 지하 감옥에서 깨어났다 죽었다를 반복하고 있는 관순의 의지는 꺾이지 않았다. 방금 전에도 고문실로 끌려가 손과 발을 묶인 채 채찍을 맞았다. 채찍에 살갗이 찢어지는 아픔에 몸을 틀면 또 다른 채찍이 날아왔다. 사지를 묶인 소녀의 몸은 채찍을 맞을 때마다 사지까지 찢어지는 고통을 당해야 했다.

"이래도 만세를 부를래?"

"이 년은 완전 절단을 내야만 입을 다물 것 같다. 포승줄을 더 조여라, 옴짝달싹 못하게 매달아 놓으란 말이야."

"하이!"

"자, 시작해봐. 등짝은 그만하고 엉덩이를 두들겨 봐! 그래야 매질할 맛도 나지, 어때? 공알이 빠지도록 두들겨 봐!"

 완전히 기절을 한 관순을 땅바닥에 떨쳐놓고 그들은 발로 툭툭 건드려 보다가 물을 끼얹는다. 그래도 아무 기척이 없자 좁은 감방으로 끌어다 집어 던진다.

며칠이나 지났을까. 어렴풋 정신을 차린 관순은 어둠 속에서 거미 한마리가 숨을 죽이고 가만히 벽에 붙어 있는 것을 발견한다.

"불쌍한 것, 무슨 잘못이 있다고 이 지하 감옥에 갇혀있는 거야? 너는 누구를 위해 여기 들어온 거지? 억울한 누명이라도 쓴 거야?"

관순은 거미를 물끄러미 바라본다.

"너도 나처럼 고문을 당한 모양이구나, 그래, 말할 힘이 없으면 그냥 그대로 있어. 나도 숨 쉴 기운조차 없단다. 그래도 나는 다시 일어나야 해. 나는 절대 꺾이지 않을 거야. 우리 부모님을 위해서도 나는 내 목숨 다 할 때까지 내 나라를 지킬 거야. 그래야 부모님을 뵐 수 있을 것 같아. 나쁜 놈들! 내 나라를 위해서 독립만세를 부른 일밖에 없는데 내 부모님들을 너무나 무참하게 돌아가셨어. 우리 아버지, 우리 어머니가 돌아가신 건 내게 너무 큰 형벌이야. 나는 이제 두려운 게 없다. 이 한 목숨 바쳐 우리의 조국을 찾는 다면 우리 부모님도 좋아하실 거야. 너도 기운을 내,"

관순의 말을 알아들은 듯, 거미가 꿈틀거리며 움직였다.

"너도 나처럼 자유를 빼앗긴 거구나? 그럼 너도 나와 함께 독립만세를 부르자."

그리고 그녀는 지하 감옥에서 다시 만세를 부른다. 더

크게, 더욱 큰 목소리로 목이 터져라 외치지만 소녀의 목소리는 밖으로 터져 나오지 않는다.

"대한 독립 만세! 대한 독립 만세!"

소리가 나오지 않자 관순은 목을 치며 몸부림을 치다가 그대로 기절을 한 듯 쓰러진다. 그리고 그녀의 얼굴에 잔잔한 미소가 번진다. 꿈을 꾸는 것이리라.

예배당 안은 잠시 적막이 흘렀다. 전도부인 이옥경 여사를 중심으로 유중권이 앉아 있었다. 조인원이 곧 침묵을 깬다.

"그러면, 이제 공주에서 온 전도부인께서 여러분에게 특별히 전해드릴 말씀이 있겠습니다."

교인들은 일제히 긴장하여 전도부인을 바라본다. 조용히 자리에서 일어난 이옥경은 교인들을 조심스럽게 둘러보고 마지막으로 유중권을 바라본다. 그리고 가벼운 미소를 머금고, 차분한 목소리로 말을 꺼낸다.

"여러 주일학교 어린이 중에 가장 믿음이 깊고 성적이 우수한 관순은 많은 동무들을 주의 품안으로 인도하여 모범을 보였습니다. 그래서 유관순 양을 경성의 이화학당에 보내주신다는 사부인의 말씀을 전해드립니다."

말이 끝나자 일순간에 주위가 소란해졌다. 부러워하는 소녀들의 감탄사도 연신 쏟아지고, 중권은 볼이 빨갛게 상기된 고명딸 관순을 바라보며 미소를 짓는다.

"유관순 어린이가 누구죠?"

이옥경 여사는 주위를 다시 열심히 훑는다. 곧 부끄러운 듯 관순이 일어나고 다른 소녀들은 여전히 부러운 시선으로 관순을 쳐다본다. 이옥경 여사가 관순에게 다가와 다정히 머리를 쓰다듬어 주고 돌아선다. 그 틈에 아이들은 관순을 둘러싸고 거침없이 재잘거린다.

이옥경 여사는 조용히 관순을 불러 교회당을 나온다. 그들은 금방 친숙해져 동리 길을 걸을 때는 서로의 손을 잡고 있었다. 그때, 불쑥 나타난 김 보조원을 보고 흠칫 놀란 관순은 그냥 지나쳐가려고 여사의 손을 끌고 한 쪽으로 비켜간다. 이를 의아히 여기는 이 여사를 아랑곳 않고 관순이는 재차 이 여사의 손을 잡아끈다. 그런 그들을 지나쳐 가던 김 보조원이 순간 획 돌아본다. 무슨 트집이라도 잡아보려는 그의 눈이 빛난다. 이여사가 결국 묻는다.

"지금 그 사람 누구지?"

관순은 낮은 목소리로 대답한다.

"헌병대 보조원인데 저희 오빠를 잡으려 왔나 봐요."

"왜?"

이 여사가 의아해하며 관순을 본다.

"오빠가 일본사람을 혼내줬어요. 오빠는 지금 피신했거든요."

이여사가 고개를 절레절레 흔들고는 고개를 돌려 김 보조원을 흘겨본다.

"착한 우리나라 사람인데 아주 나쁜 사람이 돼버렸군."

멀찌감치 떨어진 길에서 골목으로 들어가려던 김 보조원은 길모퉁이에 몸을 숨기고 멀리 사라지는 두 사람을 슬쩍 고개를 내밀어 노려보고 있다. 관순도 그때 불안한 듯 살짝 고개를 돌리다 김 보조원과 눈이 마주치고 말았다. 달빛에 비친 김 보조원의 눈이 푸른빛을 뿜어내는 것 같았다. 관순은 어깨를 움츠리고 고개를 얼른 돌려버린다.

"늑대 같아."

"늑대? 누가?"

이옥경 여사가 관순이 내뱉은 말에 뒤를 돌아본다.

"금방 지나간 사람요. 꼭 늑대 같아서요."

이 옥경 여사는 관순의 손을 꼭 잡는다.

"늑대라고 다 사납진 않아, 순한 양처럼 착한 늑대도 있거든. 마음 쓰지 말고 어서 가자."

관순은 이옥경 여사와 맞잡은 손을 흔들며 자기 집으로 안내한다. 가족들의 환영으로 옥경은 마음이 흐뭇했다. 더구나 잠자리는 어린 소녀와 함께 하게 돼서 더 좋았다. 관순 역시 시골에서는 만날 수 없는 아름다운 여성과 함께 잠을 잔다는 사실이 마치 꿈만 같아 잠이 오지 않았다. 소녀의 붉은 뺨을 본 이옥경은 일부러 잠자리에 들지 않고 관순이 묻는 말에 일일이 대답을 해 주고 있다.

"선생님, 선생님 이름은 뭐라고 불러요?"

그녀가 해맑게 묻는데 옥경은 쓸쓸히 웃는다.

"난 이름도 없어요. 그냥 전도부인이라고 부르면 돼."

"그래도…."

"밤이 늦었는데 이제 그만 잘까?"

옥경은 가방을 열고 잠옷으로 갈아입는다. 흔들리는 호롱불에 비친 옥경의 하늘하늘한 자리옷이 황홀해서 멍 하니 바라보는데 머리에 리본까지 맨다.

"어머나 선생님. 정말 아름다우셔요."

"그래? 고맙다. 그럼 우리 그만 누울까?"

"네!"

관순이 따라 눕자 옥경이 호롱불을 가리킨다.

"불을 끌까?"

"주무시게요?"

옥경이 웃으며 답한다.

"아니, 달빛이 밝아서 호롱불이 필요 없을 것 같은데?"

옥경의 말이 끝나기가 무섭게 관순은 불을 끈다. 곧 파란 달빛이 방안 가득 퍼지며 환하게 두 사람 얼굴에 비친다. 두 사람은 서로 말없이 한참을 마주본다. 관순이 먼저 입을 연다.

"선생님, 선생님은 얼굴도 이쁘시고 공부고 많이 하셨는데 왜 결혼을 안 하셨어요?"

관순의 질문에 옥경이 흠칫 놀라는 기색을 보였다가 금방 웃는다.

"관순인 별것을 다 묻는구나."

"남들도 다 이상하다고 그래서요."

옥경은 짧게 한 숨을 쉰다.

"저 옛날에 우리 고향에는 내 언니뻘 되는 분이 있었는데 그 분은 이 세상 누구보다도 나를 사랑해 주셨단다. 나도 누구보다 그분을 존경했었지. 그 분은 아주 큰 뜻을 품은 분이셨어. 우리나라가 이렇게 나라를 빼앗기고 남의 앞잡이들에게 학대를 받는 건 모두가 우리 백성들이 우매하고 못 배운 탓이라고 항상 말씀하셨지. 그래서 나라를 다시 찾으려면 무엇보다도 많이 배워야한다고 일본 동경으로 유학을 떠나셨단다."

관순은 알겠다는 듯 고개를 끄덕이다가 불쑥 묻는다.

"그런데 그 분이 어떻게 되셨어요?"

옥경이 울컥하는 듯, 괴로운 듯 눈을 감는다.

"그 분은 일본에 가셔서 공부도 열심히 하셨지만, 나라를 도로 찾기 위해 독립운동을 하시다가… 그만…"

옥경이 말을 잇지 않자 관순은 한 뼘 더 다가간다.

"그래서 어떻게 됐어요?"

옥경은 결국 눈물을 보인다.

"왜놈들에게 붙잡혀 모진 고문을 받다가….”

관순은 입을 크게 벌리고 놀란다.

"네?"

"결국 돌아가시고 말았단다.”

"어쩜….”

"그래서 그 때부터 난 결심했단다. 미약한 힘이나마 그
분의 뜻을 이어 일생을 겨레와 하느님을 위해서 살기
로….”

관순은 할 말을 잃고 눈물을 흘리고 만다. 그걸 감추려
고 이불을 뒤집어쓴다. 옥경은 한 손으로 가슴을 억누르
며 다른 한 손으로는 관순이 덮고 있는 이불자락을 바로
잡아주고는 토닥거려준다.

"괜히 쓸데없는 얘기를 해서 우리 관순이 마음을 슬프
게 했나보구나.”

관순이 이불 안에서 대답한다.

"아니에요. 저도 그분이나 선생님같이 나라를 위해서 훌
륭한 일을 할 수 있으면 좋겠어요.”

"우리 관순이 꼭 훌륭한 일을 할 수 있을 거야. 관순아,
이제 너무 늦었는데 그만 자자.”

관순이 이불을 걷고 빼꼼 얼굴을 내밀어 옥경을 바라본
다. 옥경은 관순을 바라보며 손을 잡아준다. 관순은 그 손
을 두 손으로 포개어 잡는다. 두 사람의 마음이 하나가

된 듯 잠시 침묵이 흐르고 옥경이 먼저 입을 뗀다.

"관순아, 생각나지? 증기기관차가 달리는 고향 길 말이야. 지금 이 순간, 나는 마치 그 기차에 타고 있는 기분이야."

"저도 생각나요. 차창 밖으로 흐르는 고향의 산과 들이 보이는 것 같아요."

"그래 언젠가는 그 산, 그 들판을 다시 볼 수 있을 거야."

관순은 혼잣말처럼 읊조린다.

"언젠가는…."

옥경이 떠나고 그녀는 창밖을 본다.

관순은 흠칫 놀라 잠에서 깬다. 꿈인가? 꿈이었구나. 순간 눈물이 왈칵 쏟아져, 눈앞이 안개에 쌓인 듯 뿌옇게 흐려진다.

✳ 영친왕 이은

1920년 3월 중순, 일본 동경.

춘원 이광수는 영친왕 이은(의민태자, 1897~1970)과 오랜만에 환담을 나눈다. 그들은 언제나 대한의 독립을 염원하는 같은 뜻을 가지고 있었다. 23살의 영친왕은 이광수가 자신의 궁금증을 풀어줄 것이라 믿기에 함께 있을 때면 국정에 대해 논했다.

"조선의 외교정책은 당시 쇄국정책 밖에 할 수가 없었습니까?"

이에 춘원 이광수는 영친왕의 이해를 돕기 위해 자세하게 설명을 한다.

"조선 왕조의 외교정책은 병자호란 이후 청나라를 중심한 사대교린주의(事大交隣主義)로 굳어지면서 척양척왜를 일관하는 정책이었습니다."

"어찌하여 조선은 사대교린주의를 선택한 것입니까? 좀더 알기 쉽게 설명해 줄 수 있겠소?"

"예, 폐하. 사대교린주의라 함은 조선과의 조공관계로 맺어진 중국 중심의 기본 외교 정책을 말합니다. 사대란 명나라에 대한 외교책이며 교린은 여진족과 일본에 대한 외교책을 말합니다. 사대교린의 형태는 사실상 오랜 옛날부터 시행되어 왔습니다. 예를 들어 고구려 때에는 한나라, 북위, 수나라 등 중국에서 강성한 왕조가 들어서면 조공 책봉관계를 맺고 외교적 이익을 도모하였습니다. 고려 때에도 송나라, 금나라가 강성할 때 그러한 외교 정책으로 국제적 안정을 취하는 한편 주변 약소민족에게는 회유와 토벌 정책을 실시하였습니다."

"우리 조선도 약소민족을 토벌한 적이 있습니까?"

"예, 쓰시마정벌을 했던 일이 있습니다."

"쓰시마를요?"

"예. 쓰시마는 조선과 일본 양국 사이에 중개를 하며 살아가는 민족이었지만 그 토지가 척박하여 식량을 밖에서 구해야 생활을 유지할 수 있었습니다. 그래서 쓰시마는 고려에 조공을 바치고 동시에 미곡을 받아갔습니다. 그러나 쓰시마에 기근이 들 때면 그들은 해적으로 변하여 해안을 약탈하였고 조선 세종 1년(1419년)에는 이종무가 병사를 이끌고 왜구의 본거지인 그곳을 정벌하였던 것입니다."

"그랬었군요. 그렇다면 사대교린은 우리 조선의 입장에서도 동아시아 지역의 평화와 질서를 유지하면서 실리를 챙긴 외교정책이었군요."

"예, 그렇습니다."

"그런데 흥선대원군 때 전국 200여 곳에 척화비까지 세울 필요가 있었을까요?"

"사실 척화비를 세우기 전에 문제가 하나 발생합니다."

"문제가?"

"예. 고종황제께서 어린 나이에 왕위에 오르자 아버지 흥선대원군께서 정권을 유지하게 되었는데 초기에는 러시아를 견제하기 위하여 프랑스와 교섭을 시도하였습니다.

그런데 독일인 에른스트 오페르트(Ernst Oppert)가 흥선대원군의 아버지 남연군의 묘를 도굴하는 일이 발생하였습니다. 그 사실을 알게 된 흥선대원군은 '오랑캐 놈들하고는 더 이상 수교를 할 수 없다'며 분통을 터트리고 수교통상 반대를 하게 됩니다. 이것이 조선 말기 쇄국정책에 직접적인 원인이 된 것입니다."

"독일인 한 사람의 실수가 나라의 운명을 바꿔놓았군요."

"예 그렇습니다. 그 일로 흥선대원군께서는 서양인을 믿을 수 없다며 전국에 척화비를 세우셨던 것입니다.

"비문의 내용을 기억하고 있소?"

"洋夷侵犯 非戰則和 主和賣國(양이침범 비전즉화 주화매국)

戒我萬年子孫 丙寅作 辛未立(계아만년자손 병인작 신미립)."

영친왕이 춘원의 말을 받아 우리말로 뜻을 푼다.

"즉 '서양 오랑캐가 침입하는데 싸우지 않으면 화해를 하는 것이니, 화해를 주장하면 나라를 파는 것이 된다. 우리의 만대자손에게 경고하노라. 병인년에 짓고 신미년에 세우다.' 내 말이 맞소?"

"네, 전하!"

"그렇다면 우리네 대한제국과 비교하여 일본제국의 개방 정책은 어떠했습니까?"

"1868년 메이지유신(明治維新)이 일어나기 전 일본 열도는 막부시대의 번주(藩主, 성주)를 중심으로 많은 나라들이 실제로 존재하고 있었습니다. 번주들은 끝임 없이 싸워야 했고, 백성들은 내전에 항상 시달려야 했습니다. 그러나 메이지 유신의 주역들은 하급 무사들로 대부분 유학파들이 많았습니다. 그들은 번주나 자신들 보다 신분이 높은 사무라이들과 싸우기 위해 메이지 천황을 치켜세우며 국가 지배를 위한 도구로 이용했습니다. 그들은 '천황은 신의 나라인 일본을 통치하는 현인신이다. 일본인은 신의 자손이다. 천황을 위해 기꺼이 죽을 수 있어야 한다'는 논리를 내세워 민족적 나르시즘에 도취되기 시작합니다. 그런 그들은 일본천황의 권위를 내세워 국민을 지배했고 전쟁을 향해 달렸던 것입니다. 1860년 상인출신이었던 사카모토 료마(坂本龍馬)와 군부를 장악한 그들은 군사력을 증강하기 위하여 미국 페리제독의 흑선과의 교역을 적극적으로 추진하였으며 페리제독은 남북 전쟁에서 사용할 최신무기인 대포와 연발 기관총을 팔아 일본을 전쟁의 소용돌이로 몰고 갔던 것입니다. 결국 막부의 사무라이들은 현대식 무기와 군대에 지고 말았던 것입니다. 조선에 대하여 일본은 페리제독과 똑같은 방법으로 조선의 개항을 요구하였고 그 빌미로 운양호 사건을 일으켜 강화도 조약을 맺었던 것입니다."

춘원의 열변에 영친왕의 얼굴이 점점 붉어져갔고, 춘원은 목소리를 낮추어갔다.

"폐하, 진정하십시오. 일본은 메이지 유신을 통해 더욱 근대화 정책을 추진하였습니다. 매해 젊은 인재 5명씩을 선발하여 영국, 미국, 프랑스, 독일 등 서양에 유학을 보냈고 그 나라의 장점을 배우고 익혀서 일본으로 돌아온 그들이 배워 온 정치, 사회, 과학, 군사 운영 방법까지도 적극적으로 활용했습니다. 그러나 조선은 세계정세와 과학문명의 새로운 시대를 이해하지 못하고 유림들은 성리학만이 최고의 학문이라고 자만하며 나라의 인재를 양성하지 않았습니다. 쇄국 정책만이 이 나라를 보호할 수 있는 유일한 방법이라고 위정자들은 생각했던 것입니다."

"그랬었군요. 그런데 춘원은 참으로 박식하오. 춘원 선생과 이런저런 이야기를 나누면 내 속이 후련합니다."

"황공하옵니다. 폐하"

"내가 부족해서 대한제국이 이렇게 된 것 같소. 비탄에 빠진 이 민족을 어떻게 해서든 구하고 싶소. 내가 할 수 있는 일이 있으면 솔직하게 알려주시오. 어떤 일이든 하겠소."

"예, 알겠습니다. 폐하."

"그럼 내일도 이곳으로 와주실 수 있겠소?"

"예, 그렇게 하겠습니다."

다음날 영친왕 이은은 신문을 통해 고국의 소식을 알게

된다. 요미우리신문과 아사히신문에 '서대문 감옥에서 1 주년 조선만세 소요사건이 일어났다.'라는 짤막한 기사가 실린 것이다.

신문들은 사건을 공공질서를 문란하게 하는 행위 정도로 축소하여 보도했지만 무엇인가 고국에서 큰일이 났음을 알아차린 영친왕 이은은 깊은 고민에 빠진다.

'이 기사의 진실은 도대체 무엇이란 말인가?' 혼잣말로 중얼거리던 영친왕이 때마침 이광수가 들어오자 반색을 한다.

"어서 오시오, 춘원 선생."

춘원이 의자에 앉기도 전에, 영친왕은 궁금증을 감추지 못한다.

"오늘 아침 신문을 읽었소. 그런데 서대문 감옥에서 3·1 독립 만세운동 1주년이 되는 날에 만세를 불렀다고요. 고국의 백성들은 빼앗긴 나라를 되찾기 위해 옥중 투쟁까지 하고…. 독립에의 의지가 식을 줄 모르는 군요. 이렇게 이곳에 앉아 속수무책으로 빈둥거리는 내가 너무 싫고 너무 부끄럽소."

"폐하, 무슨 그런 말씀을 하십니까?"

"그런데 이번엔 독립만세를 누가 주동한 것이오?"

"믿을 수 없겠지만 유관순이라는 소녀이옵니다."

"소녀라구요?"

"예, 17세에 고향에서 만세운동을 하다 부모 모두 왜놈들에게 총을 맞고 쓰러졌답니다. 지금 서대문 형무소에 있는데 저녁 9시만 되면 만세를 불러 모든 수감자들을 깨운답니다. 그 소리에 그곳 형무소는 만세소리로 요란하여 지나가는 차량들을 멈추게 한답니다."

영친왕 이은은 유관순이라는 이름을 이광수로부터 처음 듣는다.

"처음 듣는 이름인데… 그 어린 소녀가 독립투사란 말이요? 18세 소녀가 어떻게 대한의 만세운동을 주동할 수 있단 말이오. 그 소녀에 대해 더 듣고 싶소. 더 자세히 설명을 해보시오."

"유관순은 이화여고 1학년 재학 중에 3·1 독립만세운동에 참여했습니다. 그런데 총독부는 학생들이 매일같이 만세운동을 하자 학교에 임시 휴교령을 내렸습니다. 그러자 유관순은 고향 천안으로 내려가 음력 3월 1일, 양력으로는 4월 1일에 천안 아우내 장터에서 만세운동을 벌였고, 일경에 의해 주동자로 체포되어 공주 형무소에 유치되었다가 3년 형을 구형 받고 서대문 감옥에 수감되었습니다."

"이화여고 1학년이 주동자라? 이해가 안 되는군요."

"유관순이 고향에서 만세운동을 주동할 때, 자신의 부모님과 친구들, 후배들도 같이 만세운동을 벌였는데 일제의 총칼에 그들이 희생된 것입니다. 그런 그녀가 서대문 감옥에 들어가자 매일같이 독립만세를 옥중에서 불렀습니다. 어떤 날엔 하루에 5번 연속적으로 독립만세를 불러 간수들에게 혹독한 고문을 받았다고 들었습니다."

"하루에 5번씩이나! 그것이 사실이요?"

"예, 그렇습니다. 그렇게 매일같이 만세를 부르자 그곳에 수감된 민족대표와 독립 운동가들도 소녀 유관순의 영향을 받아 올해도 3월 1일 수감된 3,000여 명과 함께 감옥에서 독립만세운동을 일으킨 것입니다. 그때 만세소리가 서대문감옥 밖까지 들려 시민들도 같이 동참하게 되었다고 합니다."

"그래서, 유관순은 어찌되었소?"

"그녀는 지금 지하 감옥에 수감되어 이루 말할 수 없는 고문과 치욕을 받고 있습니다."

영친왕은 갑자기 자신의 가슴을 움켜잡으며 눈에 고이는 눈물을 삼키느라 자꾸만 고개를 쳐든다.

"나는 이제까지 내 민족을 위하여 아무것도 한 일이 없었소. 그런데 소녀 유관순은 옥중에서도 나라를 위해 나보다 훨씬 위대한 일을 하고 있는데 어찌 내가 가만히 있을 수 있겠소…."

더 이상 말을 이어가지 못하다 영친왕 이은은 호흡을 가다듬고 잠시 후 비장한 결의를 한 듯 춘원을 부른다.

"춘원 선생, 내가 만일 일본 황실의 마사코와 결혼을 한다면 독립 운동가들과 유관순은 사면을 받을 수 있는 것이오?"

이광수는 한참을 고민하다가 천천히 대답을 한다.

"예, 폐하. 관례상 특별사면이 있을 것입니다. 그런데… 유관순이… 워낙 완강해서… 지하 감옥에서도 독립만세를 외치고 있습니다. 유관순의 완전한 석방은 어려워도 모든 수감자들과 함께 감형은 이루어 질 것입니다. 그런데 일본 황실과 결혼을 한다고 발표하시면 반발도 만만치 않을 것입니다."

"유관순과 독립 운동가들을 하루 빨리 자유롭게 풀어줄 수만 있다면… 치욕일지라도 결혼을 하겠소. 그들에게 조금이나마 힘이 되어 줄 수만 있다면… 내가 무엇이든 하겠소."

'임금이 죽어야 백성들이 산다. 들풀처럼, 만백성이 살아야 나라가 선다. 강산은 새롭게 돋아나리라.' 영친왕은 중얼거렸다.

영친왕 이은이 일본 황족 나시모토 노미야 마사코(梨本宮 方子)와 1920년 4월 28일에 결혼할 것을 발표하자 대한의 민중들은 흥분하여 영친왕 이은을 비난하기 시작한다. '영친왕이 원수의 일본 여자를 취했다.', '오늘부터 영친왕을 존칭하기를 폐한다.'는 등의 큰 소동이 벌어졌다.

하지만 볼모로 잡혀간 영친왕 이은은 자신의 정략결혼이 일제의 계략이라는 것을 알면서도 그것이 대한의 독립을 위한, 독립 운동가들을 돕기 위한 최선의 방법이라고 생각했던 것이다.

대한의 영친왕과 일본 황족 마사코의 결혼이 발표됨으로서 전국의 정치범으로 수감된 독립운동가 5천여 명이 사면을 받았다. 그때 유관순도 3년에서 1년 6개월로 감형이 된다. 그러나 일본제국은 정략결혼을 통해 대한제국의 황족의 순수 혈통의 씨를 말살시켜 독립운동의 구심점을 없애려 했던 것이다.

‡ 밀정

이광수는 일본에서 영친왕 이은과 마사코 왕비를 만난 후 한국으로 돌아와 동생 애란의 집으로 갔다. 그러나 애란은 집에 없었다. 옆집 아주머니가 대문을 열고 들어오며 한숨을 내쉰다.

"세상에 나라꼴이 어떻게 돌아가는 몰라. 분하다고 지닭 잡아먹는 꼴이지. 잡으려면 왜놈들을 잡아야지…."

인기척에 애란의 방에서 나오던 이광수는 옆집 아주머니를 보자 깜짝 반긴다.

"아주머니…"

아주머니가 눈물을 글썽인다.

"아니, 자네… 왜 이제야 나타나는 거야. 자네 여동생이 괴한에게 습격을 받아 죽었어. 이 일을 어쩌면 좋아, 빨리 가봐."

이광수는 옆집 아주머니로부터 여동생 애란이 죽었다는 말을 듣고 넋을 놓는다.

일주일 전, 유림의 대표들이 수원 향교에 모여 현 시국에 대하여 논의를 했다. 유교의 사회적, 정치적 영향력이 다른 종단에 비해 현저히 줄어드는 현실에 그들은 한 숨을 내쉬며 한탄을 했다.

"일제에 의해 신식 교육이 들어오면서 과거제도가 폐지되고, 향교의 기능도 점차 약해지고 있소."

"그렇습니다. 지금 백성들은 우리 유교를 망국의 책임과 결부시키고 있고 유교의 대중적 지지기반은 상실되어 가고 있습니다. 대감, 어쩌면 좋단 말이요."

"그 원인은 일본의 역사가들과 친일파들이 식민사관을 통해 유교에 대하여 혐오감을 부추기고 있기 때문입니다."

"3·1운동 이후, 총독부는 향교의 운영 자금을 갈취하고 있소이다. 그 자금으로 일본의 동화정책과 친일파 육성에 사용하고 있습니다."

"동화정책이 뭐요?"

"이광수, 최남선 같은 놈들을 회유하여 친일파를 만들기 위한 자금으로 사용한답니다."

"뭐야? 우리 돈으로 그놈들을 배불린단 말이요? 그럴 순 없지."

"그 미친 이광수가 〈무정〉이란 책을 써서 조선의 근간인 유교를 뿌리 채 흔들어 놓고 있소. 더 이상 날뛰고 다니는 것을 눈뜨고 못 보겠소."

"그놈을 어떻게 해서든 내손으로 혼쭐을 내주겠소."

"그렇소이다. 조선 왕조 500년을 지켜온 유림의 위상이 현저히 저하된 것은 다 이광수, 최남선과 같은 미친놈들이 설치고 다니기 때문이요."

"이광수(李光洙)는 빛 광자가 아니라, 미칠 광(狂), 짐승 수(獸)를 써서 미친 짐승이요. 그 미친 짐승을 혼을 내줘야 합니다."

"괜찮을까요?"

"하긴, 그놈은 총독부의 보호를 받고 있소. 잘못 건드렸다간 우리 유림이 또다시 뒤집어 쓸 수 있으니 조심은 해야겠지요."

헌병경찰 가와하라의 지시를 받은 밀정은 흥분한 유림

에게 다가가 이광수의 여동생 이애란이 살고 있는 곳을
알려준다.

"제가 그자의 여동생이 살고 있는 곳을 압니다. 그자의
여동생을 먼저 손봐주는 것이 좋을 듯합니다."

"알겠소. 이것은 비밀로 해야 하오."

"물론이지요."

그리고 그날 밤, 이광수의 여동생 이애란은 괴한에게 성
폭행을 당하고 죽는다. 이광수는 여동생의 죽음과 조선인
들의 무지에 대하여 비통해 하면서 깊은 충격과 고뇌에
사로잡혔다. 부모 없이 자란 유일한 혈육이었다. 겨우 정
신을 수습한 후 전통상이 아닌 조선총독부의 의례준칙에
따라 동생의 상을 치뤘고 그것을 지켜본 다른 유림들은
더욱 참을 수 없어 격분을 했다.

"저 미친 짐승을 좀 보게. 더 이상 조상님께 면목이 없
어. 이 일을 어쩌면 좋겠나."

"장례식까지 일본식을 따르다니… 이제 조선은 완전히
끝장이 났어, 끝장이 난 거야."

이광수는 조선시대의 전통 상복과는 달리 서양의 영향
을 받은 일본식의 상복을 입었다. 우리의 전통 상복인 굴
건제복(거친 삼베로 만든 옷)이 아닌, 검은 양복 위에 두루마기
와 두건을 썼다. 그리고 왼쪽 가슴에 나비모양으로 매듭
한 검은 리본과 왼팔에 검은 완장을 달았다. 장례식장에

서 팔에 일제식의 완장을 차서, 항일인사들이 장례식장에서 모임을 갖거나 집회를 열지 못하도록 하기 위함이었다.

　현대의 상장(喪葬)문화는, 여전히 일제의 잔재로부터 시작되었으며 장례식장에서, 일제식의 완장을 차는 상례는 지금까지도 끊이지 않고 우리 곁에 남아있다.

‡ 선택

　제국의 사이토 마코토 총독은 조선총독부로 이광수를 불러들여 여동생 죽음에 애도의 뜻을 표한다.

"동생의 죽음은 안타깝게 되었소."

"……."

"오늘 춘원과 이런 저런 이야기를 하고 싶어서 불렀소. 간토 대지진이 일어날 때 조선의 독립군과 일본에 있는 조선인들이 폭동을 진짜 일으켰다면 일본은 조선을 포기할 수도 있었소."

"일본은 그것이 두려워서 조선인들을 학살한 것이 아닙니까?"

　춘원은 총독을 쏘아보며 말한다.

"솔직히 말하면 그럴 수도 있죠. 그러나 사회주의화 되어가는 일본을 바로잡기 위해서는 불가피한 조치였다고 생각하오. 만약 일본이 사회주의 국가가 된다면, 조선도 큰 혼란에 빠지는 일은 시간문제지요. 그것을 우리 일본이 먼저 막아준 거라고나 할까… 아무튼."

"그러나 관동대지진을 빌미로 자경단이 무고한 조선인을 6,600명이나 학살한 것은 비틀어진 사무라이 조직 문화를 일본제국이 가지고 있기 때문입니다. 맹목적으로 충성하고 그 명령을 정신세계로 극복하는 것이 훌륭한 사람인 것처럼 몰아가기 때문입니다. 그것은 미친 짓입니다."

"관동대지진으로 일본인은 무려 20만 명이 죽었소. 20만 명. 그 이야기는 이제 그만 합시다. 어차피 죽은 사람을 다시 살릴 수는 없소. 그러니 지금부터 우리가 힘을 합쳐 새로운 조선과 새로운 일본을 함께 만들어 보면 어떻겠소?"

"……."

"또 한 가지, 허영숙은 내가 키운 귀여운 강아지인데 춘원의 품으로 갔더군… 춘원이 허영숙을 시켜 빼돌린 서류는 진짜요."

이광수는 순간 긴장을 한다. 그러나 사이토 마코토 총독은 천천히 차분하게 말을 한다.

"긴장할 것은 없소. 지금 당장 춘원을 어떻게 할 것은 아니니까… 그러나, 춘원에게 한 가지 부탁이 있소. 꼭 들어줘야 하오. 그렇지 않으면 너무 많은 희생이 따를 것이요."

"그것이 무엇입니까?"

"나는 지금 춘원이 사랑하는 민족을 배신하라는 이야기를 하는 것이 아니요. 춘원이 민족을 살리라고 부탁하고 싶소. 영국의 스코틀랜드를 알고 있죠?"

"예, 잘 알고 있습니다."

"대한조선이 스코틀랜드를 참고하면 이해가 쉬울 거야. 영국의 보호를 받고 있는 스코틀랜드처럼, 한국도 일본의 보호를 받으면 되는 것이요."

"영국의 스코틀랜드처럼…?"

"조선의 민족 대표들이 생각만 바꿔 준다면 어려운 일은 아니요. 영국과 스코틀랜드가 공존하는 것처럼, 일본과 조선은 하나가 될 수 있소. 나와 손잡고 한민족을 위하고 또한 대일본제국을 위하는 일을 같이 해보면 어떻겠소. 서로 상생할 수 있는 좋은 기회가 될 수 있소. 조선의 대표들이 그것을 원하지 않는다면 3만 8천 명의 지식층과, 그 측근까지 포함하면 20만 명 정도의 꽤 많은 사람들의 목숨이 위험에 빠질 수 있소. 이것은 결코 공갈이나 협박이 아니오. 심각하게 생각해야 할 실제 상황이오. 그

것이 바로 허영숙이 빼돌린 비밀서류요. 춘원이 나를 도
와준다면 모든 일은 평화롭게 이루어 질 것이요. 어떻소.
궁극적으로 사람 살리자는 게 큰 정치요. 한번 해보겠소
이까?"

"……."

"춘원은 시대를 읽을 줄 아는 똑똑한 사람이라고 생각
하고 있소. 제국일본과 대한조선이 공생 공영하는 새로운
세계를 만들어 봅시다."

"……."

이광수는 아무 말 없이 조선 총독부를 나온다. 그들의
하수인이 될 수는 없다고 마음을 굳게 먹는다. 하지만 독
립을 갈망하는 그의 마음은 불꽃처럼 활활 타오른다. 그
는 며칠 동안 깊은 고뇌로 두문불출하다가 총독의 전갈을
받고 총독부로 길을 나선다. 그는 자주 제자리에 멈췄다
가 다시 걸음을 뗀다. 그리고 혼잣말로 중얼거린다.

'이 한 몸 태워서 독립만 된다면야, 그들의 음모에 이
한 몸 던지지 못할 것도 없다. 어차피 죽어야 될 몸, 언
젠가는 쓰러저 흙으로 돌아갈 것이다. 그래, 어차피 가야
할 길이라면 조국을 위해 내 한 몸 불태운 들 무엇이 두
려우리!'

✸ 스코필드의 면회

1920년 5월 11일. 세브란스 병원의 스코필드 박사는 캐나다의 프레스 일간지의 주선으로 서대문 감옥을 방문한다. 독립만세 의거에 참여한 세브란스 병원의 간호사 노숙경을 면회한다는 목적이었지만, 실제로는 그곳의 수감자들의 현황을 파악하기 위함이었다.

소장은 스코필드의 면회 신청 서류를 보며 간수장에게 말한다.

"이자가 이곳에 들어오면 골치 아픈데… 이를 어쩌면 좋겠나?"

"노숙경이라는 간호사만 만나고 돌아가지 않을까요?"

"그것이 목적이 아닐 거야. 다른 꿍꿍이가 있어…."

면회실에서 스코필드 박사를 만난 노숙경은 박사에게 한 가지 특별한 부탁을 한다.

"지금 지하 감방에는 유관순이라는 18세 소녀가 감금되어 있습니다. 박사님, 그 소녀를 어떡해서든 도와주십시오. 부탁드립니다."

"그래요. 꼭 그렇게 하리다."

미국인 스코필드 박사는 다시 관순의 면회 신청을 한다. 그 사이 다른 수감자들의 현장을 둘러본다.

잠시 후 간수가 질문을 한다.

"유관순과의 관계는 어떻게 되십니까?"

"그녀는 나의 환자요. 몸 상태가 어떤지 봐야겠소."

잠시 후 관순이 면회실로 오고 스코필드 박사는 잔인한
고문으로 얼굴이 만신창이가 되고 온몸이 퉁퉁 부은 관순
을 보면서 눈물을 흘린다.

"하아, 이럴 수가…"

관순의 모습을 본 스코필드는 곧바로 조선 총독부로 달
려가 정무총감 미즈노에게 강력히 항의를 한다.

"이건 너무 심하지 않소. 18세의 아직 어린 소녀를 그
렇게 고문한다면 나도 더 이상 참지 않겠소."

"예, 알겠습니다. 곧바로 시정하겠습니다."

정무총감 미즈노는 스코필드에게 시정하겠다고 말은 했
지만, 한 달 후 또다시 지독한 고문은 계속되었던 것이다.

당시 경성에서 3·1독립만세 운동을 목격한 영국 데일리
신문 기자 프레데릭 맥켄지(Frederick Arthur McKenzie, 1869~1931)
는 그의 저서 〈한국의 독립투쟁 Korea's Fight for Freedom〉
를 통해 독립만세운동의 시작과 일본제국의 탄압, 여학생들
의 순국, 평양에서 목격한 만세운동, 세계의 분노 등의
내용을 상세하게 저술하였다. 그는 이 책에서 대한인들의
비폭력 평화주의 항쟁이야말로 고도의 영웅적인 모습이라
고 찬탄하였다. 그러나 일본인들의 대응은 실로 야만적이

었다라고 자세히 묘사했다.

일제의 헌병과 간수들은 여학생이나 젊은 여인들의 옷을 찢고 강간하고 죽을 때까지 매질을 하거나 담뱃불로 여인들의 은밀한 부분을 태우거나 인두로 지지기도 하였다. 또 잔혹한 고문을 가한 뒤 고통스런 상태에서 한방에 남녀를 꽉 차게 집어넣어 앉지도 눕지도 못하게 하였다. 이런 사실은 일제의 만행이요, 짐승만도 못한 천인공노할 참상이라고 역설하였다.

⁂ 영혼의 눈빛

서대문 형무소 소장실에서는 매일같이 유관순 때문에 회의가 진행되었다. 소장은 간수장을 불러 수감자들의 근황을 묻는다.

"지하 감옥에서 그렇게 고문을 당하고도 그 죄수가 만세를 계속 부른다는 말인가?"

간수장이 차렷 자세로 대답한다.

"네! 조금도 굴복하는 기색이 보이지 않습니다."

형무소장은 화가 단단히 난 듯 얼굴이 붉으락푸르락 거린다.

"오늘 신문에 밤마다 아홉시만 되면, 그년이 만세를 불러서 죄수들을 선동한다는 것이 보도 되었다. 그래서 오늘 오후에 갑자기 정무총감 미즈노 각하와 가와하라 헌병대장이 극비리에 이곳을 시찰 하신다는 연락이 왔다."

"하이? 그렇습니까. 그런데 유관순도 감형을 받아 앞으로 3일 후면 출소합니다."

"그래… 큰일이군. 우리가 눈을 시퍼렇게 뜨고 있는 이곳에서도 만세를 부르고 있으니 감옥 밖으로 나가면 어떻게 되겠는가?"

잠시 후 정무총감 미즈노와 가와하라 헌병대장이 서대문 감옥으로 들어왔다. 주변을 한 바퀴 둘러본 미즈노 총감이 소장에게 관순을 불러오라고 명령한다.

"당장 데려와라, 직접 얼굴을 봐야겠다."

간수장과 간수가 지하 감방에서 관순을 끌고 왔다.

"네가 유관순이냐? 앞으로 3일 후에 출소한다고?"

"그렇다. 그런데 그게 너와 무슨 상관이 있느냐?"

간수장이 놀라며 관순을 다그친다.

"지금 누구 앞이라고 감히 망발을 하느냐?"

"나는 너희 왜놈들 따위에게 절대 굴복하지 않는다! 언젠가 네놈들은 천벌을 받아 반드시 망하게 되리라!"

미즈노 총감과 가와하라 헌병대장 그리고 형무소장, 간수장 등 그곳에 모든 사람들은 관순의 강열한 눈빛과 호통에 혼이라도 빠져 나갈 듯이 기겁을 한다. 그때 신경이 곤두선 형무소장이 간수장에게 급히 명령한다.

"저년을 당장 끌고 나가라."

하지만 관순은 끌려 나가면서도 목소리를 낮추지 않았다.

"네놈들이 망하는 날을 꼭 보고야 말리라. 그 때가 올 때까지 나는 더 크게 외칠 것이다. 대한 독립 만세! 대한 독립 만세!"

간수장이 힘겹게 관순을 끌고 나간다. 관순은 간수장의 손을 오히려 잡아떼며 대한독립 만세를 외친다. 미즈노 총감과 가와하라는 그녀의 눈빛에서 형용할 수 없는 이상한 느낌 때문에 한동안 멍 하니 앉아있다.

미즈노 정무총감은 관순이 사라지고 나서야 정신을 차린 듯 책상을 주먹으로 꽝! 내려친다.

"도대체 뭣들 하는 거야? 저깟 어린 계집애 하나 잡아채지 못하고 바보들처럼 듣고만 있냐 말이다! 보통내기가 아니야, 그냥 내보내서는 절대로 안 되겠어."

그는 책상을 한 번 더 내려치고는, 뭔가 곰곰이 생각을 하는 눈치다. 기와하라 헌병대장은 그때까지 얼이 빠져 있었다. 총감이 자리를 박차고 일어나서야 헌병대장도 정신을 차린다. 미즈노 총감은 부하들에게 큰소리는 쳤지만 어이가 없는 듯 더 이상 아무 말 없이 자리에서 일어나

서대문 감옥을 빠져 나갔다. 그 뒤를 가와하라 헌병대장
이 뒤따른다.

　잠시 후 소장과 간수장 두 사람 사이에 적막이 흐르고
둘은 마침내 참을 수 없이 분노한다.

　"유관순이 미즈노 정무총감 각하 앞에서 우리를 보기
좋게 병신을 만들었습니다."

　소장은 분을 풀지 못해서 온 몸을 후들후들 떨고 있다.

　"총감 각하 앞에서 개망신을 줘? 저 계집을 당장…!"

　"다시는 세상 빛을 못 보도록 하겠습니다."

　소장이 고개를 끄덕이며 입 꼬리를 올려 미소까지 짓는다.

　"좋아! 계집년 하나쯤…. 오늘밤 해치워 버려!"

　간수장은 부하 한 명을 데리고 고문실로 들어가면서 관
순을 감방에서 끌어오라고 명령한다.

　관순은 감방에서 깜박 잠이 든다. 빛 한줌 들어오지 않는
지하 감방에 관순의 얼굴 위로 환한 달빛이 드리워진다.
그때 거미가 거미줄을 타고, 달빛 속으로 들어간다. 눈부
신 달빛 속에서 음성이 들려온다.

　"관순아, 내 딸아."

　"아버지… 아버지가 밖에서 부르셔… 아버지, 살아계신
건가요?"

　관순은 손을 뻗어 그 밝은 빛을 잡으려 하지만 잡히지

않는다. 그때서야 그 소리가 하늘의 음성이라는 것을 깨닫는다.

"손톱이 빠져 나가고, 내 귀와 코가 잘리고, 내 손과 다리가 부러져도 그 고통은 이길 수 있사오나, 나라를 잃어버린 고통은 견딜 수가 없습니다. 나라를 위해 바칠 목숨이 오직 하나 밖에 없다는 것이, 이 소녀의 유일한 슬픔입니다."

하늘의 음성은 다시 들린다.

"관순아! 장하다. 잘 싸웠다. 너로 인하여 이 땅에 구세주가 도래하여 참된 자유와 평화의 세계가 열릴 것이다. 관순아, 너의 소망은 반드시 이루어진다."

아득하게 들려오던 음성은 점점 관순의 의식에서 멀어져갔다. 점점 멀어지는 음성 대신, 그녀의 눈앞엔 이화학당의 교정이 떠오른다.

이화학당 안에 종소리가 울려 퍼진다. 학과가 끝난 듯 학생들이 삼삼오오 떼를 지어 웃으며 운동장으로 나온다. 이제는 학교생활에 익숙해진 관순, 명학, 현숙, 희자, 점선, 분옥이 모여 있다.

명학이 관순에게 묻는다.

"관순아, 넌 이담에 뭐가 되고 싶니?"

희자가 낼름 대답을 가로챈다.

"관순이야 뭐 신앙심이 깊고 말두 잘하니까 전도부인이 되렴!"

분옥도 질세라 끼어든다.

"그래 맞아. 관순인 잘 할 거야!"

그녀도 인정하는 듯 고개를 끄덕인다.

"난 장차 전도사가 될래!"

점선이가 조금은 의아한 듯,

"네가 전도사가 돼? 전도사는 미개한 나라에 가서 도를 전하고 교회를 짓고 하는 게 전도사라고!"

관순이가 점선이를 바라보고 차근차근 대답한다.

"그건 선교사지! 난 전도사가 된단 말이야. 배우지 못한 겨레를 배움으로 깨우쳐주고 하느님의 믿음을 전하며…."

그 순간 관순은 전도사 이옥경을 생각했던 것이다.

"야, 만두장사가 지나간다."

분옥이 말에 소녀들은 금방 만두장사에 귀가 쏠려 학교 담 안쪽 정원으로 숨어들어 만두 장사가 지나가기를 기다린다. 마침 호떡과 만두를 파는 장사가 지나가는 소리가 들린다.

"만두는 호야, 호~"

희선이가 호들갑을 떨기 시작한다.

"야, 온다. 이번에는 그냥 보내지 않겠지?"

관순이가 목소리를 조금 바꾸어 만두 장사를 부른다.

"여보, 호떡 만두 장사!"

그 순간 뒤에서 인기척 소리가 나자 명학이 몸을 낮추며, 쉿! 하자 모두 얼른 숨는다. 밖에서 만두 장수는 계속 고래고래 소리 지른다.

"호떡 만두 왔습니다! 만두요!"

여전히 쥐 죽은 듯 숨어 있는 관순 일행을 멀리하고 소리 지르던 만두 장수는 중얼대며 가버릴 모양이다. 관순이 용기를 내서 밖의 동정을 살피고 주변에 아무도 없는 것을 그제야 확인하고 한숨을 쉰다.

"아이구, 호떡 만두 하나도 사먹기 힘들구나."

"이제 너무 늦었어. 그만 돌아가자."

희자가 허탈한 듯 말하자 관순이도 기운 빠진 듯 어깨를 축 늘어뜨리고 있다가 더 기다리자고 한다.

"이제껏 고생하다 그냥 들어가? 난 무슨 일이 있어도 꼭 사고 말테야. 우리가 꼭 먹자는 게 아니라 불쌍한 사람을 조금씩이라도 도와주자는 게 목적 아니었니?"

현숙이가 툴툴댄다.

"이러다간 장안 만두 장사 다 한 번씩 불러보겠다. 무슨 심청이 아버지 심 봉사 잔친 줄 아니?"

현숙이 말에 모두 터진 웃음을 참으며 킥킥 거린다. 그때 다시 호떡 만두 장사가 지나간다.

"만두 노~! 호 호!

관순이가 다시 한 번 불러본다.

"여보, 호떡 만두!"

"네!"

"잠깐만 기다리슈!"

"네, 네, 알겠습니다."

관순이 담 쪽으로 쪼르르 가더니 기어오르려 한다.

"얘들아, 빨리 발 좀 받쳐!"

일사분란하게 우루루 몰려와 관순이를 받혀준다. 안간힘을 다해 담 위에 오르는 그녀를 발견한 호떡 만두 장수도 곧 알아채고 만두를 쌓아서 올려 준다. 돈을 주고 막 관순이 내려오려는데 누군가 다가온다.

"게 누구야?"

소리에 기겁을 해 돌아보는 관순은 등불을 든 사감 선생과 마주친다. 순간 그대로 얼어붙은 듯 도망치지도 못하고 엉거주춤한 학생들과 담 위에 관순 역시 뛰어내리지도 못하고 서있을 수도 없는 상태다.

사감의 목소리가 날카롭다.

"지금 무슨 짓들이야? 빨리 내려오지 못 해?"

관순이 할 수 없이 담에서 뛰어내린다. 명학이 먼저 선생님께 싹싹 두 손을 비비며 빌어본다.

"선생님, 잘못했어요!"

"말해 봐요! 지금 뭘 하고 있었지?"

관순이 실토를 한다.

"실은 이 밤중에 호떡 만두를 팔아 학비를 버는 고학생이 불쌍해서…"

사감은 고개를 흔든다.

"너희들 뜻은 가상하다만 규칙을 어겨서는 안 돼. 이번만 특별히 봐 줄 테니까 앞으론 이런 일 없도록 해!"

"네! 알겠습니다!"

사감의 목소리는 다행히 한 결 부드러워진다.

"빨리 들어가!"

사감이 돌아서는데 관순이 얼른 그 앞으로 쫓아간다.

"선생님, 호떡 만두 좀 잡수세요!"

사감은 힐끗 뒤를 바라보곤 다시 그냥 돌아간다. 그 모습이 뭐가 그리 웃긴지, 관순의 친구들은 다시 웃음보가 터진다.

달이 높이 뜬 기숙사 뒷마당에서 손에 손을 잡고 강강수월래를 돌고 있는 학생들이 보인다. 싱싱한 젊음이 밤하늘 가득 펼쳐지고 있다. 빙글 빙글 돌던 친구들은 어느새 사라지고 관순은 운동장 한 쪽 구석 벤치에 홀로 앉아있다. 그 때 애란 언니가 관순에게 달려온다.

"관순아, 여기 있었구나! 네게 졸업선물이 왔다."

관순이 벌떡 일어나 묻는다.

"어디서 왔어?"

애란이 건네 준 선물을 받은 관순은 눈을 치켜뜨고 포장지에 적힌 이옥경이란 이름을 쓰다듬는다.

"어머, 이옥경 선생님!"

관순이 서둘러 포장을 찢는 순간 그 속에서 나온 것은 한권의 책이었다. 선명한 금박 글씨로 '잔 다르크'라고 쓰여 있다.

애란이가 작은 탄성을 지른다.

"어머나, 귀중한 책이로구나. 나라가 어려운 일을 당했을 때 용감히 일어나 나라를 구한 소녀의 얘기야. 정말 귀중한 선물을 보내주셨구나."

관순은 기쁜 마음으로 책을 열어보려다, 아끼려는 듯 다시 책을 덮는데 누군가 자신의 이름을 부른다. 관순은 희미하게 돌아오는 의식 속에서 부모님과 학교친구들, 그리고 이옥경전도사를 만났다. '지나간 과거였어…' 관순은 손을 펼쳐보며 이옥경 전도사가 보내준 '잔 다르크' 책을 찾는다. 손에는 아무것도 없다. 꿈이었나? 관순은 그래도 기분이 좋다. 보고 싶은 얼굴들을 볼 수 있었기 때문이었다. 꿈이면 어때, 관순은 희미하게나마 얼굴에 미소를 짓는다.

"유관순, 나와!"

관순이 흠칫 놀라기도 전에 지하 감방 문이 열리고 간수가 들어와 관순을 끌어내 지하 고문실로 질질 끌고 간다. 그곳에는 뱀처럼 구불구불한 고무호스가 천정으로부터 드리워져 있다. 흠칫 놀란 눈으로 실내를 살피는 관순은 순간 나쁜 기운을 감지한다. 격검대를 든 다른 간수가 시멘트 바닥을 가리킨다.

"꿇어앉아라!"

관순은 정신을 차리고 숨을 헐떡이면서도 또박또박 말한다.

"날 어떻게 할 작정이냐!"

간수장이 관순의 정강이를 걷어찬다.

"잔말 말고 꿇어!"

화가 머리끝까지 치밀어온 간수장은 간수에게 눈짓한다. 격검대를 든 간수가 관순의 머리를 일격에 후려친다. 쓰러지는 관순은 일자로 뻗고 만다. 간수 하나가 고무호스를 수도꼭지에 꽂는다. 다른 한 놈은 또 고무호스 한끝을 관순의 두 다리 사이로 가져간다. 간수장이 수도꼭지를 튼다. 고무호수를 통해 흘러가는 물줄기. 긴장해서 내려다보는 세 명의 귀축 같은 얼굴들. 한 명이 밟고 서 있는 그녀의 두 다리가 꿈틀거린다. 눈을 번쩍 뜨는 관순. 짐승처럼 번뜩이는 여섯 개의 눈이 그녀의 얼굴을 덮는다. 관순은 순간 힘을 내어 호스를 들고 있는 간수를 발로 차버린다. 간수는 뒤로 발라당 넘어지고 고무호스가 그녀의 치마 밑으로부터 빠져나와 콸콸 물을 토한다. 벌떡 일어선 관순은 정신을 차려 간수장을 쳐다본다. 화가 난 간수장은 관순의 방광을 군화발로 걷어찬다.

"죽어라! 너는 이곳에서 절대 나갈 수 없어. 너는 오늘 밤 여기서 죽어야만 한다!"

관순의 비명 소리가 터져 나온다.

"아… 악!"

계속해서 군화 발에 걷어차인 관순은 몸을 웅크리고 꿈틀거리다 그대로 축 늘어지면서 두 다리를 쭉 뻗는다. 한 간수가 그녀의 코에서 흘러내린 검붉은 피를 보고, 손가락을 갖다 댄다.

"죽었나봐, 숨소리가 들리지 않아."

"야, 저 다리 밑으로 흘러내린 피 좀 봐라, 아직 살아 움직이는 것 같은데."

"그래?"

말이 채 끝나기도 전에 옆에 서 있던 다른 간수 한 명이 죽은 듯 쓰러져 있는 관순을 발로 힘껏 걷어찬다. 그러나 관순은 아무 미동이 없다. 다만 그녀의 몸에서 터져 나온 핏물만 사방으로 흩뿌려져 간수들이 질겁하고 뒤로 물러선다.

1920년 9월 28일.

일제의 가혹행위와 영양실조로 18세 꽃다운 나이의 관순은 서대문 감옥에서 짧지만 불꽃같았던 생을 마감한다.

❈ 태극기로 몸을 감싸며

1920년 9월 30일. 월터 선생이 서대문 감옥에 면회를 갔을 때 관순은 추악한 고문에 의해 이미 숨을 거둔 후였다. 그러나 일제는 그 사실을 계속 감췄고, 월터 선생은 몇 차례 더 면회를 요구했지만 계속 거부당했다.

"돌아들 가시오."

"오늘은 유관순이 출옥하는 날이요. 왜 내보내주지 않는 것이오?"

"나는 잘 모르니 오늘은 돌아들 가시오. 출옥하는 날 이쪽에서 연락을 주겠소."

10월 12일, 서대문 감옥으로부터 아무런 연락이 없자 더 이상 참을 수 없었던 미국인 프라이 교장과 월터 선생, 김현경 선생, 오빠 유우석은 소장실로 들어가 소장과 마주하고 있다.

프라이 교장은 몹시 흥분한 어조로 따진다.

"우리의 딸 유관순이 어떻게 됐습니까?"

소장이 몹시 당황한 듯 쩔쩔 매는 표정으로 일관하자 유우석이 소장의 눈을 쏘아보며 화를 낸다.

"내 동생 관순을 지하 감방으로 끌고 가서 무슨 짓을 한 것이오? 말해보시오!"

　형무소 소장은 잠시 머뭇거리다가 입을 연다.

"죄수 유관순은 병사했소."

　프라이 교장은 순간 숨이 멎은 듯 휘청거린다. 우석은 자리에 주저앉고 만다.

"뭐라고요? 오 마이 갓!"

　김현경 선생도 눈을 질끈 감는다.

"아! 그럴 수가…."

　이화학당 월터 선생은 얼굴을 감싼다. 프라이 교장은 숨을 연거푸 깊게 들이 내쉬다 비로소 정신을 차린다.

"그렇다면 유관순의 시체를 당장 인도하시오!"

　형무소 소장은 프라이 교장의 눈을 피한다.

"규칙상 내줄 수 없소."

　프라이 교장이 버럭 화를 낸다.

"뭐라고요? 좋습니다. 당신네들이 끝까지 고집을 부린다면 난 이 사실을 일본제국과 세계만방에 알려 당신들의 만행을 폭로하겠소. 내 학생이 죽었다는데, 그 시신이라도 학교에서 인계 받겠다는 것을 거절하는 그런 법은 어느 나라에도 없소."

형무소 소장이 난처한 얼굴로 난색을 지어 보이자 김현경 선생이 금방 터질 것 같은 분노를 삭히며 따진다.

"도대체 시신을 어디다 감춘 거요?"

소장은 더 이상 버틸 수 없다는 걸 감지 한 듯 작은 소리로 읊조린다.

"지하실에 보관 중이오."

프라이 교장이 다시 한 번 버럭 소리를 지른다.

"우물쭈물 하지 말고 빨리 안내하시오!"

냉기와 으스스한 분위기가 감도는 지하실 층계를 내려가는 일행들은 깊은 침묵에 잠긴 채 앞장을 선 소장의 뒤만 따라간다. 소장이 지하실 문을 열자 프라이 교장이 먼저 안으로 들어서고 그 뒤를 일행이 따른다. 멍청이 서 있는 소장에게 교장이 재촉을 한다.

"빨리 들어와 대시오. 어디 있소?"

소장은 마지못해 손가락으로 한 쪽 구석자리를 가리킨다.

"저기 있습니다."

소장이 가리키는 구석에 허름한 궤짝이 있다. 그 사이로 붉은 피가 흥건히 괴어있다. 교장은 긴장한 얼굴로 다가가 궤짝 뚜껑을 열었다. 옆에 있던 유우석이 비명을 지르며 주저앉는다.

"아 악!"

창백해진 프라이 교장은 떨리는 입으로 '오, 하느님…'을 외친다. 프라이 교장도 쓰러지듯 주저앉고 만다. 월터 선생도 더 이상 볼 수 없는 듯 손으로 얼굴을 가린다. 시취(屍臭)가 진동했는데도 유우석은 관순의 시신에 얼굴을 묻고 흐느낀다.

관순의 출옥 예정일은 1920년 9월 30일로 형이 만료되는 날이었지만, 일제의 가혹한 고문에 의하여 출소 이틀 전인 9월 28일 순국했던 것이다. 서대문형무소는 관순의 시신을 이화학당의 월터 선생과 김현경 선생 그리고 오빠 유우석에게 인도를 했다. 관순이 숨을 거둔 날은 아직 늦은 여름이었기에 감옥에서 15일간이나 방치됐던 시신은 부패가 시작되어 골을 찌르는 시취가 진동했으나 아무도 얼굴을 찌푸리거나 코를 막는 사람이 없었다.

10월 12일. 붉은 수의를 입은 관순의 시신을 사람들이 들것으로 들고 이화학당으로 들어온다. 친구들은 얼마 안 있으면 출옥할 관순을 위하여 준비했던 옷과 머리핀을 땅에 떨어트리며 방성통곡을 한다.

시신은 세브란스 병원의 교의를 불러 깨끗이 수습했다. 이때 서명학은 일제의 감시를 피해 몰래 태극기를 준비하였기에 관순의 몸을 태극기로 감싸서 입관을 했다.

10월 14일. 정동예배당 안에는 선생들과 몇몇 학생들만 숙연히 앉아있었다. 소란을 두려워한 일제는 시신을 내주는 조건으로 최소한의 사람만 참석 해 장사를 치르도록 했던 것이다. 정동교회 김종우 목사의 주례로 구슬픈 성가 소리만이 그들의 애간장을 녹이고 있었다. 제단 앞에 흰 장미와 설백의 가냘픈 하얀 코스모스로 덮인 관순의 관이 보였다.

어린 인석과 관석이 관을 붙들고 몸부림치며 서럽게 운다. 이윽고 쓰러질 듯 휘청거리는 몸을 간신히 가누며 관 앞에 우석이 무릎을 꿇는다. 우석의 양쪽 어깨에 매달리는 인석, 관석의 눈물이 그치지 않는다.

"누나가, 누나가…"

유우석은 뜨거운 눈물을 흘리며 관을 부여잡고 말한다.

"관순아, 나라의 광복도 보지 못하고 네가 먼저 가다니… 부모님도 너도 나라위해 몸을 바쳤구나. 이 못난 오빠의 남은 생명도 나라에 바치겠다."

목이 메어 말을 마저 잇지 못하고 두 동생을 끌어안으며 흐느끼는 우석을 보면서, 실내는 금방 울음바다로 변했다. 그리고 잠시 후, 장내는 침묵했고 장송 성가소리만 점점 높아졌다.

유관순의 시신은 정동 예배당에서 장례식을 치른 뒤 이

태원 공동묘지에 안장되었다. 소문이 퍼지면서 유 열사를 추모하는 이화학당 학생들의 행렬이 끊이지 않았다. 서대문 감옥에서 나온 대부분의 독립투사들도 출소하면 먼저 유관순의 묘역에 가서 참배를 했다. 그리고 김구와 임시 정부 요인들도 국내에 들어오면, 먼저 유관순의 묘역에 가서 참배를 하였다.

유관순의 묘에 참배 행렬을 지켜본 밀정은 조선총독부로 들어가 가와하라 헌병대장에게 보고를 했다.

"뭔가 약간 이상해서 보고를 드립니다."

"또 뭐가 이상한데?"

"처음엔 여학생들이 유관순 묘를 참배하더니 요즘엔 서대문 감옥에서 나온 독립 운동가들이 출소하면 유관순 묘에 가서 먼저 참배를 한다고 합니다."

"그래서 그게 어떻다는 건가?"

"오늘 오전에는 김구 일행들이 참배를 하고 갔다고 합니다."

"뭐야? 김구가 왔다 갔다고? 왜 이제야 말하는 거야?"

"그런데 왜 김구가 유관순 묘를 찾은 것일까요?"

"음. 이것들이 분명 뭔가 있다. 유관순 묘에 누가 왔다 갔는지 확인해서 다시 보고를 해. 김구는 반드시 잡아야 한다."

다음날 아침 사이토 마코토 총독을 중심으로, 정무총감

조선총독부의 간부 회의가 열린다. 가와하라 헌병대장의 보고는 심각했던 것이다.

"요즘 유관순 묘역으로 김구를 비롯한 독립 운동가들이 참배를 하고 있다고 합니다."

"그게 무슨 뜻이요. 설명을 해보시오."

총독이 의자를 돌려 앉으며 입술은 질끈 씹는다.

"하이, 청산리 전투에서 일본군은 막강한 화력과 병력을 가지고도 고전을 면치 못했습니다. 그 이유는 조선군의 사기가 충천해 있었기 때문입니다. 서대문 감옥에서 죽은 유관순은 이미 독립군의 영웅이 되어 있었습니다. 간단히 말씀 드리자면 조선 왕족이 아니라, 18세 어린 계집애가 독립운동의 구심점이 되었다는 것입니다."

누군가 옆에서 헌병대장 가와하라의 말을 끊는다.

"어떻게 고작 열여덟밖에 안 된 소녀가 그들의 구심점이 될 수 있단 말이요?"

"저도 확실히 알 수는 없지만 지금 유관순의 묘역에 김구 등 조선의 내로라하는 독립 운동가들이 연이어 참배를 하고 갔다고 합니다."

사이토 마코토 총독이 그 말을 듣고 고개를 끄덕인다.

"헌병대장의 말은 일리가 있는 말이다. 그래서 어떤 대책이라도 가지고 있는가?"

모두들 심각한 얼굴로 뭔가 생각해 내기 위해 머리를

굴리고 있는 것 같았다. 그때 누군가 자리에서 발딱 일어섰다.

"유관순의 묘역을 없애버리는 것이 어떻겠습니까?"

총독이 의아해한다.

"묘역을 없앤다고?"

"하이, 유관순의 묘역을 대일본제국의 군용기지로 용도 변경을 하면 좋을 것 같습니다."

"오라, 아주 좋은 생각이야. 그럼 그렇게 시행하시오."

사이토 마코토 총독은 다시 자세를 가다듬고 조선의 역사관에 대하여 지시를 한다. 정무총감이 하명을 기다린다.

"우리가 조선을 지배하려면 조선의 역사를 될 수 있는 대로 부끄러운 역사로 만들어야 한다. 조선의 역사를 형편없는 역사로 만들어서 조선인들로 하여금 치를 떨게 하고, 잊고 싶은 역사로 인식시켜야 한다. 자신들의 나라에 자부심을 갖지 못하도록 그들의 역사를 부끄럽게 만들자는 것이다. 알아듣겠는가?"

"하이, 그렇게 하겠습니다."

가와하라 헌병대장은 관순이 죽고 난 후의 반응에 적지 않은 우려를 갖고 있었다. 유관순 묘지를 찾는 사람들이 대한의 지식층이거나 특별한 인물들, 특히 사방에서 신고가 들어오는 독립투사 용의자들이었던 것이다. 계속 방관하다가는 새로운 독립운동의 구심점이 될 수도 있겠다는 판단이 들었다. 그대로 둬서는 안 되겠다는 생각에 골머리를 앓고 있던 헌병대장은 무릎을 탁 쳤다.

"모두들 들어오라고 해."

헌병대장은 간부들을 소집해 놓고 유관순 묘를 이장한다는 명령을 내렸다. 일단 묘를 파헤치고 관순 시체를 차에 실은 다음 묘 자리 앞에 이장 공고 표지판을 세웠다. 이곳은 제국의 군용기지로 용도변경이 된 관계로 출입을 통제한다는 내용과 이곳에 있던 시신은 미아리 공동묘지로 옮긴다는 안내문이었다.

그들은 일단 차를 몰아 미아리 공동묘지로 갔다. 헌병대장은 적당한 곳에 묻어버리라고 지시를 했다. 그때 간부한 명이 대장 옆으로 가더니 귓속말로 무슨 말인지 건네는 것 같았다. 그의 말을 다 듣고 난 대장이 웃음을 터뜨렸다. 훗 하하하 좋아, 좋아, 바로 그거야! 그는 큰소리로 뇌까리며 기분 좋은 웃음을 연방 터뜨렸다.

"조각을 낸다. 몇 토막으로 나누면 되지?"

대장이 방금 귓속말을 하던 부하에게 묻는다.

"조선 팔도니까, 여덟 조각을 내면 됩니다."

"그렇군, 그럼 차에 가서 당장 실행하도록. 그리고 각도에 한 조각씩 포장해서 보내는 일도 곧바로 처리해!"

"하이!"

부하의 거수경례를 받고 가와하라 헌병 대장은 다시 한 번 호탕한 웃음을 터뜨린다. 한참을 웃던 헌병 대장은 부대로 들어가 본부에 전화보고를 한다.

"하이, 각 도에 쇠말뚝을 박아 혈을 끊어 놓듯이 유관순 시체를 여덟 조각으로 나누어 각도에 뿌리라고 했습니다. 네? 어디냐고요? 어디든 어떻습니까? 산이든 들이든, 그 계집애 살 토막이 여덟 개로 찢어져 팔도에 흩뿌려졌는데 무슨 수로 찾아내겠습니까? 하이, 일본 제국을 위한 일이라면 무엇을 못하겠습니까? 하이!"

일제의 강제 이장 소식을 들은 미아리 공동묘지로 찾아간 오빠 유우석은 어느 것이 유관순의 묘인지 알 수 없었고 더 이상 하소연을 할 수도 없었다.

일제는 독립 운동가들과 국민들 관심에서 유관순을 멀어지게 하기 위하여, 나아가 아예 기억에서 지워버리기 위해 열사의 무덤을 파헤치고 시신을 훼손하는 비열한 만행을 서슴없이 자행했던 것은 아니었을까? 그러나 그들의 만행이 극악무도할수록 우리는 잊지 않을 것이다.

그 해, 만세 소리 드높던 1919년. 한 소녀의 꽃봉오리 젖가슴에 소중하게 품었던 태극기를, 온 힘을 다 해 대한민국 금수강산에 그 태극기를 휘날렸던 유관순이 있었다는 사실을….

❊ 소녀

한 소녀가 푸른 들판에 섰다. 바람이 불어 소녀의 검은 치맛자락을 스친다. 꿈꾸듯 푸른 지평선을 응시하는 소녀의 눈에 흰 연기를 뿜으며 오는 기차가 보인다. 기차는 소리 없이 소녀의 앞에 멈추고 소녀는 기차에 오른다. 창가 쪽 자리에 앉은 소녀의 눈은 들판에 서 있을 때와 마찬가지로 먼 곳을 향하고 있다. 기차는 다시 소리 없이 움직여 푸른 들판에 길을 내듯 달린다. 검은 교복의 남학생이 흘깃 그녀를 쳐다본다. 그제야 남학생의 존재를 알아 챈 소녀의 입술이 움직이려 했지만 남학생은 다시 눈길을 무릎 위에 놓여 있는 책에만 두고 있다. 소녀도 생각 난 듯 아무 말 없이 가방에서 책을 꺼낸다.

'잔 다르크'

소녀는 책표지에 적힌 제목을 가만히 입 속으로 읊조린다. 한참을 소리 없이 달리던 기차가 휘파람 마냥 가볍게 기적 소리를 낸다.

소녀는 펼치려던 책을 그대로 덮고 다시 눈길을 차창 밖으로 돌린다. 밖은 이미 어둠으로 덮여서 아무 것도 보이지 않았다. 소녀는 눈을 지그시 감고 고향 집 마을을 그리며 잠이 들었다.

에필로그

　닭이 우는 꿈을 꿨던 한 장수와 그 꿈을 장수가 왕이 되리라 풀이했던 선승이 나란히 목멱산 정상에 섰다. 주변은 희미한 안개 같은 어둠에 싸여 있었고 둘은 무언가를 기다리듯 큰물이 시작되는 동쪽을 바라보고 있었다.

　"이 곳이었지요."

　갑옷 장수가 입을 열었고, 나지막한 장수의 음성은 조용히 선승의 귓속으로 빨려 들어갔다.

　"예… 돌아보면 참 오래전 일입니다."

　선승의 대답은 조용히 어둠속으로 흩어진다.

　"한 오백년 되었나요."

　"허… 벌써 그리 됐나요."

　둘은 오백년이란 세월 앞에 다시 침묵했다.

　오백년 전, 선승은 닭이 우는 꿈을 꿨던 장수가 왕이 되리라 했고 그가 다스릴 새 나라의 새 수도인 이곳으로 그를 이끌었다. 오백년 전, 학이 내려앉았던 그 터엔 학처럼 아름다운 궁궐이 올라갔고 그 주변으로 학처럼 흰 백성들이 모여들었다. 하지만 오백년이란 세월에 모두 휩쓸려 간 것인지 지금 장수와 선승의 눈에는 아름답던 궁궐도, 흰 백성들도 보이지 않았다. 붉은 벽돌 건물들과 검은 나무 건물들이 어깨를 나란히 하면서 누가 더 견고한지를 겨루고, 검은 석탄과 전기라는 것을 먹고 달린다는 쇠로 만든 마차들을 위한, 쇠로 만든 길이 엎질러진 폐수처럼 여기 저기 흐르고 있을 뿐이었다.

"때가 되었나 봅니다."

영원할 것 같던 둘의 침묵을 깬 것은 동쪽으로 머리를 내민 붉은 태양 한 조각이었다. 태양이 내 뿜는 붉은 기운이 목멱산의 한쪽 얼굴을 물들이고 그 빛의 가지는 태양이 지평선 너머로 점점 모양을 갖추는 것과 동시에 사방으로 뻗어나가 학처럼 아름답던 궁궐을 중심으로 학처럼 새하얀 옷을 입던 백성들이 하얗게 살던 그 터를 붉게 물들였다.

닭이 우는 꿈을 꾸었던 갑옷 장수와 그 장수가 왕이 되리라 했던 선승은 떠오르는 태양빛에 녹아내리듯 사라지고 붉게 물들기 시작한 궁궐의 용마루엔 흰 천이 흔들리고 있었다.

"워이! 워이! 비나이다. 혼령이시어 돌아오소서! 돌아오소서!"

누군가 대궐 편전 용마루 치미(鵄尾) 위에 올라서서 하얀 천을 밤하늘에 휘날리며 슬픈 목소리로 외치고 있다. 황제의 하얀 자리옷 자락을 펼치고 너울처럼 휘날리며 외치는 자는 내관(內官)이었다.

"우 워 이! 돌아오소서. 떠나지 마옵소서! 혼령이시어!"

금상황제의 자리옷을 들고, 궁중 대궐 용마루에 올라 흔드는 것은 떠나고 있는 황제의 영혼을 다시 불러들이기 위한 간곡한 청원이요, 혼신의 몸부림이었다.

***

작가의 말

___

자기 배반의 역사

역사는 언제나 천리장강처럼 흐른다. 그 역사를 만드는 주인공들은 숱한 제왕들이나 영웅들이다. 그러나 역사의 위기 때마다 나라와 민족을 위해 목숨까지 바치는 이름 없는 별들도 있다. 그들을 우리는 민족의 순교자라고 부른다.

그 별들 중 한 별이 유관순 열사다. 그녀의 나이 18세, 꽃다운 소녀의 죽음은 일제에게 나라를 잃은 삼천만 민족 모두를 일깨운 경종이었고, 살아 있는 한국여성의 충절의 표상을 온 세상에 알려준 징표였다.

1920년 당시 캐나다의 유명한 신문 기자인 맥켄지(Frederick Arthur McKenzie, 1869~1931)는 〈한국의 독립투쟁〉이라는 책을 출간했다. 그는 이 책에서 1919년에 일어난 가장 위대하고 놀라운 사건은 한국인이 맨주먹으로 일본군의 총칼 앞에서 용감하게 싸운 독립운동이라고 기록했다.

그 기록들 중 당시 일본 제국주의의 잔인한 모습을 엿

볼 수 있는 사례를 보면 전국적 시위가 1,543회, 왜경의 무차별한 사격으로 학살된 애국동포가 7,509명, 부상자 15,961명 그리고 46,306명이 투옥되었고 자유 시민·독립 시위운동에 참가한 연인원은 2백만이라고 했다. 또한 일본 역사학자 미야지마 히로시(宮島博史)는 한국의 독립운동에는 '민족주의'에 국한되지 않는 '문명주의'가 있을 뿐이며 더 나아가 상생주의, 평화주의에 입각한 선언문이었다고 했다. 하지만 그의 망언은 현재의 일본인들이 갖고 있는 역사적 편견이며, '문명주의'를 내세웠던 것은 선진 일본이 열등한 조선민족을 지배함으로써 조선을 개명시켰다는 자부심이다. 더구나 상생주의, 평화주의 운운은 그들이 내세운 이른바 '대동아공영'이란 위장된 평화주의를 말함이다.

그런데도 극렬한 항일운동은 도처에서 일어났다. 1919년 같은 해에 중국의 5·4 운동이 일어났고, 인도의 비폭력 비협력(非暴力 非協力)운동이 일어났다. 그 시발점이

3·1운동이고, 바로 3·1 운동이 起爆劑(기폭제)가 된 것이다.

3·1운동은 100년을 앞선 운동이라고 할 정도로 참여자 모두가 창의성을 가졌기 때문에 모두가 영웅이 된 운동이라 할 수 있다. 국내적으로도 의미가 크지만 국제적 의의가 더 크다. 그러나 항일 독립투쟁의 역사를 말할 때 우리들 머릿속에 각인되어 있는 삼일절은 '삼월하늘'이고 '유관순 누나'이다. 그런데도 유관순 열사는 역사적 평가를 제대로 받지 못하고 심지어 '유관순은 허구다. 유관순은 신격화 되어 있다'는 등의 왜곡된 유언비어가 떠돌았다. 사실 유관순이 세상에 알려진 것은 해방이후 이화여고 교장 신봉조와 박인덕이 유관순 기념 사업회를 설립하면서 부각된 것만은 사실이다. 그러나 그들이 자신들의 친일 행적을 감추기 위해 유관순을 의도적으로 띄웠을까? 나는 그 말의 진위를 가리기 보다는 먼저 우리의 역사를 되돌아보면 어떨까 싶다. 강점기 36년을 되짚어 본다면 그 시대를 살면서 어느 누구도 자유로울 수는 없었을 것이다.

하긴, 지나간 우리의 역사가 부끄럽지 않은 시대가 있었던가? 어느 시대나 권력을 앞세운 부정부패는 있었고, 그들을 비난하는 백성들의 목소리는 높았다. 그러나 그들의 관심은 오직 놓치면 안 된다는 절대 권력에 매달려 있었기 때문에 백성들이 원하는 것을 알지 못했다. 결국 그들의 아둔함은 시대를 앞서지 못하고, 민심을 규합하지도 못했다. 특히 일제강점기를 살아온 사람들은 어느 누구도 믿지 못했다. 어느 누구도 자유로울 수 없었기 때문에 '자기 배반의 역사'를 갖지 않을 수 없었다. 어느 누가 자기 생명이 귀하지 않고, 어느 누가 자기 가족이 중하지 않았겠는가. 목숨을 걸고 자신을 내던질 수 있는 사람이 과연 얼마나 될까? 그렇기 때문에 우리는 시대의 영웅을 숭상하고 기념하며 추모하는 것이 아니겠는가. 그래서 우리는 유관순을 그리워하는 지도 모른다.

2013년 일제는 기미독립 만세의거 이후 해방 때까지 25년간 철저하게 한민족의 우수한 정신과 얼이 담겨있는 거의 모든 역사 자료와 문화재, 민족지사와 독립투사들의 혼을 없애거나 훼손시키고 변형시켜서 한국 민족사를 열등한 것으로 교육시켜 왔다. 결국 그들의 노림수에서 아직도 벗어나지 못하고, 어쩌면 일제의 식민사관의 논리가 아직도 우리 문화의 한 부분으로 남아있음을 깨닫지 못한 데서오는 오류인지도 모른다. 그래서 '유관순은 가짜'라는 어처구니없는 말이 나온 것 같다. 하지만 1919년 아우내 장터에서 주도한 만세 시위사건의 기록과 경성재판소의 판결문 기록, 서대문 형무소 복역기록 등 사진까지도 인터넷만 잠시 열어봐도 상당한 자료들이 널리 공개되어 있다.

어느 날, 우연히 푸른 하늘을 보면서 나도 모르게 삼일절 노래를 흥얼거렸다. 강소천 동요로 만들어진 삼일절 노래는 어려서부터 자주 흥얼거렸던 기억을 떠올리게 했고, 불현듯 작가로서의 부끄러움을 느꼈다. 그리고 그 이

후 줄곧 유관순에 갈급하기 시작했다.

다행히 2013년 주일대사관에서 발견된 자료를 국가기록원이 공개했다. 그 자료에는 '유관순, 옥중에서 타살(打殺)'로 기재되어 있었다. 천인공노할 진실 된 유관순의 사인이 제대로 밝혀져 얼마나 다행한 일인지 모른다.

어디 유관순뿐인가. 대한독립만세를 불러 현장에서 일제의 총칼 앞에 희생된 사람만 8천여 명이었고 유관순 처럼 옥중에서 순국한 사람도 수없이 많았다.

만주와 간도에서 독립을 위해 온 몸을 바쳐 일본군과 최후까지 맞서 싸운 독립투사들도 수만 명이 넘는다. 나는 숭고한 삶을 살아가신 그분들의 정신을 이어 받을 수 있도록 그 분들의 용기와 애국을 반드시 배워야 한다는 사명감이 용솟음쳤다. 그 뜻은 몸소 애국심을 용기로 보여준 유관순 열사의 순국을 만방에 알리고 싶은 소망으로 '산수유는 동토에 핀다'를 잉태하기에 이르렀다.

그러나 역사의 인물을 소설로 재조명하기란 쉬운 일이

아니라는 사실을 깨닫고 경각심을 갖기도 했다. 실제로 어느 유명 시인은 유관순의 순결하고 지고지순한 삶과 죽음을 비교 어법으로 썼다가 표현이 비속하다는 비난을 받기도 했다. 하지만 그 일화는 반어적 표현을 모를 리 없는 수준 높은 독자들이 분노할 만큼 유관순에 대한 우리 민족의 사랑은 절대적이고 종교적 경지라는 사실을 일깨워주는 원동력이 되었다.

그렇게 보낸 몇 해 동안 유관순의 삶과 죽음이 나에게 면면히 전달되어왔다. 하지만 그 본질을 꿰뚫는 전체의 형상은 조각보처럼 편린으로 시종되는 경우가 많았다.

연역적으로 혹은 귀납적으로 내리는 결론은 가슴을 적시지만 "왜, 어떻게"를 심도 있게 나누어 본 일관된 작업이 여전히 아쉬웠던 것이다. 그래서 숙제처럼 지녀온 못 다한 작업에 직관을 앞세워 정신없이 매진해 보았다. 또한 자료 찾기는 역사의 양심을 위해 기필코 유관순 열사를 소설로 써야한다는 압박감으로 나를 재촉했고 이제

끝을 맺으면서 마지막 한 가지 의문을 남기지 않기 위해 나는 일부 편향된 역사학자들에게 묻고 싶다. 아직도 진실을 왜곡하면서까지 소신을 지키고 싶은지….

마지막으로 이번 소설을 위해 일본에서 희귀한 자료들을 제공해 주신 일본문학 번역가 정만호 선생님께 깊은 감사의 뜻을 전한다.

2017년 7월 소소당에서

안 혜숙

안혜숙 장편소설

산수유는
동토에 핀다

초판 인쇄 _ 2017년 8월 24일
초판 발행 _ 2017년 8월 30일
지은이 _ 안혜숙
펴낸이 _ 노승택
편집 / 디자인 _ 임정호
교정 _ 박지유

펴낸곳 _ 도서출판 다트앤
등록 _ 1998년 9월 15일
등록번호 _ 제22-1421호
주소 _ 인천광역시 강화군 불은면 불은남로 298번길 8호(오두리 293-1호)
전화 _ 02.582.3696
팩스 _ 0504.422.6839
이메일 hwaseo582@hanmail.net

값 12,000 원
ISBN 978-89-6070-615-6 03810